KB036106

그 추악하고 제멋대로인 모습……
당신도 이야기는 들어본 적이 있다.
틀림없으리라.
―고블린인가!

주점에서 탁자에 둘러앉은 모험가들이
카드놀이를 하는 것은
이 성채도시에서는 종종 보이는 광경이다.

© lack

아침에는 한구석의 탁자에 앉아 있던 모험가 파티가
그날 저녁에는 돌아오지 않는다.
다음날 아침에도 원탁이 채워지지 않고,
그 다음날에는 아직 새것처럼 보이는 장비를 입은
다른 파티가 그 자리를 차지한다.
그것마저도, 이 성채도시의 일상이다.

CONTENTS

DAIKATANA

The Singing Death

고블린 슬레이어 외전2

악명의 태도

다이 카타나

저자 **카규 쿠모**

일러스트 lack

DAIKATANA

The Singing Death

Character 인물 소개

You are the Hero

당신
G-SAM
HUMAN MALE

사방세계의 북방에 있는, 《죽음의 미궁》의 입구에 생긴 성채도시. 그곳에 이제 막 도착한 흄 모험가. 만도(蠻刀)의 솜씨를 갈고 닦은 전사.

Blessed Hardwood spear

여전사
N-FIG
HUMAN FEMALE

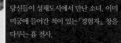

당신들이 성채도시에서 만난 소녀. 이미 미궁에 들어간 적이 있는 『경험자』. 창을 다루는 흄 전사.

Sword Maiden lily

여주교
G-BIS
HUMAN FEMALE

당신들이 성채도시의 주점에서 만난 소녀. 과거의 모험에서 눈에 상처를 입었다. 지고신의 권능으로 『감정』을 할 수 있다.

DAIKATANA : **The Singing Death**

종누이

G-MAG
HUMAN FEMALE

당신과 함께 성채도시로 찾아온, 당신의
종누이, 마음씨 착한 기절이며, 누나
행세를 하지만, 좀 빠진 구석도 있다.
후열에서 지휘를 맡는 흄 마술사.

하프 엘프 척후

N-THI
HALF ELF MALE

성채도시로 오는 도중에 당신들이 만
난 모험가, 눈썰미가 좋고, 자리를 수습
하는 것을 잘한다. 파티의 척후를 담당
한다.

Elite solar trooper,
special agent and four-armed
humanoid warrior ant

미르미돈 승려

G-PRI
MYRMIDON MALE

당신들이 성채도시에서 만난 모험가,
미궁의 『경험자』.

—시작이 무엇이었는지, 이미 아는 자는 없다.

가여운 농부가 주춧돌을 파낸 것인지. 어리석은 아이가 사당의 봉인을 깬 것인지. 하늘의 화석(火石)인지.

어쨌든지 《죽음》이 온 대륙에 흘러넘친 것은, 그리 멀지 않은 어느 날의 일이었다.

병이 바람을 타고 걸으며, 사람을 삼키고, 망자가 일어서고, 나무들은 말라죽고, 공기가 웅어리지고, 물은 썩었다.

그 시절의 왕이 포고를 내렸다.

『《죽음》의 근원을 찾아내, 이를 봉하라』

온 대륙의 용사들이 떨쳐 일어났다. 그리고 그들이 차례차례 《죽음》에 먹혀 주검이 되었다.

그런 가운데, 어느 파티의 말만 남았다.

『북쪽 끝자락에, 《죽음》의 입구가 있다』

누가 그것을 찾아냈는지, 이미 아는 자는 없다. 그 모험가도 《죽음》 앞에 사라졌다.

《죽음의 미궁》.
덕전 오브 더 데드

사신의 아가리 그 자체인 나락의 구덩이로 사람들이 모이고, 어느샌가 성채도시가 생겼다.

모험가들은 성채도시에서 동료를 모아, 미궁에 도전하고, 싸우고, 재화를 얻고, 때로는 죽었다.

그런 빛나는 나날이 언제까지나, 언제까지나, 언제까지나, 반복됐다.

무한히 끓어오르는 부와 괴물, 영구하게 이어지는 습격과 약탈.
핵 앤 슬래시

생명이 물처럼 쏟아지고, 모험가들은 꿈에 빠져 어느샌가 눈동자에서 정열이 사라졌다.

그 뒤에 남은 것은《죽음》과 마주보며, 잔불처럼 희미하게 타들어가는 재와도 같은 모험의 나날—.

당신의 눈꺼풀을 스치며 붉은 칼날이 지나가고, 뒤늦게 「휘익」 소리가 울린다. 소리보다도 빠르다.

미궁 바닥돌의 절반. 불과 그만큼 발을 물린 것이 당신의 목숨을 구했다.

당신은 즉시 파고들며 하단에서 만도(灣刀)를 쓸어 올리고, 대각선으로 참격을 뿜어냈다.

키이잉. 날카로운 소리가 울리고 손바닥이 묵직하게 저릿하다. 칼날이 튕겨나갔다. 짜증이 날 정도로 느리다.

자루를 더듬은 당신은 애도를 어깨에 지는 것처럼 되돌렸다. 공격은 안 온다.

어둠 속, 뻔뻔스러울 정도의 웃음이 떠올랐다. 당신은 비웃음을 사고 있다. 웃게 놔두라.

"자아, 이쪽이야……!!"

옆에서 창의 칼날이 뻗어나간다. 목소리는 아리땁지만 그에 안 어울리는 날카로움. 여전사.

이미 당신과 그녀의 연계에 말 따위는 필요 없다.

그러나, 그렇다고 해서 통할 리 없었다.

"으, 앗?!"

또 다시 붉은 빛이 어둠을 베어내고, 뒤늦게 검격음이 울린다. 불똥과 함께 창이 튕겨나갔다.

빙글. 붉은 칼날이 궤적과 함께 원을 그린다. 대상단(大上段).[#1] 그녀의 표정이 굳어진다. 아니.

"어이쿠……!"

—받아 흘리기.

하프 엘프의 척후[스카우트]가 나비를 본뜬 단도를 역수로 쥐고서, 간신히 붉은 칼날의 궤도를 비껴낸 것이다.

가벼운 몸놀림으로 뛰어든 그를 보고, 여전사의 볼이 풀어졌다. 그녀는 창을 손에 쥐고 필사적으로 몸을 일으켰다.

"미안해애, 실수해버렸어."

"상관없는데…… 내 혼자서는 무리라 안카나 이거!"

붉은 빛이 번득일 때마다, 하프 엘프 척후의 몸에 상처가 늘어난다. 그는 척후다. 그렇기에 1대 1은 어려울 것이다.

어여 누가 전선에 안 돌아오나. 그 말은 지당하다.

일어설 수 있는지 묻자, 여전사는 「해볼게」 하고 응답했다. 그러면 됐다.

당신은 어깨에 끌어당긴 도(刀)를 그대로 두고서 다시 파고들어, 똑바로 돌진하며 세 번 베었다.

그러나 붉은 칼날은 그것을 차례차례 튕겨내고, 받아 흘리고, 스르륵 미끄러지듯 후방으로 물러나 빠져나간다.

뿐만 아니라, 당신은 등줄기가 오싹해지는 것을 느끼고 뛰었다.

#1 대상단(大上段) 내리치는 동작을 가하기 쉽도록 검을 양손으로 높이 들어 올린 자세. 상단세를 말한다.

목이 있던 공간을 칼날이 휩쓸었다.

—치명적인 일격이라! ^{크리티컬 히트}

"6대 1로 싸우고 있는데, 뭐 이리 엉망이고! 이거 안 이상하나!!"

정말 그렇다. 당신은 하프 엘프 척후에게 동의했다. 당신도 가능하면 해보고 싶었다.

"—아니, 잘 봐라!"

후방에서 호통이 날아온다. 미르미돈 승려다. 그로서는 보기 드물게 거친 목소리였다.

당신도 금방 그 이유를 이해했다.

어둠 속에서, 기척이 불쑥 부풀어 오른 것이다.

"GHOOOOOOOOOOULLLLL!!"

"GGGGGGGGHOOOYLL……!"

붉은 눈, 검푸르게 부풀어 올라 부패한 죽은 육신. 누더기를 두르고, 입가에는 날카로운 송곳니.

밤을 걷는 자, 지렁이, 흡혈귀!

이 미궁에서 죽은 모험가들인지, 아니면 명부에서 끌려온 것인지 수도 없이 많다.

지각할 수 없는 넓이에 가득한 어둠 속, 놈들이 어느 정도로 숨어 있는지 알 도리도 없다.

"6대 1은커녕 인해전술이군. 예상이 틀렸다."

미르미돈 승려가 방심하지 않고 더듬이를 흔들며 턱을 터걱, 울렸다.

"뭐, 몰살시킨다는 의미에서는 다를 바 없지. 우리도, 저쪽도 말이다."

"이걸로 이제 숫자로는 불평을 못하게 됐네. 오히려 상대가 많은데다가, 벅차니까."

정말이지 너무 치사한 녀석이다. 당신은 굳어진 표정으로 창을 겨누는 여전사에게 고개를 끄덕이고 도를 하단으로 겨누었다.

스윽. 발을 미끄러뜨려 간격을 좁히면서 기척을 살핀다. 붉은 칼날은 어디지? 어둠 속, 기운이 느껴지지 않는다.

애당초 기운이라는 것은— 애매모호한 것이다. 단적으로 말하자면 그런 것은 없다.

소리이며, 숨결이며, 남아 있는 체온이며, 공기의 움직임. 오감으로 살펴야 하는 것뿐이다.

당신이 호흡을 가다듬는 것을 깨달았으리라. 여전사가 어쩐지 불안하게 눈동자를 흔들었다.

"있지이, 작전은?"

뻔하지. 당신은 입술 끝을 끌어올리며 응답했다. 모조리 베어 죽이면 된다.

어머나. 여전사는 어깨를 으쓱거리고, 창백한 표정을 풀었다. 긴장이 풀린 모양이다.

"흠."

그것을 본 미르미돈 승려가 뭔가 생각하는 시늉을 하더니 턱을 열었다.

"어쩔 건가? 전위를 교대할 텐가? 나는 어느 쪽이든 상관없다."

"장난하나!"

하프 엘프 척후가 식은땀을 흘리면서 응답했다.

"저놈아 모가지를 따는 건 내다!!"

"그런가!"

위세를 부리는 척후에게 송곳니를 타가닥, 울린 미르미돈 승려가
웃었다.

그것과 동시에, 그 마디진 양손이 복잡한 주인을 맺었다. 송환의 인.

"망자 놈들, 《디스펠^{해주}》에는 약할 터……!"

그것을 본 여마술사— 주술적 자원의 관리를 맡고 있는 당신의 종
누이가 소리를 높였다.

"《디스펠》에 이어서 세 수! 준비합니다! 맞춰 주세요!"

"네!"

그 옆, 천칭검을 쥔 여주교가 기특하게 소리를 내며 응답했다.

두 눈동자는 빛을 잃고 안대에 덮여 있지만, 그녀의 시선에는 강
한 의지가 담겨 있었다.

연약했던 그녀도 이제는 숙련된 모험가다.

그래. 당신은 그녀의 성장을 믿음직하게 생각하며, 종누이의 말에
따라 칼을 안 든 빈 손으로 인을 맺었다.

"《돌고 돌아 바람이 되는 나의 신, 그들의 혼백을 고향으로 돌려
보내라》!"

첫 수, 미르미돈 승려의 《디스펠》이 신선한 바람과 함께 불어 닥
쳤다.

재는 재로, 먼지는 먼지로.

생명을 부활시키는 《리저렉션^{소생}》의 기적과 닮은 청정한 공기에, 삭
은 시체는 견디지 못한다.

미궁에 가득 찬 망자 놈들은 저주 때문에 일어선 것이 아니지만, 고위의 기적 앞에서는 마찬가지다.

차례차례 무너져 내려 먼지로 변한 그 육체가 뭉게뭉게 피어오르는 가운데, 종누이의 날카로운 목소리가 흘렀다.

"웬토스!"

바람

"루멘!"

빛

이어서 여주교. 천칭검을 들어 올려, 신에게 신탁을 받는 것처럼 드높이 주문의 말을 읊었다.

두 소녀가 자아낸 주술의 말은 세계의 섭리를 덧칠하고 개편하여 방대한 힘을 만들어낸다.

바람이 휘몰아치고 빛이 응축되어 가는 것을 당신의 눈으로도 선하게 알 수 있었다.

그리고 마지막으로 당신이 진정으로 힘 있는 말을 입 밖에 내어, 인을 맺은 손으로 모든 것을 해방한다.

—리베로.

해방

맹풍.

백광.

굉음.

그리고, 열.

이미 반쯤 다른 차원으로 변해버린 방의 어둠을, 하얀 어둠이 물들여 간다.

《디스펠》에서 벗어나, 아직도 육체를 유지하고 있던 망자 놈들이 곧장 소리를 지르며 증발했다.

이 세상의 만상은, 무엇 하나 《퓨전 블래스트^{핵격}》에서 벗어날 수는
없다.

"⋯⋯대장!!"

"위, 험⋯⋯?!"

—그렇다. 이 세상에 있는 자라면, 그렇다.

당신은 운이 좋았다. 두 사람의 목소리에 반응하여 몸을 피해 바
닥돌 위로 굴렀다.

당신의 눈앞으로 붉은 칼날이 지나가고, 피의 꽃이 피었다.

피이이. 피리 같은 소리와 함께 여전사의 목에서 피가 뿜어져 나
오는 것을, 당신은 보고 말았다.

"히, 이, 아⋯⋯악?!"

핏기가 가신 얼굴로 목을 누른 그녀가 풀썩, 무릎이 꺾여 무너져
바닥에 웅크렸다.

붉은 칼날이 공중에 미끄러진다. 방금 전을 재현하는 것처럼 대상
단. 목을 쳐내는 일격.

"이, 자슥⋯⋯!"

그것을, 하프 엘프 척후가 받아 흘린다. 그러나 나비의 단도는 한
합, 두 합을 버티지 못하고 튕겨나가 몸통이 빈다.

"으, 그으⋯⋯?!"

내장에 칼날이 파고드는 소리가 당신에게 들렸다. 쿨럭. 척후가
입에서 핏덩어리를 토해낸다.

풀썩 쓰러진 동료의 모습을 보고, 당신은 도를 손에 집어 대비했
다. 이걸로 두 사람.

"······! 두 사람은 회복을! 당신은 그대로 전위에 전념해요. 후방은 제가 할게요!"

종누이가 재빨리 말한다. 당신은 냉정함을 잃지 않은 종누이의 이런 부분을 존경하고 있다.

그래서 후방에서 동료들이 필사적으로 치유의 기적을 행하는 가운데, 미끄러지듯 움직였다.

《퓨전 블래스트》의 흔적이 피부를 태우는 가운데, 당신은 뛰어들어 붉은 칼날에 도를 휘둘렀다.

손맛은, 약하다.

당신은 타고 남은 재를 발로 흩뿌리며 쓰윽 움직여서 간격을 유지했다.

물러난 상대가 웃고 있었다. 피어오르는 증기 가운데 웃음이 떠올라 있었다.

—위험해.

"——! 물러나 주세요······!!"

퍼뜩 소리를 지른 여주교의 목소리와 당신이 칼날을 겨눈 것은 거의 동시였다.

당신은 분명히 들었다. 비웃는 어조로 자아낸, 주술의 말을.

"《웬토스^{바람}······ 루멘^빛······ 리베로^{해방}》!"

아, 하고 생각할 틈도 없었다.

고통이나 괴로움보다도, 그저 공백이 느껴졌다.

소리가 사라지고, 천지가 소멸했다.

당신은 자신이 서 있는 것인지 앉아 있는 것인지도 몰랐다.

실제로는 옆으로 쓰러진 것뿐이다.

입을 열자 의미도 없는 소리가 호흡과 함께 흘러나왔다.

분명한 것은 하나. 오른손에 있는 도의 감촉뿐.

당신은 그것을 의지하여, 흐느적 흔들리는 유귀처럼 일어섰다.

기척이———— 있다.

방의 이곳, 저곳. 쓰러진 동료들의 모습이 있었다.

여전사가 쓰레기처럼 굴러다니고, 척후는 꼼짝도 하지 않는다.

미르미돈 승려는 벽에 기댄 것처럼 무너져 있고, 그 옆에는 종누이가 웅크리고 있었다.

그리고— 쓰러져 있는 여주교의, 보이지 않는 눈과 시선이 섞였다.

"……아……직, ……할, 수……있, 어……요."

부들부들 떨며, 당장이라도 무너질 것 같은 꼴로, 그녀는 천칭검에 의지하여 일어서고자 했다.

당신 또한 비슷한 꼴이다. 가슴팍에 매달린 몸통 갑옷을, 당신은 끈을 끊어내 내던졌다.

"유감, 유감이야. ……유감이지만, 당신의 모험은 이걸로 끝이야."

눈앞에는, 붉은 칼날이 있다. 놈이 웃고 있다. 이미 이런 것은 소용없다.

당신은 간신히 도를 들어, 정안(正眼)[2]으로 겨누었다. 무슨 의미가 있는 것인지 생각했다.

붉은 칼날은 죽음의 표식이다. 당신도, 그녀도, 종누이도, 동료들도, 모두 죽는다.

#2 정안(正眼) 검도에서 흔히 보이는 가장 기본적인 자세. 중단세를 말한다.

예외는 없다.

누구 한 명.

《죽음》에서 벗어날 수는 없다.

—그렇다면.

이렇게 칼을 겨누는 것에, 과연 무슨 의미가 있는 것일까?

"……!"

누군가가 당신을 불렀다. 비명과도 비슷한 소리가 울렸다. 신들이 던지는 주사위의 소리가 들린다.

그리고 당신이 답을 찾기도 전에 붉은 칼날이 달려들어, 피가 뿜어져 나왔다.

2의 단

프로빙 그라운즈 오브 와이어프레임
철골시련장(鐵骨試練場)

DAIKATANA
The Singing
Death

—팔자가 사나워 보이는 소녀다.

당신은 그녀를 보고 그리 생각했다. 그 유명한 『황금의 기사』 주점의 문을 통과했을 때였다.

"그럭저럭이구만."

"뭘 그래. 금화로 250닢. 하루 벌이치고는 좋지."

미궁에서 철수한 모험가들이 그날의 수확을 눈앞에 두고 제멋대로 논하는 목소리.

금화, 무구가 겹치는 금속음. 오가는 여급이나 급사들의 발소리. 술과 요리의 냄새.

그것이 밀려들고 빠져나가는 파도처럼 몇 겹으로 겹쳐서, 어슴푸레한 주점은 마치 바다 같았다.

소녀는, 그 구석에서 작게 몸을 웅크리듯 어깨를 움츠리고 앉아 있었다.

어슴푸레한 가운데, 멀리서도 금발이라는 것을 알아볼 수 있었다. 몸집이 작다. 의상을 보니 승직이리라.

그곳에 있으면 소리의 바다에 빠져 가라앉아, 그대로 사라져 버릴 것 같은 그런 여자였다.

당신은 그 모습을 지푸라기 삿갓 너머로 보았다.

23

© lack

거친 모험가들 사이에 있는 것이 어울리지 않는— 그렇지만, 그렇다. 모험가다.

무심코, 당신은 허리의 만도 상태를 확인하는 것처럼 깊게 칼집을 눌렀다.

모험가.

당신은 그러기 위해서 이 성채도시를 찾아왔다.

당신은 모험가가 된 것이다.

투박한 철 도끼를 지고 있는 굳건한 드워프^{난쟁이} 전사^{파이터}.

번쩍이는 갑옷과 투구로 몸을 감싸고, 종자까지 데리고 있는 어떤 기사^{로드}.

두루마리를 펼치고 주문 암기에 여념이 없는 것은 엘프^{숲 종족} 마술사이리라.

레아^{들판 종족} 척후가 탁상에서 슬그머니 요리를 가로채는 것도 보였다.

그리고 그 탁상에는, 당신이 본 적도 없던 재보가 산더미처럼 쌓여 있지 않은가?

—이것 참, 이것이 성채도시란 말인가.

"이 녀석. 그렇게 두리번거리면 촌놈이라고 생각할걸요?"

타이르는 어조의 목소리는 당신의 어깨 바로 아래서 들렸다.

"드디어 염원하던 모험가가 됐다고 들떠 있으면 안 되거든요."

당신의 종누이다. 풍만한 가슴 앞에서 마술사의 짧은 지팡이를 꼭 쥐고 있었다.

타이르는 어조로 말한 주제에, 그녀는 주위를 두리번두리번 보고 있었다.

여자를 데리고서 무사수행이라니……. 정말이지. 말도 안 된다. 당신은 그렇게 생각을 했지만—.

"정말이지, 당신은 누나가 없으면 안 된다니까요."

이런 말을 해댄다. 시골에서 이 성채도시로 나섰다는 점도, 그리고 나이도 그리 다를 바 없건만.

당신은 한숨을 쉬고서 천천히 고개를 옆으로 저었다. 의지할 수 있는 건 또 한 명의 일행뿐이다.

그 일행— 하프 엘프 척후는 마치 레아처럼 키히히, 목 안쪽으로 소리 죽여 웃고 있었다.

가죽 갑옷을 입은 어깨를 가볍게 팔꿈치로 찌르자 「어이쿠」 하며, 사투리 섞인 목소리가 돌아왔다.

"에이, 대장. 그렇게 급할 거 없다. 자리에 앉아서 에일을 한 잔, 그게 최우선 아이가."

"어머, 낮부터 술인가요?"

"헤헤헤, 누님아. 이것도 모험가의 방식이라 안카나."

당신은 말로 구슬려지는 종누이를 보고서, 하는 수 없다며 한숨을 쉬었다. 정말로 레아가 아닌 거겠지?

"에이, 엘프랑 레아는 형제. 내는 하프 엘프니까 사촌쯤 안 되겠나?"

"어머, 저랑 너랑 같네요!"

같기는커녕 정확하게는 **육촌**이라고 말하고 싶었다. 당신은 한숨을 쉬었다.

그러나 하프 엘프 척후가 말하는 것도 지당하다. 당신도 목이 마르다. 더운 가운데 바깥을 걸어왔으니까.

당신은 에일이 그리웠다. 그래서 그것도 좋겠다며 고개를 끄덕이고, 적당한 원탁을 찾아 통을 의자 삼아서 앉았다.

눈썰미 좋게 당신들의 모습을 발견하고 날아온 여급에게, 에일을 세 잔.

"아, 저는 과실을 짠 물이 있으면 그걸로……."

정정, 에일 두 잔에 과실수 하나. 종누이에게 눈길을 주면서 당신이 말했다.

당신의 주문에 여급은 생긋 웃으며 응답하고서 주방으로 날아갔다. 그 스커트에서 강아지 같은 꼬리가 나온 것이 보인다.

^{패트풋}
"수인아이고?"

하프 엘프 척후가 말했다.

"하기는, 여는 임금이 좋다."

짐승의 특징을 짙게 가진 그들이 문명사회에서 돈을 버는 것은 꽤 어려운 경우가 많다.

아까 본 것만 해도 이 주점— 그리고 성채도시에는 돈이 잘 돈다는 걸 잘 알 수 있었다.

지하미궁—《죽음의 미궁》.

그곳에 무한한 부와 재보, 그리고 넘쳐날 정도의 괴물이 있는 것은 분명한 모양이다.

왕의 포고라는 것도 틀린 소문이 아닌가 보다. 당신은 납득하고, 허리의 칼 위치를 고쳤다.

얼마 안 있어 여급이 술잔을 세 개 가져와, 원탁 위에 놓았다. 당신은 목을 울리며 술을 마신다. 맛있다.

"그런데."

종누이가 기분 좋게 생글생글 웃으면서 입을 열었다.

"저 애는 뭘 하는 거죠?"

—그러게 말이다.

그렇게 말하고 그녀가 아리따운 손가락으로 가리킨 곳은 당신이 아까 보았던 그 아가씨 쪽이다.

"엉?"

질문을 받은 하프 엘프 척후는 한쪽 눈썹을 올린 다음, 금방「아아」하고 고개를 끄덕였다.

"저건 감정사다."

"감정?"

"미궁 안에서 발견된 거에 상표 같은기 붙어 있겄나, 조사하는 기다."

안 그러면 가게에서 바가지 쓴다 안카나. 그렇게 말하고 하프 엘프 척후는 홀짝홀짝 핥는 것처럼 술을 마셨다.

그러나 무구점에서도 감정은 할 수 있지 않을까? 당신이 질문하자「그야 싸게 먹히니께네 그란거 아이겠나」라고 말했다.

"당최 초짜 술자 혼자서 미궁에 들어가모, 까딱 안 해도 잘 해 봐야 죽어삔다."

"죽어 버리는 건, 제일 나쁜 일이 아닐까요……?"

"누님아, 나쁜 일에는 바닥이 없는 기라."

죽은 자, 괴물의 먹이. 혹은 입에 담는 것도 꺼림직한 처참한 말로.

하프 엘프 척후가 흐린 말에 당신은 깊숙하게 고개를 끄덕였다.

그러나 감정을 할 수 있다는 것은…….

"사물의 진위를 간파하는 지고신의, 그것도 주교네요."

주교라고 하면 그에 걸맞은 재능이 없으면 받을 수 없는, 신관들 중에서도 고위의 위계다.

설법사들도 없는 것은 아니지만, 저 아가씨를 보면 그렇지는 않으리라.

그렇다면 여기저기서 끌어들이려고 안달일 것 같은데—.

"그러면, 자기 쪽에서 동료를 찾으면 될 텐데……."

당신은 누구를 기다리는 걸지도 모른다고 말했지만, 종누이는 전혀 안 듣는다. 한숨을 쉰다.

이 종누이 앞에서 인정하기는 싫지만…… 술자는 귀중한 재능을 가진 자들이기도 했다.

당신도 몇 가지 기책을 익히고 있는 정도지만, 전사직하고는 수준이 다르다.

저 아가씨는 모험가를 고르는 입장—일 것이다.

"하모."

하프 엘프 척후가 고개를 끄덕였다.

"신용 못하는 모험가는 안 된다카이."

분명히, 그렇다.

모험가라고 하면 듣기 좋지만, 실제로는 먹고 살 길이 막막한 깡패, 노숙자들이 태반이다.

특히 지금 같은 때는 미궁의 안건도 있어서, 조합의 심사 기준도 상당히 느슨해졌다고 들었다.

먹고 사느냐 못 사느냐 하는 신세라도, 미궁에 들어가면 보시다시

피 먹고 사는 데는 지장이 없다.

작금의 모험가란 것은 힘만 좀 있으면 어떻게든 되는 법이다.

당신 또한, 그런 파락호들과 다르다는 자부심은 있지만 객관적으로 보기에는 마찬가지다.

실력으로 인정하게 만드는 수밖에 없겠군—.

"어쨌든지, 내는 척후지만 전위도 못할 거야 읎다. 대장이 전사, 누님아는 술자⋯⋯."

하프 엘프 척후가 얼마 안 남은 잔의 내용물을 아껴 마시며 가르쳐주듯 말했다.

"파티는 뭐, 네 명 여섯 명이라카이. 다음은 술자가 두 사람 있으면 좋다 안카나."

"어머나, 잘 아는군요!"

종누이가 눈빛을 반짝반짝 빛냈다.

"혹시 이전에도 미궁에 들어간 적이⋯⋯?!"

"아, 아니, 남한테 들은 것뿐이다⋯⋯. 하, 하하."

척후가 메마른 웃음을 흘리며 눈길을 피했다.

종누이의 이런 점을 당신은 순수하게 존경한다.

"그렇지."

그 종누이가 손뼉을 쳤다.

"그러면, 저 애한테 참가 권유를 해보면 어떨까요?"

육촌의 이런 부분을 당신은 순수하게 존경하려고 노력하고 있었다.

그럼 어떻게 할까, 당신이 생각을 시작하는데⋯⋯.

"어이, 감정!"

"어제 부탁한 건 다 됐냐!"

문득 그런 시끄러운 목소리가 소란을 꿰뚫고서 주점에 울려 퍼졌다.

"?"

종누이가 놀란 표정으로 눈을 팽그르 돌렸다. 당신도 그 시선 끝을 보고서 납득했다.

척 보기에도 질이 안 좋아 보이는 — 장비의 질도 안 좋다 — 모험가 두 사람이 아까 그 아가씨를 둘러싸고 있었다.

전사, 일까? 아니면 척후일까? 그 구별도 안 되는 꼴이었다.

"네. 어제 분량은, 벌써 이쪽에."

소녀는 움찔 몸을 떤 다음에 목소리의 주인을 찾는 것처럼 고개를 흔들고 딱딱한 목소리로 응답했다.

그녀는 한쪽에 있던 가방에서, 남자들의 장비에 뒤지지 않는 빈약한 무구를 원탁에 늘어놓았다.

"고철 검에, 녹슨 사슬 갑옷, 썩은 가죽 갑옷이라고요?"

모험가 한 명이 흥분하면서 눈을 부릅떴다.

"이봐 감정, 네가 빼돌린 건 아니겠지!"

"아뇨, 결코! 그러한 일은……!"

멱살을 잡기라도 할 것처럼 다가서자, 아가씨는 가여울 만큼 필사적인 기색으로 부정했다.

지고신의 사제가 부정을 저질렀다고 의심하다니, 장소에 따라서는 불경죄로 처벌을 받을 일이다.

"그러면 좋지만 말이다. 허튼 수작을 부렸다간 어떻게 되는지 알고 있겠지?"

"감정을 좀 제대로 해보란 말이다, 엉?"

"……네, 알겠습니다."

모험가들이 탁상에 뿌린 재화를 향해서, 가녀린 아가씨가 묵묵히 작업을 시작했다.

아름답고, 어쩐지 의젓한 기색이지만— 그 동작은 어쩐지 위태로웠다.

그것이 또 남자들에게는 짜증이 나는 일이었는지, 노골적으로 혀를 두 번 세 번 찼다.

그 때마다 소녀는 흠칫거리며 몸을 굳히고, 열심히 무구로 손을 뻗어 손가락으로 더듬었다.

"……난폭하네요."

종누이가 입가를 손으로 덮고 작게 중얼거렸다.

주점의 소란이 가라앉은 것도 한순간. 하지만 그것은 금방 되살아나고 아가씨의 목소리를 억눌러 흘려보냈다.

늘 있는 일, 인 것이리라.

당신은 조금 생각한 다음, 긴 토끼 귀를 흔들며 걸어가는 여급을 불러 세우고 잔돈을 쥐어주었다.

"오?"

하프 엘프 척후가 한쪽 눈썹을 올리고 이쪽을 보았다. 당신은 저 아가씨에 대해 여급에게 물었다.

"아아, 저 애요……."

토끼 수인 여급은 그 요염한 가슴팍에 잔돈을 넣더니, 주변을 살피고 살짝 목소리를 죽였다.

"불쌍한 애랍니다. 듣자니 첫 모험에서 좀 실패를 했다고 해서요."

그래서 성채도시까지 왔는데 **실패**가 소문이 났다고 해요.

"드문 일도 아니다."

하프 엘프 척후가 중얼거렸다. 종누이는 납득 못한다는 기색으로 입술을 삐죽거렸다.

"실패했으면, 다시 시도하면 되는 건데."

"모험가는 미신을 따지는 녀석이 많다 아이가. 운이 자본이다, 참말로."

"그걸로 동료들이 떠나 버려서. 저렇게 감정을 하고 있는데요……."

"혼자서는 모험을 몬하고, 그렇다고 밥값은 벌어야겠고. 세상 팍팍하네."

살아간다는 것은 상당히 힘든 일이다. 당신은 동의하고서, 다시 시선을 아가씨 쪽으로 돌렸다.

주점의 소란은 말을 가로막지만, 그래도 그녀의 말을 못 알아들을 정도는 아니다.

"……죄송해요, 모르겠습니다."

"알 때까지 조사를 해. 정말이지, 못 써먹겠구만……."

"네……. 죄송합니다."

"이 모양이니까 실패한 거 아니냐?"

"그래 말이다. 고블린 퇴치였다며? 못 써먹지……."

"여러 가지 의미로 말야."

모험가 놈들이 클클거리며, 호색하고 야비한 웃음소리로 소녀를 비웃었다. 그녀는 생쥐처럼 움츠러들었다.

당신이 그것 참 태도가 안 좋은 녀석들이라고 중얼거리자, 「이상하네」라며 여급이 고개를 갸웃거렸다.

"저 사람들, 원래 거칠긴 하지만, 평소에는 저렇게 짜증을 내진 않았어요."

"저기."

묵묵히 듣고 있던 종누이가 당신의 소매를 잡아 끌었다.

"저 애한테…… 참가 권유를 하면 어떨까요?"

종누이의 이런 점을 당신은 순수하게 존경한다.

"어, 대장. 가는기가?"

당신은 하프 엘프 척후에게 고개를 끄덕이고 천천히 자리에서 일어섰다.

종누이를 부탁하자, 그는 히죽 웃음을 지으며 「분발하래이, 대장」하며 당신을 보내주었다.

당신이 주점 안을 걸어가자, 힐끔, 힐끔 주위 모험가들의 시선이 날아왔다.

여급 곁을 지나쳐서, 놀림 삼아 다리를 걸려는 이들의 움직임을 피하고, 미끄러지듯 동작을 무너뜨리지 않는다.

다가가는 당신을 처음 발견한 것은 감정에 몰두하고 있었을 아가씨였다.

"저, 저기, 지금은 다른 분의 감정을 하고 있습니다. 조금만 기다려주시겠어요……?"

한 일자로 꾹 다문 입술에서 흘러나온 목소리는, 갈라지지 않았다면 방울과도 같았을 것이다.

가까이서 보니 명백하게 그녀는 몸집이 작고, 작은 가슴 앞에 불안스레 손을 꼭 쥐고 있었다.

그리고 당신은 무심코 눈을 홉뜨고 말았다.

아름다운 소녀의 가녀린 얼굴에서 무슨 일이 있었는지, 하얗게 탁하고 추악한 상처가 두 눈동자가 주위를 뒤덮고 있었다.

동작이 조금 위태로운 것도 당연한 도리다. 그녀의 시야는 대단히 의지가 되지 못하는 것이리라.

당신은 의식해서 천천히 고개를 옆으로 저어 감정 의뢰가 아니라는 뜻을 드러내고, 모험가들을 마주보았다.

"어엉? 넌 뭔데 자식아?!"

"찌그러져 있어! 사원에 실려가고 싶냐?!"

여성에게 대할만한 태도가 아니라고 지적하자, 돌아오는 것은 매도의 말뿐이다.

아무래도 이국 출신인지 말이 안 통하는 모양이다. 당신은 희미하게 웃었다.

"저렇게 무례한 사람들이 있다뇨! 상관없어요. 해치워 버리세요!!"

일단 의미도 모르면서 부추기는 종누이는 제쳐놓고서.

당신은 즉시 몸을 앞으로 보내며 숙이고, 만도의 자루를 꾸욱 눌러 칼집을 내질렀다.

"끄엑?!"

명치에 칼집 끝이 파고든 모험가가 탁한 비명을 질렀다.

당신이 종누이에게 눈길을 주는 틈을 찔러 등 뒤로 돌아왔으리라. 제법 움직임이 좋다. 당신은 감탄을 금치 못했다.

"이 자식……!!"

또 한 명의 반응도 빠르다. 당신은 이어서 몸을 일으키며, 칼집을 붙잡은 채 왼손을 앞으로 뻗었다.

"억?!"

칼자루를 명치에 때려 박았다. 그러나 상대도 제법이다. 이걸로 순순히 혼절할 만큼 연약하지 않다.

당신을 적으로 인정했으리라.

두 사람은 충혈된 눈을 부릅뜨고 물러나서, 허리의 검에 손을 대며 몸을 낮추고 자세를 바로잡았다.

당신 또한 어안이 벙벙한 소녀를 등지고 바닥에 좌악, 발을 미끄러뜨리며 반원을 그려 몸을 열었다.

"이 녀석, 전사냐……!"

"아니, 기다려! 갑옷에 흠집이 없다. 초짜야! 그러면……!"

─할 수 있을까?

당신의 볼에 땀이 흐른다. 허리를 깊숙하게 낮추고, 만도의 자루에 올린 손에 힘을 준다.

칼을 뽑는다면 필살이 의무다. 죽이거나 죽지 않으면 불명예를 면할 수 없다.

종누이는 걱정 없으리라. 거친 일이 일어나도 하프 엘프 척후가 어떻게든 해주겠지.

자신이 죽는 것. 그리고 소녀의 신상에 폐가 되는 것. 그 두 가지가 당신의 어깨를 짓누른다.

당신은 생각지 못하게, 중대한 책임을 짊어진 것을 이제 와서 새삼 자각했다.

미궁에 들어간 적이 있는 전사. 그것도 두 명. 어느 정도 실력일까?

상대는 몸통 갑옷을 입었다. 팔이나 다리를 끊는 정도로는 움직임을 억누를 수 있을 것 같지 않다.

실력에는 자신이 있다. 노리는 것은 첫 일격으로 목을 날리고, 그대로 칼날을 돌려서 또 한 번 일살(一殺). ^{크리티컬 히트}

하지 못하면 붙잡히고 쓰러져서, 도마 위의 생선처럼 갈기갈기 찢어질 뿐이다.

당신은 깊이 숨을 들이쉬고, 얕게 뱉었다. 가죽 버선과 신발을 미끄러뜨리며 발치를 살핀다.

왼손으로 칼집을 단단히 붙잡고, 오른손으로 자루를 꾹 쥔다. 땀으로 미끄러지면 안 된다.

뽑을까? 뽑아야 한다. 뽑을 거다. 뽑을 거다. 뽑는다. 뽑는다. 벤다. 지금—!

"시끄럽구나, 이놈들!!"

우우웅. 그 일갈로 귀울림이라도 겪는 것처럼 주위의 경치와 소란이 되살아났다.

주점 안에 가득했던 일촉즉발의 기척이 안개처럼 흩어지고, 대신 술렁거림이 밀려든다.

당신이 고개를 돌리자, 가장 안쪽 자리에 진을 치고 있던 파티 안에서 목소리의 주인이 일어섰다.

"……흥."

젊은 사자가 연상되는, 날카로운 생김새의 미장부였다. 움직임이 우아하며 귀족적이다.

생김새는 단정하면서 선이 가늘고, 언뜻 미궁에 도전하는 모험가의 주점에 어울리지는 않는다.

그러나— 그 남자의, 빛나는 갑옷과 투구를 보도록 하라.

주점의 흐릿한 불빛에 비추어서도 반짝반짝 빛나는 모습은, 그야말로 금강석 같았다.

놀라운 점은 그것이 길들어 있다는 점이다.

당신의 몸통 갑옷하고는 다르게 번득이는, 그렇지만 길을 잘 들인 장비는 생김새의 인상을 뒤집어 버린다.

당신이 보기에, 틀림없이 한 가닥 하는 역전의 기사다.

"아, 아니, 경.^{로드}"

아가씨한테 시비를 걸던 모험가 한 명이 떨리는 목소리로 말했다.

"우리는 그저, 괜히 참견하는 신입 녀석한테 세상 도리를 가르쳐 주려는 것뿐이지……."

"그, 그래 맞아. 당신한테 폐를 끼칠 생각은 없어……."

그러나 금강석의 기사는 그 말에 금방 응답하지 않았다.

그는 당신을 보더니, 탁상에 늘어놓은 장비, 겁먹은 표정으로 굳어진 아가씨에게 순서대로 시선을 보냈다.

그리고 마지막으로 드디어 남자들을 시야에 넣고, 그는 천천히 조용하게 입을 열었다.

"보아 하니, 이미 감정은 끝난 모양이군."

그것은 질문이 아니라, 사실을 확인하는 목소리였다. 남자들이 고개를 끄덕였다.

"그러면, 이제 그 아가씨에게 용건은 없겠지. 조용히 술을 마시든, 얼른 물러가든 해라."

모험가 둘은 뭔가 말하고자 했지만, 기사의 박력에 밀려서 차마 말을 하지 못했다.

그들은 잠시 입을 다문 다음, 노골적으로 혀를 차고서는 탁상의 재화를 넝마 자루에 던져 넣었다.

"그러면 된다."

금강석의 기사가 한 말은 마치 가신의 행동을 지켜보는 왕의 언동에 가까웠다.

남자들이 성큼성큼 거친 걸음으로 주점을 나서고, 아가씨가 보이지 않는 눈동자로 멍하니 그것을 보았다.

아무래도 도움을 준 모양이다. 당신이 인사를 하자, 기사는 차분하게 고개를 저었다.

"뜻은 좋다만, 잘한 일은 못 된다. 미궁 경험자와 그렇지 않은 자는 역량에 차이가 너무 크지."

분명히, 당신도 인정하지 않을 수 없는 부분이었다.

당신은 칼을 뽑지 않고 일을 수습하려고 했지만, 결국 발도를 해야 할 정도로 내몰리게 됐다.

그 남자들은 제법 실력이 있었다. 당신이 검을 뽑고서도 무사히 난을 헤쳐나갔을 거라 생각할 수 없었다.

이것은 틀림없이 당신의 미숙함이 불러온 사태다.

사물을 생각한 그대로 행동에 옮기는 것. 지행합일은 아직 한참 멀다는 것을 당신은 실감했다.

"신경 쓰지 마라."

그러나 기사는 부드럽게 웃으며 당신의 명예로운 행동을 인정해
주었다.

"그러나 방심도 하지 마라. 놈들도 어제까지는 여섯 명의 파티였다."

금강석의 기사가 한 말에 당신이 고개를 갸웃거리자, 그는 아무것
도 아니라는 것처럼 말을 이었다.

"오늘 밤에는 둘뿐. 다른 넷은 영혼을 **잃고 말았다**."

—미궁의《죽음》에 먹힌 거지.

누군가가 소리 죽여 웃었다. 주점에 휘몰아치는 목소리의 바다에
서, 거품처럼 터지고 사라졌다.

당신은 납득했다. 놈들은 고향에 돌아갈 셈이었을 것이다.

그래서 그렇게 겁을 먹고, 위협을 한 것이 틀림없다. 마음이 꺾인
것을 인정하기 싫었던 것이다.

"경도 주의하도록 해라."

기사는 당신의 어깨를 두드려주고, 문득 눈을 홉뜨더니 부드럽게
웃었다.

"좋은 곡도(曲刀)^{사브르}로군."

건너편 원탁에서 다른 동료들이 금강석의 기사가 한 일을 추켜세
우며 놀리고 있었다.

금강석의 기사는 그들에게 뭔가 대꾸하고서, 천천히 몸을 돌려 본
래 자리로 돌아갔다.

당신은 그제야 간신히 숨을 내뱉고, 만도의 자루에 올리고 있던
손에 힘을 풀었다.

—정말이지, 어째서!

당신의 손바닥에는 땀이 흥건하게 스며 나왔고, 심장은 긴장과 흥분에 쿵쾅대고 있었다.

아직 미궁에 도전조차 안 했는데, 이렇다.

"야아, 도우러 갈까 생각했는데, 좀 늦어버렸다."

문득 등 뒤에서 말을 걸자, 당신은 크게 숨을 내쉬었다.

아무래도 어느샌가 하프 엘프 척후와 종누이가 다가온 것도 눈치 못 챈 모양이다.

"그건 그렇고, 훌륭한 기사님이네요. 저런 분이 있다면 마음이 든든해요."

"뭐, 멋진 장면을 가로채간 느낌도 안 드나?"

그래서? 하프 엘프 척후가 말하자 당신은 고개를 끄덕였다.

"아, 저기…… 그게…….."

—우선은, 멍하니 앉아 있는 이 아가씨에게 새삼 말을 걸어야겠다.

§

당신은 모험가다.

악명 높은 《죽음의 미궁》에 대한 소문을 듣고서, 그 가장 깊은 곳에 도전하고자 이 성채도시를 찾아왔다.

앞서서 이야기를 해보니 당신의 내력은 그저 그것뿐이다. 간결한 설명에 당신은 자신을 가져도 좋다.

당신의 적절한 설명을 들은 종누이가 함박웃음을 지으며 맞은편의 아가씨에게 「그렇죠?」 하고 속삭였다.

"얘는 이렇게 미덥지 못하니까, 혼자서는 걱정이라, 그래서 따라왔어요."

육촌의 말은 아무래도 좋다. 당신은 천천히 고개를 옆으로 저었다.

마술에 대해서는 수련을 쌓은 것을 인정해주지 않을 수도 없지만, 모험에 굽이 뾰족한 구두를 신는 것은 아니다 싶다.

귀엽지 않나요? 볼을 부풀리는 **육촌**을 무시하고, 당신은 척후에게 화제를 돌렸다.

"내는 언젠가 이 미궁의 비밀을 전부 밝혀내고서 사방세계에 이름을 떨칠 예정인기다."

하프 엘프 척후는 엘프보다도 흄 같은 동기를 말하고서 자랑스레 가슴을 턱, 두드렸다.

"그래서 미궁을 답파한다는 대장의 뜻에 감동해가, 같은 길을 걷기로 정했다 안카나."

"마법사에게 장난으로 벌레 부르기 술법에 걸려서 나무 위에 있었던 건 참 힘들었겠죠."

"어이쿠쿠……."

그렇지만, 그런 허영도 종누이가 생글생글 웃으며 말하면 무너져 버린다.

의기소침하여 메마른 웃음을 짓는 척후의 모습에, 아가씨도 굳어진 볼을 미약하게 풀어주었다.

"저는……."

입을 열자 가녀린 목소리.

"……저도, 그럴 셈이었어요."

"어느 셈?"

"미궁을…… 이걸, 어떻게든…… 하고 싶어서……."

평화가 무너지는 것은 역사에 언제나 있는 일이며, 신화시대 무렵부터 흔들리지 않는 사방세계의 법칙이다.

암약하는 마신의 그림자, 만연하는 역병. 세상은 흐트러질 대로 흐트러지고, 인심은 황폐해진다.

그리고— 그렇다, 《죽음》이 문제였다.

병으로 쓰러진 자들이, 죽어서도 일어서더니 산 자를 습격하게 된 것이다.

습격 받은 산 자 또한 망자가 되어 사람을 먹고, 더욱이 망자를 늘리고…… 재앙이 계속 퍼진다.

이것이 불사자^{언데드}라면 승려, 신관이 모두 나서면 막을 수 있었을지도 모른다.

그렇지만— 진혼의 기도는 의미가 없었다.

그것은 단순명쾌한 것이 아니었다. 방황하는 영혼이 이끌어 기어나온 자가 아니었던 것이다.

혼돈의 소용돌이는 계속 퍼진다. 질서의 세력은 차례차례 뒤덮이고, 암흑으로 돌아가는 것은 시간 문제였다.

《죽음》의 근원을 파악하여, 이것을 치라— 왕의 포고가 너무 늦은 것인지, 아니면 늦지 않은 것인지.

어느 모험가가 드디어 《죽음의 미궁》을 발견한 것은, 그 뒤 얼마 지나지 않은 때였다.

가로되— 미궁에서는 끝도 없이 많은 괴물이 솟아 나온다.

가로되— 미궁에는 괴물 놈들과 함께 무한할 정도의 부가 잠들어 있다.

가로되— 미궁의 가장 안쪽에는 마신의 왕이 존재한다.

맨 먼저 국왕이 보낸 군세는 미궁에 잡아 먹혀 기어이 돌아오지 못했다.

본래 군은 무시무시한 죽음과 함정의 지하미궁을 답파하는 역할을 맡은 것이 아니다.

군은 산맥을 넘어 밀려오는 북적, 남방의 이적, 그리고 호시탐탐 기회를 노리는 나라들에 대비한 것이다.

혹은 혼돈의 대군세를 맞이해 싸우기 위한 것— 다시 말해서 미궁은 모험가의 영역인 것이다.

그리하여, 성채도시가 생겼다.

미궁의 입을 봉하고, 안으로 보내는 모험가들의 거점이 되는 도시가.

모험가들은 일확천금과 입신출세를 노리고, 마신왕의 목을 노리며 미궁에 도전했고—.

"괴물을 죽이면, 시골 마을에서는 보지도 못할 정도의 돈을 하루에 벌 수 있다."

"그렇지 않아도, 미궁 안에서는 언제 죽을지도 모른다."

"그렇다면 마신왕을 토벌하는 것보다, 괴물 놈들 상대로 돈을 계속 버는 편이 좋다."

—아직도, 《죽음의 미궁》이 답파될 낌새는 없다.

당신이 그렇게 말을 끝맺자, 아가씨는 「네」 하고 작은 소리로 응답하며 수긍했다.

"……신전에 틀어박혀 있는 것보다는, 하다못해 세상을 위해서……
라고 생각했어요."

그렇게 아가씨는 성채도시를 찾아와, 동료를 모으고 미궁에 도전
하고자 했다고 한다.

훌륭한 뜻이다. 당신은 순순히 그렇게 말했다. 그리 간단히 할 수
있는 것이 아니다.

사실 당신 자신도 세상을 구하는 것 자체에는 집착하는 바가 없으
니까, 남 말은 못한다.

애당초 어떻게 살아가고 어찌 죽을 것인가는 당사자가 정할 일이
다. 당신이 말참견할 일이 아니다.

그래도 타인을 생각하여 행동할 수 있는 것은 존귀한 것이다.

그렇지만……. 당신은 의문을 품었다. 감정사 따위를 하지 말고,
미궁에 도전하면 될 것을.

당신이 그리 말하자, 아가씨는 몸을 흠칫 굳히며 숨이 막힌 기색
이었다.

"죄송합니다."

그녀가 조용히 말하더니, 물병에서 물을 흘리며 잔에 따르고 그것
을 입에 머금었다.

"저, 저는……."

그리고 후우, 후우. 몇 번 숨을 가다듬고서, 드디어 띄엄띄엄 말
을 했다.

"……저는, 성채도시로 오기 전에, 신전에 틀어박히기 전에도, 모

험을 한 적이 있어요…….”

당신이 그것이 무슨 뜻인가 물어보고자 하는데, 옆구리에 날카로운 통증이 흘렀다.

당신의 종누이가 온화한 미소를 지은 채, 당신의 옆구리를 팔꿈치로 찌른 것이다.

“그래서.”

종누이는 당신을 무시하고, 머뭇거리는 그녀를 도와주듯 말을 건넸다.

“동료인 사람들한테?”

네. 아가씨는 고개를 숙이고 작은 어깨를 떨면서 긍정했다.

“……고블린에게 질 정도라면, 미궁은 위험하다고…….”

두고 가버렸어요. 그녀는 말하며 덧없이 웃었다.

고블린.

그것은 말할 것도 없이 잘 알려진, 이 사방세계에서 가장 약하고 보잘것없는 괴물이었다.

사람들의 마을을 습격하고, 논밭을 망치며, 여자와 아이들을 잡아가고, 범하고, 잡아먹는, 악동 정도의 체구와 지능을 가진, 괴물.

—별 것도 아니다.

적어도 《죽음의 미궁》에는 고블린 이상의 위협이 잔뜩 있는 것이다.

검을 집어 세상에 나서려는 때, 문제 삼아야 될 상대는 아니었다.

물론— 지금 당신은, 아까 그 모험가들 두 사람에게도 이길 수 있을지 없을지도 장담할 수 없었지만.

“……처음, 모험에서. …………실패, 해버, 렸어요. 그래서, 신전에……."

당신이 뭔가 말하는 것보다 빠르게, 종누이가 당신의 옆구리를 팔꿈치로 쿡 찔렀다.

아프다. 항의의 눈길을 보냈지만 **육촌**은 전혀 신경 쓰는 기색이 없다.

당신은 헛기침을 하고서 새삼 입을 열었다.

감정사 취급을 받으며 머물러 있거나, 이렇게 이유를 이야기할 필요도 없는 것이 아닐까?

엄격한 말투라고 할 수도 있지만, 괴로운 일을 겪으며 성채도시에 남을 이유는 없을 것이다.

"그것은, 저기……."

당신이 그렇게 물어보자, 그녀는 한순간 창피한 것처럼 말을 머뭇거리더니…….

"……세상을, 평화롭게 하고 싶어서……."

짜낸 것처럼, 짧은 말을 입에 담았다.

"제가 모험에 가지 못해도, 미궁을 답파하는 누군가에게 도움을 줄 수 있으면, 그것이……."

—세상을 구하는 일로 이어진다, 라는 거군.

그 뒤로, 그녀는 고개를 숙인 채 입을 다물어 버렸다. 때때로 희미한 오열이 흐르고, 어깨를 떨었다.

당신은 아가씨의 그런 모습에 대해서는 아무 말도 하지 않고, 힐끔 동료들 쪽으로 시선을 돌렸다.

"에, 아, 그, 그렇네요. 누나는…… 좋다고 생각해요."

종누이는 그렇게 말하고, 주저하는 기색으로 하프 엘프 척후를 보았다. 그는 「상관 읎다」 하고 손을 흔들었다.

"그라고, 이거에 불평을 하면 내한테 돌아온다 안카나. 좋지 않나?"

당신은 두 사람에게 고개를 끄덕인 다음 주교를 찾고 있다고, 그녀에게 말했다.

"네……?"

당신이 그렇게 부르자, 그녀는 놀란 것처럼 고개를 들었다.

듣자니 감정의 권능을 받는 것은 주교위 이상의 성직자뿐이라고 한다.

주교쯤 되면 다소 마도의 소양도 있을 것 같으니, 있으면 상당히 든든하지만.

"저, 저기, 배려를 해주지 않으셔도. 저는, 웃음을 사는데 익숙하니까요……."

아양을 떠는 것처럼 힘없이 웃고, 아가씨는 빛이 없는 눈동자로 멍하니 당신을 보았다.

"그러니까, 감정이라면…… 이런 일은 하지 않으셔도, 받아드린답니다?"

……이것만 봐도, 지금까지 이 아가씨가 어떤 취급을 받았는지 알 수 있는 법이다.

당신은 「그게 아니다」 하고 고개를 좌우로 저은 다음에, 거듭하여 주교로 짚이는 자가 없는지 물었다.

"……힘이 되어드리고 싶지만. 제 손님들은, 주교가 아닌 분들뿐이라……."

아니, 아니. 당신은 다시 한 번 고개를 좌우로 흔들었다. 눈앞에 주교가 한 명 있다고 생각하는데.

그렇게 말하자, 그녀는 놀란 것처럼 눈을 부릅뜨고 당신을 바라보았다.

역시 소녀의 얼굴은 조각처럼 단정했다. 눈 주위의 상처가 없으면— 아니, 있어도 더욱이.

"그, 그렇지만, 저는, 아직 미궁에 한 번도…… 그리고, 고블린에게……!"

"그런 건 내도 아직 한 걸음도 안 들어갔다."

겁먹고, 당황하는 기색의 아가씨에게, 하프 엘프 척후가 「먼 소릴 하나」라며 웃었다.

"대장도 그렇고, 누님도 그렇다. 초짜 아이가, 다들."

"그래요."

그 말을 듣고서, 종누이가 아리따운 동작으로 미소를 짓고 차분하게 응답했다.

"저는 아직 미숙한 마술사고, 동생도."

육촌이다.

"이렇게 입만 위세가 좋아서……."

하아, 하고. **육촌**이 괜히 그러는 동작으로 자연스럽게 울적한 한숨을 쉬었다.

"성직자 분이 따끔하게 말씀을 해주시면, 누나로서도 안심이에요."

…………. 뭐, 이 **육촌**의 말 때문은 아니지만 치유사가 필요한 것은 사실이었다.

당신은 **육촌**을 노려보기만 하고서, 어흠 헛기침을 하고 새삼 말했다.

괜찮다면, 우리들의 동료가 되어주지 않겠나?

"──윽."

당신의 제안에 한순간 멍해졌던 아가씨는, 잠시 지나 입술을 한 일자로 다물고, 더듬더듬 가는 손을 뻗었다.

당신이 응답하듯 투박한 손을 내밀자, 그녀는 가녀린 손가락으로 살며시 당신의 손을 잡았다.

쥐는 손가락은 힘이 약하고, 잘게 떨리고 있었지만──.

"……저라도 괜찮으시다면, 기꺼이."

그렇게 말하며 처음으로 진심을 담은 웃음을 보인 그녀에게, 당신은 단단히 손을 마주 쥐며 대답했다.

§

"사원에 가보는기 어떻겠나?"

여주교가 진정될 무렵을 봐서 그렇게 말한 것은 하프 엘프 척후였다.

"뭐라도 기차게 만남이 있을지 모른다 아이가."

신의 인도라는 기다. 그러는 그에 비해, 당신은 달리 방침이랄 만한 것이 없었다.

당신은 그렇다면 좋겠다고 수긍하고, 각자의 지갑에서 대금을 지불한 뒤 주점을 나섰다.

"하지만 이제부터는 파티가 되는 거니까, 모두의 돈이 되는 거네요."

사뿐사뿐 하이 힐(!)로 걷는 종누이는 때때로 뜻이 담긴 말을 하니 곤란하다.

분명히 무기나 장비, 도구 같은 것은 모두의 생존률에 연관되는 공유 물자가 될 것이다.

앞으로의 일을 생각하면 지갑을 하나로 정리하고, 일단 종누이의 신발을 새로 사야 하리라.

"그래도 귀여운데. 딱히 문제없지 않아요? 미궁 안도 바닥돌이 있잖아요?"

에잇, **육촌** 녀석. 진위를 알지 못하면 반론을 못하지 않는가?

참으로, 당신은 이 도시에 대해서도, 미궁도 모른다는 것을 절감했다.

그렇지만, 이제 막 온 참이다. 그렇게 비관할 일도 아니지 않을까?

당신이 그런 생각을 하는데, 여주교가 조용조용 가녀린 목소리로 중얼거리는 것이 들렸다.

"……사원에는, 한 번 인사를 하러 간 적밖에 없어요."

당신의 시선에 순간, 그녀의 손에 들고 있는 지팡이가 들어왔다.

"하지만, 모험가가 많았다는 것은 기억하고 있으니까, 만남이…… 있을 지도 몰라요."

천칭과 검을 조합한 의장의 지팡이를 들고 있는 것만 봐도, 그녀의 신이 지고신이라는 것을 알 수 있다.

그러면, 이 성채도시의 제신은 과연 어느 신이었던가—.

"교역신이랍니다."

여주교가 조용조용 가르쳐 주었다.

자신이 할 수 있는 일이 있다는 것이 기쁜 것인지, 어조가 살며시 들떠 있었다.

"……바람과, 장사와, 여행의 신이시죠. ……네."

당사자도 그것을 깨닫고서 창피한 건지, 이어지는 말은 전보다 더 가녀린 것이었지만.

"오, 그건 효험이 있겠다. 여행과 장사에는, 만남과 돈이 딱 붙어 있지 않느냐?"

곧장 그녀의 말을 받은 척후에게 응답하면서, 당신은 길을 확인하려고 눈길을 주었다.

신전, 사원, 작은 것이라면 예배당은 종파를 가리지 않고 성이나 요새에 반드시 하나는 있는 법이다.

싸우는 가운데 기도의 대상이 될 것은 필요, 하다고 한다. 당신은 잘 이해를 못했다.

그렇지만 당신도 마음의 문제가 아니더라도, 현실적인 문제로 치유사가 필요하다는 것은 이해할 수 있었다.

당신은 운이 좋게도 여주교— 지금 일행의 가장 뒤를 조용조용 따라오는 소녀와 만날 수 있었다.

그러나 본래, 주문술사는 희귀하다. 문자 그대로, 재능이 수준을— 주문을 정한다.

"그건 그렇고, 꽤 가게가 많네요. 모험가들만 있을 거라고 생각했는데!"

생글생글 보기 드문 것을 발견한 것처럼 주위를 둘러보는 **육촌**을 보면, 도저히 그런 생각이 안 들지만…….

분하게도, 실제로 **육촌**이 하는 말이 맞다.

성채도시의 큰 길을 오고 가는 사람들은 태반이 무장한 모험가였지만, 그렇지 않은 자도 많다.

아마도 모험가…… 가 얻은 미궁의 부를 노리고서 모여든 자들일 것이다.

이 성채도시의 길은 복잡하게 뒤엉켜 있다. 처음에는 똑바로 걷는 것도 고생이었다.

도시 그 자체가 그야말로 미궁 같은 양상을 보이는 것은 5분만 걸어 봐도 몸에 스며들 정도로 이해할 수 있었다.

교역신의 사원이 세워진 것도 지당한 법. 《죽음의 미궁》 바닥에서는 재화가 끓어오른다.

길을 보면 주점에 여관, 무구점은 물론이고 세련된 옷 가게나 식당, 도박장 따위가 여기저기 있다.

과연, 분명히, 쓸 길이 없으면 보석은 그저 돌, 금화는 그저 원반이다.

"에잇, 주위를 너무 보면 창피하잖아요?"

당신이 문득 여자가 나올 법한 가게로 눈길을 돌리자, 곧장 종누이가 옆구리를 팔꿈치로 찔렀다.

그런 그녀의 손은 지금까지 당신이 본 적 없는, 머리를 묶는 장식 끈을 쥐고 있었다.

—어느 틈에. 당신이 그렇게 탓하자, 「지금 막이요」라며 **육촌**은 풍만한 가슴을 폈다.

"정말이지 참. 남자애니까 어쩔 수 없다지만 너무 무신경해요. 자, 이리 와봐요."

"에, 아……."

문득 불린 여주교가, 당황하며 고개를 갸웃거렸다.

"저 말인가요……?"

"그래요. 잠깐 뒤를 돌아보세요."

육촌이 그렇게 말하고 여주교를 빙글 돌리더니 그 장식끈을 쥐었다. 머리라도 묶어주려는 건가 했는데, 천을 감은 것은 여주교의 보이지 않는 눈 위였다.

"후후, 어때요? 촉감이 좋은 걸 골라서 샀는데요."

그렇게 묶은 다음에, 종누이는 여주교의 손을 잡고서 다시 몸을 돌려줬다.

그녀의 보이지 않는 눈동자, 무참하게 타 들어간 흔적이 아름다운 천에 싸여 가려져 있었다.

"역시, 보기 흉했……나요?"

겁먹은 것처럼 목소리를 떠는 여주교에게 종누이는 진심으로 의문스러운 기색을 보이며 고개를 옆으로 흔들었다.

"아니요. 왜냐면 이러는 편이 신비해보이고 예쁘잖아요!"

그렇죠? 종누이가 생글생글 웃으며 당신에게 의견을 구했다.

당황했던 여주교가 문득 표정을 살짝 찡그렸다. 종누이가 황급히 그 등에 손을 댔다.

"아, 시, 싫었어요? 검은 색이 싫으면, 저기, 하얀 색이나, 파랑…… 분홍이 좋아요?!"

여주교가 절레절레 고개를 좌우로 흔들자 금발이 커다랗게 파도쳤다.

하프 엘프 척후가 싱글싱글 웃었다. 당신은 숨을 내쉬고 볼을 풀었다.

당신은 종누이의 이런 부분을 순수하게 존경하고 있지만―.

정말이지, **육촌** 녀석. 당신은 풀어지는 볼을 감추듯, 큰 길 너머로 눈길을 주었다.

그런데 그때였다.

한 줄기 바람이 문득 길을 빠져나가고, 응어리진 공기를 잡아채며 하늘로 뻗었다.

당신은 바람에 눈을 감고서, 그것에 이끌리는 것처럼 하늘을 우러러보다가 그것을 발견했다.

가는 길에 늘어선 건물의 지붕 너머로 우뚝 선 첨탑.

분명, 바람이 불면 누구나 그것을 올려다볼 거라 생각했다.

탑의 정점에서 휘몰아치는 대기를 전달하고자, 풍차가 소리를 내면서 돌고 있었다.

과연, 분명히. 반복해서 당신은 고개를 끄덕였다.

――이 도시에는 교역신의 사원이 필요하다.

§

"쩨쩨한 배교도네. 얼른 나가세요."

문을 열자마자, 가녀리고 가슴이 빈약하고 덧없는 인상을 배신하는 수도녀의 말이 당신들을 맞이해 주었다.

"젠장! 뭐가 배교도냐, 욕심쟁이 땡중 놈들……!"

미궁에서 걸린 저주나 상처의 치유, 혹은 《리저렉션》을 거절한 것이리라.

장비로 몸을 굳힌 모험가가 동료를 짊어지고, 어수선하게 예배당을 떠나는 자들과 스쳐 지나갔다.

빛을 들이기 위한 창에서 빛이 내리쬐어, 석조 예배당의 제단에 이르기까지 장엄하게 비추고 있었다.

도무지 돈 이야기가 어울리는 분위기의 공간이 아니다.

"……뭐라고 말을 하는 게 좋을까요."

그래서 종누이가 무심코 표정이 굳어지는 마음도, 이해 못할 당신이 아니었다.

……그러나, 뭐, 당신은 치료를 의뢰하러 온 것이 아니었다.

지갑이 가볍든 품속이 허전하든, 걱정할 필요는 없었다.

—그러나, 역시 성채도시는 모험가의 도시인 것이군!

당신이 근처에 눈길을 돌리자, 여기저기에 무장으로 몸을 감싼 사람들이 기도를 바치는 모습이 보인다.

그것은 무훈이나 귀환을, 혹은 부상이나 치유를 받고 있는 동료의 무사를 신에게 탄원하는 것이리라.

누가 뭐래도 이 사원에는 치료는 물론이고 《리저렉션》의 기적마저도 행할 수 있는 고위 성직자가 모여 있다지 않는가.

《리저렉션》— 치명상에서 부활하는 것은 고위 성직자가 정신을 안정시키고 기도를 할 필요가 있다.

반복해서 말하지만, 애당초 주문술사가 희귀하다. 하물며 고위 술자는 더욱 그렇다.

그리고 미궁에서 집행하면 실패하는 의식이라도, 사원에서 향을 피우고 하면 이야기가 달라진다.

거금을 모아서 이 사원을 의지하러 오는 자도 많다고 들었는데—.

"그러니까, 오해하지 말아주세요."

당신들이 새롭게 사원을 방문한 것을 깨달았으리라.

수도녀는 환영하는 것처럼 고개를 숙이더니, 그 아름다운 얼굴에 생긋 화사한 웃음을 지었다.

그리고 손에 든 면죄부를 흔들고, 가는 허리의 곡선을 부드럽게 비틀었다.

이렇게 보니 그녀의 체구가 그리는 조각 같은 단정한 능선을 확실하게 알 수 있었다.

"기적을 바란다고 하면서도 보시를 내지 않는 착각하는 자들이 아니라면, 우리들은 따뜻하게 맞이합니다."

뭐 **신심**이 부족하면 기적도 일어나지 않지만요.

작은 소리로 중얼 덧붙인 말에, 하프 엘프의 척후가 「우와아」 하는 표정을 지었다.

"응?"

그것을 눈썰미 좋게 발견한 수도녀가 생긋 웃음을 전혀 무너뜨리지 않고 고개를 갸웃거렸다.

"무슨 일인가요?"

"아, 아니이, 우리들은 신참이라, 무슨 일 있을 때를 대비해서 인사라도 해둘까 한기다……."

"그런가요, 그건 무척 좋은 마음가짐이네요!"

"죽어갈 때는 잘 부탁한대이⋯⋯."

팍팍 밀어붙이는 수도녀에게, 척후가 표정이 굳어지며 당황했다.

누가 뭐래도 여기는 《죽음》과의 싸움의 최전선. 참배하러 오는 자는 경건한 신도가 아니다.

기적을 바라고 찾아온다. 바다에서 왔는지 산에서 왔는지도 모를 날건달 같은 모험가 놈들이.

선량하게 무상으로 자선을 베풀어봤자, 뜯어낼 만큼 뜯어내며 제멋대로 써먹으려고 할 것이 뻔하다.

신들은 자비롭지만 평등하다.

신도의 상냥한 마음씨를 먹잇감 삼으려는 자들에 대한 용서는, 회개한 다음이다.

─그렇군. 이 깎아지른 절벽 같은 땅에서 신들을 섬기는 자가 기합이 없을 리도 없는 것이지.

"저, 저기, 이거, 적긴 합니다만⋯⋯."

그때 그런 두 사람을 보다 못한 것도 아니겠지만, 여주교가 살며시 그 가녀린 손을 내밀었다.

수도녀는 그녀가 쥐고 있던 잔돈을 받아, 몇 닢인지 정확하게 세고서 기부용 주머니에 넣었다.

─역시 파티로서 공유 지갑을 준비해야겠군.

"네, 고맙습니다. 어머나, 당신은⋯⋯."

그러자 태도가 부드러워진 수도녀가 문득, 여주교의 얼굴을 보더니 눈을 깜빡였다.

신을 섬기고 있어도 고칠 수 없는 상처에 대해서 뭔가 말을 하는

가 했는데ㅡ.

"……그런가요. 동료를 발견한 거군요."

이것도 신의 인도일 겁니다. 그렇게 말하고, 수도녀는 아름다운 동작으로 가슴 앞에서 성인을 맺었다.

과연. 성직자라는 것은 틀림이 없었다.

당신이 그런 실례되는 생각을 하고 있는데「실례잖아요」하고 종누이가 작게 중얼거렸다.

당신은 그것을 무시하고 척후에게 눈짓을 했다. 그가 말하는「만남」이라는 것이 사원에 있을 것 아닌가?

"맞네."

척후가 말했다.

"저기 시스터 누님아. 쪼매 모험가 찾아봐도 되겠나?"

"상관없어요."

수도녀가 웃으며 응답했다.

"우리들의 신은 만남과 헤어짐도 관장하니까요."

그렇게 말하고 수도녀는 우아한 태도로 고개를 숙이더니,「그럼」하고서 사원 안으로 가버렸다.

당신이 무슨 뜻인지 물어보자「내도 소문으로 들은 것뿐이다」하는 말을 먼저 하고서, 척후가 가르쳐 주었다.

"《프리저베이션^{보존}》의 기적이라는 게 있다 안카나."

ㅡ이 사원은 딱히 상처 입은 자를 내치고 죽게 내버려두지는 않는다, 라고 한다.

물론 기도를 바쳐도 안타깝게 죽어 버리는 자도 많지만, 기부만

하면 축복을 아끼지 않는다.

그리고 기부할 돈이 없다고 해도, 빈사인 자를 그냥 내칠 정도로 무자비하지도 않다.

따라서 아직 간신히 숨이 붙어 있고, 그렇지만 기부를 못하는 부상자는 기적으로 잠들게 된다.

언젠가 동료가 돈을 가져오는 그 날까지.

"영원히 유지할 수는 없다 안카나. 그리고, 《리저렉션》이나 《프리저베이션》에는 **신심**이 필요한 기다."

하프 엘프 척후는 손가락으로 금화를 가리키는 부호를 만들고, 당해낼 수가 없다며 어깨를 으쓱거렸다.

"그러니까, **신심을 높이기 위해서** 미궁에 가는 녀석이 많은 기다."

그렇군. 거기까지 설명을 들으면 당신도 이해할 수 있었다.

파티가 반쯤 괴멸할 정도의 손해를 입고서도, 미궁에 도전할 정도로 전력이 건재하지는 않으리라.

그런 모험가를 찾아서, 일시적이라도 상관없으니 가입해달라고 하는 것인가?

"뭐 캐도, 그냥 방치되는 녀석도 많다는 말은…… 들었다."

척후가 그렇게 말하며 수도녀가 물러간 회랑 너머를, 으스스한 것을 보는 것처럼 보았다.

돈을 벌러 들어갔는데 또 괴멸, 혹은 다른 동료가 생기거나, 도시를 떠나 버리거나…….

—동료가 오는 「언젠가」가 사라져 버린 모험가.

그런 잊혀진 모험가들이, 이 사원에 얼마나 잠들어 있을 것인가?

자칫하면 당신도 그런 모험가 중 한 명이 될지도 모르는 것이다.

"뭐, 그런 사람들을 적당히 치료하고서, 치료비를 그 녀석의 빚으로 해도 되지 않았나."

그런 당신의 마음을 웃어 날리는 것처럼 척후가 가벼운 어조로 휘저었다.

"애당초 우리는, 밑천이 없다 아이가!"

"……저로서는, 그건 조금 피하고 싶어요."

자신과 어딘가 겹쳐서 본 것일지도 모른다. 여주교가 굳어진 표정으로 고개를 끄덕이자, 당신도 동의했다.

뭐, 그것은 마지막의 마지막이리라. 무엇보다도 돈을 벌지 않으면 택할 수 없는 선택지다.

그런데— 당신이 그런 이야기를 하고 있는 사이에 문득 묵직한 것을 끄는 소리가 귀에 들어왔다.

질질, 질질, 질질, 질질, 질질. 그 수는 다섯.

검붉은 얼룩이 번진, 자루. 끈으로 묶인 그것은 각각 사람이 한 명 정도 들어갈 정도의 크기였다.

"……무슨 일일까요?"

종누이가 의문스럽게 고개를 갸웃거렸다. 당신은 시체 주머니라고 중얼거렸다. 봐야 할 것은 그것을 끄는 모험가다.

"안녕~ 신관님. 다섯 명 매장해줄 수 있을까아?"

녹아 내리는 목소리라는 것은 그야말로 이것을 말하는 것이리라.

그곳에는 풍만한 가슴에서 이어지는 우아한 곡선, 아름다운 몸을 검은 의상과 갑옷으로 감싼 아름다운 여자가 있었다.

손에는 창을 쥐고, 몸 이곳저곳에 피가 번진 붕대를 감고 있으니 미궁에서 돌아온 전사이리라.

"매장인가요……."

대응하러 나타난 신관이 의무적인 어조로 말했다.

"가족들에게 연락은?"

"딱히 필요 없지 않을까? 달리 아는 사람도 없는 것 같으니까. 나도 모르는걸."

응답하는 여전사의 말도 담담하며, 자비 깊을 정도로 무자비했다.

"그러면 매장 수속을 하겠습니다."

인사하는 신관을 보지도 않고, 그녀는 짊어지고 있던 짐을 내렸다.

시체 주머니보다는 낫지만 묵직해 보이는 그것은, 사원의 돌바닥에 부딪혀 철커덕철커덕 소리를 냈다.

무구다. 당신은 직감적으로 이해했다. 죽어버린 자들의 장비이리라.

이미 말할 것도 없이, 동료가 전멸한 모험가라는 것은 명백했다.

그녀는 지독하게 지친 동작으로 얼굴을 쓰다듬고 숨을 뱉더니, 나른하게 머리칼을 어깨로 흘렸다.

"아……."

여주교가 가는 목소리를 흘린 것은 그때였다.

가만히 귀를 기울이고 있던 그녀가, 빛이 없는 눈동자를 똑바로 여전사 쪽에 향한 것이다.

당신은 지난번 일이 있어서 방심하지 않고 만도 자루에 손을 올리며 「아는 사이인가?」하고 물었다.

"네."

여주교가 고개를 끄덕였다.

"그게. 저 분은 모험가이고, 그리고…….”

거기까지 말한 그녀는 말할 것도 없었네요, 하고 대단히 어색한 표정을 지었다.

이야기하는 것에 그다지 익숙하지 못한 것이리라. 당신은 신경 쓰지 말라고 고개를 옆으로 저으며 다음을 재촉했다.

"주점에서도, 저에게 때때로 말을 걸어주신 분입니다. ……아마도, 지만요."

그녀의 상태로는 얼굴을 안다고 할 수는 없다. 당신은 그런가, 하고 고개를 끄덕였는데—

"어머나, 자기소개 정도는 스스로 할 거야아."

문득 바로 옆에서 들린 소리에 재빨리 한 걸음 물러나 간격을 쟀다.

추태다.

한 걸음 한 칼의 거리에서 부드럽게 미소 짓는 미녀.

머리칼에서 풍기는 달콤한 향기가 피와 먼지의 냄새와 뒤섞여 풍긴다.

그녀는 당신의 간격 안으로 스르륵 미끄러져 들어온 것이다.

나이도 당신과 그리 다를 바 없고, 주의를 하고 있었다고 생각했는데 동작의 낌새를 포착하지 못했다.

—이것이 미궁 경험자의 역량^{레벨}이라는 것인가?

당신이 감탄을 금치 못하는 것을 아는지 모르는지, 그녀는 풍만한 가슴 앞에서 손을 마주쳤다.

"후후, 드디어 동료를 찾았구나. 다행이야, 좀 걱정했거든."

"아, 네."

그 말을 들은 여주교가 떠는 것처럼 고개를 끄덕였다.

"바로, 방금 전에……."

"처음 뵙겠습니다, 리더 씨."

여전사는 천천히 당신에게 눈웃음을 짓고서, 무슨 숫자를 말했다.

"자유 전사야. 방금 전에, 그렇게 된 참이네……."

프리 파이터

요염하게 웃는 그녀에게, 당신은 어색하게 고개를 끄덕이고 자기 소개를 했다.

성채도시에는 이제 도착한 참이고, 동료를 찾고 있다고 하자 그녀는 「그래」 하며 맞장구를 쳤다.

그 동작은 정제되어 있어서, 도저히 지금 막 동료의 매장을 부탁한 참인 것 같지 않았다.

그러나, 지금 말한 숫자는—?

"아아, **번호**야. 이름이지. 세금 대신 모험가가 됐으니까, 그래서 말이지?"

대단한 일도 아냐. 그녀가 말하자, 등 뒤에서 종누이가 움직이는 걸 알 수 있었다.

당신 또한 도저히 그런 생각은 안 들지만, 당사자가 신경 쓰지 않는다면 말참견할 이유는 없다.

그러나 종누이는 다른 모양이다.

"저기…… 괜찮은, 건가요?"

조심조심 주저하면서도, 그러나 확실하게 여전사에게 말했다.

"괜찮아아."

여전사는 태연한 기색으로 손을 흔들었다.

"어차피 어제, 주점에서 막 만났던 애들인걸."

처음이라면 또 모를까. 그렇게 덧붙인 말에, 종누이는 「미궁에……」하고 말문이 막혔다.

"……도전하신, 거군요."

종누이가 침을 삼키는 소리가 들린 것 같았다.

"처음 방에 가서, 도망쳐 돌아온 것뿐이지만 말야."

그렇게 말하고 그녀 — 번호로 부르기는 망설여졌다 — 는 당신에게 흘리는 눈길을 보냈다.

추파라도 보내는 것처럼 의미심장한 눈짓은 남자라면 누구나 오해를 하고 싶어지는 것이었지만…….

"만약 나도 파티에 초청해주면, 기쁠 거야. 이래봬도, 언니보다 잘 하거든?"

당신은 무기 자루에 손을 올린 채 생각하고, 그녀에게서 눈길을 돌리지 않고 「어쩔까?」 하고 모두에게 물었다.

"내는, 이쁜 사람이 늘어나는 건 불만 없다."

맨 먼저 응답한 것은 하프 엘프 척후였다.

그의 모습에 여전사는 「아핫」 소리를 내며 웃고는 「고마워」 하고 속삭였다.

목소리에 어쩐지 좀 험악한 느낌이 있는 것 같은데, 과연 당신의 기분 탓일까?

"저로서도…… 여성이 많으면, 기뻐요."

종누이가 말하고서 「미궁에 들어간 경험이 있으시다면, 든직하기도 하고요」 말을 이었다.

여주교에 대해서는— 아무래도 자신에게 물어봤다는 생각을 못한 모양이다.

일의 전개를 지켜보며 입을 다물고 있어서 당신이 재촉하자 「아, 네」 하고 짧게 말했다.

그러나 그 이상의 말은 없어서, 당신은 아마도 찬성이라고 짐작하는 수밖에 없었다.

그렇다면— 과연, 어찌 해야 할까?

"우후후, 왜애? 신경 쓰이는 부분이라도 있어?"

당신이 입을 열기 전에 여전사가 반응했다.

—날카롭군.

기를 읽어내고자 단련을 쌓은 당신보다도, 그녀가 더 민감한 걸지도 모른다.

당신은 숙고한 끝에, 한 수 겨루기를 바란다고 말했다.

그녀를 파티에 들이는 것 자체는 문제없지만, 실력을 알아두고 싶다는 생각을 한 것이다.

잠정적이라고는 하지만, 당신은 지금 이 파티를 이끄는 입장이다.

역량이 생사에 직결되는 이상, 동료의 전력은 파악해두고 싶다.

—아니, 변명이군.

당신은 지금, 남몰래 흥분하고 있다는 사실을 인정하지 않을 수 없었다.

아까 대치했지만, 무기를 맞대지 못했던 미궁 경험자가 눈앞에 있는 것이다.

당신의 칼이 어느 정도 통하는지, 그녀를 통해 확인해보고 싶다는 마음을 감출 수가 없다.

"흐응, 그런 말을 한단 말이지……."

당신의 말에, 여전사는 눈빛이 변했다. 그리고―.

통, 그녀가 파고드는 소리와 당신이 칼을 뽑는 소리가 거의 동시에 울렸다.

당신은 쓰러질 것처럼 몸을 앞으로 내밀고, 한쪽 무릎을 세워 흐름 그대로 하단에서 발도했다.

휘잉 소리를 내며 튕겨나가는 것처럼 뻗은 칼날의 칼등을 돌리자, 창의 자루와 척 맞물렸다.

그때는 이미 창날 끝이 당신의 머리 위에 도달해 있었다. 방금 전까지 목이 있던 높이.

창날에 집을 씌워놓았지만, 찔리면 필연적으로 몸부림을 쳤으리라.

당신은 한손으로 쥐어 칼등으로 창을 쳐올리고, 상단에서 양손으로 고쳐 쥔 다음에 내리쳤다.

그 때는 이미 여전사가 자루를 끌어당겨, 제2의 찌르기에 대비하고 있어서―.

"아핫."

호흡이 흘러나오는 웃음소리와 함께, 그녀의 눈매에서 험악함이 느슨해지는 것을 알 수 있었다.

"한 수라고 약속한 게 유감이네. ……좀 더 어울려보고 싶어졌는데."

당신은 가볍게 창을 돌려 물미로 바닥을 때리는 그녀의 모습에 마지못해 고개를 끄덕였다.

첫 수는 간신히 호각. 그러나 두 수째가 되면…… 어떻게 되었을까?

"이 녀석, 갑자기 여자분한테 칼날을 향하다니! 누나 화내요!"

종누이다. 당신은 소태 씹은 표정을 지으며 정정했다.

나름대로 단련을 거듭했다는 자부는 있었다. 즉석 모험가라고 듣고서 얕본 것도 아니다.

그렇지만, 미궁에 흘러 들어온 어중이떠중이 가운데 살아 있다는 사실은— 강하다.

"저, 저기, 두 분…… 무엇을, 하시는 건가요……?"

상황을 미처 이해하지 못한 여주교의 불안스런 목소리.

"신경 쓸 것 없대이."

척후가 말했다.

"싸우는 거 아니다. 싸움일지도 모르지만, 『할수록 사이가 좋다』하는 그거다, 이건."

당신은 「아마도」라고 응답하면서 새삼 모두를 돌아보며 고개를 숙였다.

지금 그것은 완전히 당신의 어리광이며, 미숙함이 부른 결과다.

그렇게 말하자 종누이는 불만을 한 가득 품고서 「정말이지 참 정말이지 참」을 반복하지만, 이건 됐다.

오히려—.

"아무래도 좋습니다만, 사원 안에서 날뛰는 불신자들은 잿더미가 되어야 하지 않을까요?"

당신의 등 뒤에서 들리는 차가운 목소리에 위협을 느껴야 하리라.

돌아본 곳에는 수도녀가 투명할 정도의 무표정한 얼굴로 서 있었다.

당신은 말문이 막혔지만, 그걸 무시하고서 「네에」하며 여전사가
웃으며 응답했다.

"……농담을 한 게 아닌데요."

"그럼그럼, 알고 있어요. 미안해요."

정말이지, 참. 미안한 기색이 없는 여전사에게 수도녀가 깊숙한
한숨을 쉬었다.

"어쨌든지…… 여기는 만남과 헤어짐을 관장하는 장소. 앞날에
좋은 바람이 불기를 바라겠습니다."

바라건대 미궁 안에도 바람이 있기를. 수도녀는 그렇게 말하고 성
인을 맺었다.

역시 이 도시에, 이 사원은 필요한 것이다.

그렇지만 당신은 그렇다 치고, 그녀에게 당신은 합격점을 받은 것
일까……?

"그래 어디……."

질문을 들은 여전사는 볼에 손을 대고서 고민스럽게 숨을 내쉬었다.

"말할 것도 없겠지— 서로?"

그렇게 말하고, 그녀는 상어처럼 씨익 웃었다.

§

맑고 높은 금속음과 함께, 한 주먹 정도 되는 철구가 저녁의 어두
운 하늘로 빨려 들어갔다.

죽음의 저주를 담아서 던진 마구를, 엘프가 맨손으로 쳐서 날려버

린 것이다.

성채도시의 변두리 투기장에 모여 있는 사람들이 와아 환성을 지르며 끓어올랐다.

당신은 룰을 잘 몰랐지만, 지금 그것은 득점이 된 모양이다.

드높이 들어 올린 흑판에 백묵으로 적힌 숫자가 변하고, 엘프 쪽 관객은 바닥에 발을 굴렀다.

정말이지, 소리의 홍수다.

손님이 외치는 소리, 응원도 있고 매도도 있다. 좁은 통로를 오가는 판매원의 목소리. 술, 빵, 고양이 고기.

당신마저도 기가 질릴 정도였으니, 여주교는 한방감도 못 된다.

창백한 얼굴로 이마에 손을 대고 있는 것에 당신이 괜찮냐고 묻자, 그녀는 기특하게 고개를 저었다.

"아, 아뇨, 조금 놀라버린 것뿐이니까요……. 괜찮답니다."

"정말, 마치 축제 같네요!"

두리번거리며 주위를 둘러보고 있는 **육촌**은 그렇다 치고.

당신은 하프 엘프 척후에게 이건 대체 뭐냐고 물어봤다.

"뭐, 우리는 목숨 건다 안카나. 다른 사람이 목숨 걸고 승부를 하는 게 즐거운 기다."

그의 대답은 간결했지만, 과연 그런 것인가 하고 당신은 납득했다.

무엇이든 남의 일이라는 것은 재미있다, 그걸 이해 못 할 것은 없었다.

저 아래, 투기장 안에서는 탐색자가 이끄는 파티가 요술사의 파티에게 철구를 던지고 있었다.

고기가 뭉개지는 소리와 함께 피가 솟아오르자, 아무리 그래도 종누이도 표정이 굳어지기는 했다만……

"그러니까아, 분명히 평소에는, 이 근처에 있을 거라고 생각하는데에…….'

애당초 이곳으로 당신들을 데리고 온 것은 이 여전사였다.

§

—미궁에 도전하는 모험가 파티는, 대략 최대 6명이 정석이라고 한다.

그것은 미궁의 통로 폭도 그렇고, 낙오하지 않도록 모두를 파악할 수 있는 한도라는 점도 있었다.

적어도 끝도 없이 병사를 보내면 《죽음》에 먹히고 끝이라는 것은, 이미 나라가 실증을 한 뒤였다.

덧붙여서 말하자면, 개인이 장비나 자산이나 이것저것 모두 관리할 수 있는 집단의 상한선이기도 하리라.

돈 계산을 장부에 적는데 정신이 팔려서 괴물에게 잡아먹히면 웃음거리도 못 된다.

따라서, 6명.

그것을 생각하면, 당신들로서는 앞으로 한 명은 누군가에게 참가 권유를 해야 한다.

전사나, 술자.

사치스런 말을 할 셈은 없지만, 그래도 술법의 소양이 있는 자를 바라고 있었다.

"너는 일단, 주문을 쓸 수 있지?"

그렇게 생각하는 당신에게 여전사가 빙글 돌아보며 웃은 것은 사원을 나섰을 때였다.

겨룰 때 눈치를 채기라도 한 걸까? 당신이 그렇다고 고개를 끄덕이자, 그녀는「그렇지」하고 고개를 끄덕였다.

"그리고 저 애도, 주문의 소양이 있었을 거고…….”

여전사가 눈길을 준 것은 줄의 가장 뒤에서 조용조용 따라서 걷는 여주교였다.

저도! 풍만한 가슴을 내밀며 자기주장하는 **육촌**을 무시하고, 당신은 여주교에게 물었다.

"아, 네."

그녀는 작게 고개를 끄덕였다. 도저히「잘 한다」라고 자신을 가지고 말할 수는 없는 모양이다.

"서투르게나마, 정도긴 하지만요. 술법의 비적도 수련했답니다.”

그렇다면, 이 다섯 명 중에서 자신, 종누이에 그녀까지 세 명이나 주문술사가 있다.

혹시나 하프 엘프 척후에게도 숨겨진 재주가 있지 않을까? 돌아보자 그는「없다없다」하며 손을 흔들었다.

어디 그렇다면 앞으로 한 명인데, 어떻게 할까—.

"승려라도 괜찮다면, 소개해줄 수 있는데에?”

§

여전사의 제안은 안성맞춤이었다.

그렇다기보다, 이렇게 투기장까지 끌려오는 사이에 생각해보니 참 능숙한 태도였다.

자신의 지기를 파티에 넣어, 보다 입장을 안정시키려는 것이리라.

그 자연스러움에 당신은 내심 혀를 내둘렀다.

"하지만, 이런 장소에 스님이 계시는 걸까요……."

"후후, 성실한지 아닌지는 모르지만, 있단 말이지."

아무래도 인파 속에서, 여전사는 목적한 인물을 발견한 모양이다.

조금만 기다려 한 마디 하고서, 그녀는 스르륵 인파 안으로 몸을 미끄러뜨렸다.

얼마 안 가서 그녀 뒤를 따라온 것은, 인파 안에서도 말 그대로 머리 하나가 빼어난 큰 키와 마른 몸.

곤충과 비슷한 머리를 가진 이형— 당신도 처음 봤지만, 미르미돈 이다. 미르미돈 승려다.

"……뭔가. 승려를 찾고 있다는 건 너희들인가?"

턱을 타각타각 울리면서, 미르미돈 승려는 담담한 목소리로 말했다.

그는 더듬이와 겹눈을 돌리며 당신들을 돌아보더니, 「이거야 원……」 하면서 숨을 내쉬었다.

"여자와 어린애, 한 명은 **감정**이로군. 진심인가?"

차가운 말에, 여주교가 흠칫 몸을 떠는 걸 알 수 있었다.

몇 시간 전까지의 처지를 생각하면 무리도 아닌 이야기지만, 이에 종누이가 분개했다.

"스님. 첫 대면인 여성에게 실례되지 않나요. 분명히 저희들은 미숙하지만요…….."

"주변 녀석들이 그렇게 생각한다는 거다. 자각은 해둬라."

……흠.

당신은 미르미돈 승려의 말에 한쪽 눈썹을 올렸다.

말투는 저래도, 나쁜 녀석은 아니다……라고 봐도 될 것이다.

그도 그렇게, 그는 여주교의 눈에 대해서는 언급하지 않았다.

당신이 하프 엘프 척후에게 시선을 돌리자, 그는 입술 끝을 씨익 끌어올리며 웃었다.

"뭐, 묘하게 센 척 할 필요는 없다. 우리는 운이 좋다 아이가. 마음은 다 같지."

그 말을 듣고서, 여주교가 망설이면서 「네」 하고 모기 소리 같은 소리로 수긍했다.

"……열심히 할, 자신은 아직 없……지만요."

미르미돈 승려는 겁먹으면서도 앞을 보려는 소녀 앞에서, 불편한 것처럼 턱을 울렸다.

"……그래서, 목적은 뭔가?"

목적. 당신은 앵무새처럼 그 말을 반복했다. 노골적으로 화제를 바꾼 모양이다.

"돈인가? 아니면…… 미궁의 안쪽에 있다고 하는, 《죽음》의 근원인가? 나는 어느 쪽이든 상관없다만……."

그러는 미르미돈 승려 앞에서, 당신은 주위에 있는 동료들에게 눈길을 주었다.

—내 생각으로 말을 해도 되는 것일까?

"좋다고 생각해요."

종누이는 맨 먼저 웃으며 고개를 끄덕였다.

"누나가 옆에 있으니까요."

육촌 녀석. 당신은 숨을 내쉬었다. 당신은 종누이의 이런 점을 순수하게 존경하고 있는 것이다.

하프 엘프 척후는 씨익 웃고 있었지만, 그 옆에서 여주교가 당황한 것처럼 시선을 흔들었다.

"저기, 미궁에 도전한다는 이야기는…… 들었습니다만."

"그러고 보니, 아직 못 들었네에. ……아, 참고로 나는 돈이거든?"

생긋 웃으며 찌르는 여전사. 아마도 다 알면서 하는 말이리라.

당신은 숨을 들이쉬고, 내쉬었다.

—뻔하다.

당신은 딱 잘라 단언했다.

미궁에 휘몰아치는 돈이 필요 없다고 할 셈은 없지만, 목적은 **미궁의 답파** 오로지 하나.

최하층까지 이르러,《죽음》의 근원을 찾아 그 목을 치는 것뿐이다.

"……정말로?"

여주교가 보이지 않는 눈을 깜빡거렸다.

"정말로, 그러실 셈인가요……?!"

그녀의 목소리가 희색을 품었다— 라고 생각하는 것은, 당신의 자만일까?

물론이라고 당신은 대답했다. 그곳에 도달할 수 있을지는 모르지만, 도전할 마음가짐인 것은 변함이 없다.

"헤헹. 내는 대장이 가지 않아도 그럴 셈이었다. 미궁 따위 쉽다 안카나!"

"목소리가 떨리는데에?"

키득키득 방울 같은 웃음소리를 울리는 여전사.

"무서운 건 무서운기라!"

하프 엘프 척후는 굳어진 표정으로, 그러나 웃음을 섞어서 대답했다.

"과연, 진심이로군."

그리고, 마지막으로 미르미돈 승려가 깊게 고개를 끄덕였다.

"좋다, 가지."

—상관없는 것일까?

"나도 미궁 안에 틀어박힌 녀석의 낯짝을 보고 싶어졌다. 마음이 바뀌었어."

당신이 고개를 갸웃거리자, 그는 그렇게 말하고 듬직하게 턱을 타각타각 울렸다.

그렇다면, 이걸로 정해졌다.

당신와, 종누이, 그리고 하프 엘프 척후. 본래 감정사였던 여주교, 종잡을 수 없는 여전사, 미르미돈 승려.

이 여섯 명으로, 당신은 《죽음의 미궁》에 도전하게 된다.

다시 말해서—— 모험의 시작이다.

§

　《죽음의 미궁》은, 성채도시의 변두리에서 쩍 커다란 입을 벌리고 모험가를 기다리고 있었다.

　수많은 모험가를 집어삼킨 문은, 괴물의 턱처럼 당신들을 기다리고 있었다.

　해는 정점을 지나서 기울어갈 무렵이라, 아직 태양의 빛은 강하다.

　그러나 빛은 미궁의 입구에 들어가자마자 곧장 잘려나가고, 그 뒤에는 암흑이 펼쳐진다.

　한 걸음 들어설 용기조차 가지지 못한 자에게, 미궁은 그 뱃속을 드러내지 않는 것이다.

　"……여기가, 《죽음의 미궁》……."

　여주교가 가녀린 목소리로, 어깨를 떨면서 작은 소리로 중얼거렸다.

　감개가 깊은 것보다도 공포의 색이 짙지만, 그보다 한 층 더해서 말꼬리가 떨리는 자가 있었다.

　"뭐, 뭐고. 겁주지 마라. 내도 무섭지 않나……."

　하프 엘프 척후다. 그는 부들부들 경련하는 손가락 끝으로 허리에 매단 단검을 매만지고 있었다.

　당신이 이거야 원, 하며 한숨을 쉬는 것과 여전사가 「우후후」 웃음소리를 흘리는 것은 거의 동시였다.

　"괜찮아, 뒤에 있는 사람들을 지키는 건 우리들의 역할인걸."

　당신은 그 말에 동의했다.

　후위에 적의 칼날이 — 칼날을 가졌는지 당신은 모르지만 — 닿도록 해서는 말도 안 된다.

미궁에 들어가면서, 당신들은 딱히 의논을 한 것이 없었다.

애당초 어제오늘 막 만난 참이었다. 연계를 하고 싶어도 무리가 있다.

그럴 거면 전위랑 후위 분담만 나누고, 서로 방해가 되지 않도록 하자—.

"하지만, 돌아와서 다 함께 식사를 해요!"

그렇게, 생글생글 자리에 안 어울리는 웃는 표정으로 제안한 것은 당신의 종누이였다.

다 알면서 이런 태도인지, 모르는 것인지, 어느 쪽이든 그릇이 참 크다.

당신은 관자놀이를 미약하게 누르면서 고개를 끄덕였다. 술법에 대해서는 종누이에게 맡기자.

"어머, 괜찮나요?"

그다지 인정하고 싶지는 않지만, 이 파티에서 가장 술법이 뛰어난 것이 이 종누이인 것이다.

당신은 앞에서 칼을 휘두르게 되니, 후위에서 전체를 둘러볼 수 있는 그녀에게 지휘를 맡기는 것이 좋으리라.

당신이 그걸로 상관없냐고 묻자, 미르미돈 승려는 「나는 어느 쪽이든 상관없다」라며 턱을 울렸다.

"나는 앞으로 나설 테니까. 그렇게 되면, 네 담당은 보물상자가 되겠군, 도적."

"그, 그래."

하프 엘프 척후가 수긍했다.

"케도, 내는 척후다……."

"어느 쪽이든 좋지만, 죽어도 도망치지 마라. 도망치면 주살해주마. 공짜로 일하는 건 사양이다."

"아, 안다 안카나! 언젠가 미궁을 답파할 남자다, 얄보지 말그라!"

그런 대화를 옆에서 들으며 여주교가 키득, 볼을 푸는 것을 당신은 보았다.

긴장은 하고 있다. 당신도 포함해서지만, 그럼에도— 아마도 괜찮으리라.

당신은 그렇게 판단하고, 미궁의 입구로 발을 움직였다.

성채도시는 미궁의 입구를 막는 것처럼 세워져 있었다.

다시 말해서 안에서 솟아 나오는 것을 막기 위해서이며, 그곳에는 무기를 손에 든 병사가 대기하고 있었다.

당신은 여성 — 풍만한 가슴팍의 문장으로 짐작하건대 근위병 — 에게 인사를 하고, 백자의 인식표를 꺼냈다.

"아아, 됐어 그런 거. 여기선 이미 등급 같은 건 관리 안 하니까."

그녀는 대단히 가벼운 태도로 손을 휘휘 내젓고, 명랑할 정도의 기색으로 그렇게 말했다.

당신은 그 사이에도 그녀를 살펴보았지만, 아무리 봐도 틈이 없어서 근위병과의 역량 차이를 실감했다.

"미궁의 어디까지 들어갈 수 있는가, 살아서 돌아올 수 있는가, 탐색을 계속할 수 있는가거든."

"……그렇게, 엄격한 건가요?"

여주교가 긴장 탓에 팽팽해진 목소리로 중얼거렸다.

"그야 그렇지."

근위병이 보증했다.

"절반은 도망쳐서 돌아오거나 처음에 죽어."

—나머지 절반은?

"탐색하는 도중에 죽어버린다, 일까?"

그렇게 말하고 근위병은 소리를 내어 깔깔 웃고, 누더기 자루를 다섯 개를 당신에게 떠넘기듯 건넸다.

이건? 당신이 그렇게 묻자, 그녀는 「시체 주머니」라고 웃음을 무너뜨리지 않고 말했다.

"여섯 개나 있어도 의미가 없으니까, 다섯 개 있으면 충분해."

어차피 다 죽으면 시신을 수습해 줄 사람도 없다. 당신의 등 뒤에서 여전사가 실소하는 기색으로 숨결을 흘렸다.

별 것도 아닌, 그저 농담 따먹기— 괜히 겁주기는 아니리라. 당신은 표정을 찌푸렸다.

이 정도 겁주기에 움찔거리는 녀석은 애당초 미궁에 들어가면 안 된다는 것이다.

나라의 온정이라고 봐야 할지, 이 여성 근위병의 상냥함이라고 봐야 할지 판단하기는 어렵지만…….

"무서우면 고향에 돌아가지? 가족이 있을 거 아냐, 아마."

당신은 입술 끄트머리를 끌어올리고, 동료들을 돌아보며 「상관없나」라고 물었다. 고개를 끄덕여준다.

"나는 어느 쪽이든 상관없다."

미르미돈 승려가 말했다.

"네가 들어가지 않으면 다른 파티를 찾으면 된다."

그럴 필요는 없다고 당신은 고개를 옆으로 젓고, 근위병에게 문제 없다고 말했다.

"그래."

근위병이 눈웃음을 지었다.

"사이좋구나. 그것만 가지고 살아남을 수는 없지만—."

사이가 나쁜 파티보다는 훨씬 좋아.

그렇게 속삭이는 그녀의 말에, 당신은 뭐라 말하기 어려운 표정을 지었다.

사이가 좋은— 것일까? 당신은 알 수 없었다.

그것이 분명해지는 것은 아마도 이 탐색에서 생환한 다음이리라.

당신은 모두를 다시 한 번 돌아보고, 천천히 미궁의 어둠 속으로 발을 들였다.

그 등을 따라서, 근위병이 소리를 질렀다.

"시련의 장소에 온 걸 환영해!"
웰컴 투 프로빙 그라운즈

§

당신의 눈앞에는 지금 막 내려온 사다리가 바위벽에 고정되어 있었다.

여기에 또 다시 모두 함께 돌아올 수 있도록 하는 것이, 파티의 리더인 당신의 역할이다.

그러나…… 당신은 눈을 깜빡거렸다.

미궁의 그림자는 정체 모를 농도로 주위의 공간을 파묻고, 숨을 쉬기만 해도 압박감이 느껴진다.

눈에 힘을 주어도 어둠에 눈이 익숙해질 기미가 없으며, 어렴풋한 밝기가 떠돈다.

보이는 것이라곤, 암흑 속에 떠오르는 통로의 윤곽선뿐이다.^{와이어프레임}

"좋아, 정한대로 가지. 전사들과 내가 전위, 너는 후방경계다."

"알았대이!"

그렇지만, 과연 경험자가 있으면 매끄럽게 진행되니까 좋다.

미르미돈 승려의 지시로 하프 엘프 척후가 후열로 간다. 후위가 여성진들만 있는 게 아니니 마음이 든든하다.

이 미궁의 초자연적인 공간이야말로 군대의 진입을 막은 제일의 원인이다, 라고 당신은 들었다.

미궁 안에서는 다른 모험가와 거의 만나지 못하는 것도 이 탓이라고 한다.

통로도 옆으로 세 명 나란히 서는 것이 고작인 것 같지만, 자칫하면 용이 머물 수 있을 정도로 거대한 것 같기도 하다.

이 상황에서 열 명, 백 명의 상태를 파악하고자 하면, 어느 정도로…… 아니.

애당초 당신은 자신을 포함하여 여섯 명을 생각해야 한다. 당신의 책임은 무겁고, 크다.

"후후, 그러면 잘 부탁해, 리더 씨."

그때 그 어깨의 무거운 짐에 부드러운 손이 올라가고, 귓가를 간질이는 것처럼 숨결이 쓰다듬었다.

당신이 돌아보자 여전사가 키득키득 즐거운 기색으로 눈웃음을 지었다. 당신은 그래 하고 굳어진 목소리를 냈다.

그러나, 뭐, 긴장이 조금 풀렸다.

당신은 진정하고서, 허리에 찬 도의 고정못을 점검하고, 칼집의 상태를 확인한 다음에 탁 넣었다.

딱히 이름 있는 것이 아닌 양산품이지만, 이번 탐색에서는 이것에 목숨을 맡기는 것이다.

"그러면, 가볼까요. 적당히, 어디, 저쪽부터⋯⋯."

"아, 그, 게, 기다려 주세요⋯⋯!"

육촌 녀석. 당신은 하늘을 우러러보고, 그녀를 막아준 여주교에게 진심으로 감사했다.

역시 이 종누이에게는 긴장감이 부족한 것 아닐까? 동료란 마음이 든든한 것이다.

"지, 지도를 그리지 않으면 길을 잃을 테니까요⋯⋯. 저기, 그리고, 분명히⋯⋯."

여주교는 다른 모두의 시선이 자신에게 모인 것을 민감하게 짐작한 것이리라.

얼굴을 붉히고 숙이더니, 말꼬리가 말과 함께 점점 작게 줄어들었다.

"처음 탐색은, 처음 방까지⋯⋯겠죠?"

그럴 셈이라고 당신은 대답했다. 확인하듯 여전사와 미르미돈 승려에게 눈길을 주었다.

"가서, 싸우고, 보물 상자를 얻고, 돌아온다. 간단한 일이야."

그렇게 말하며 여전사가 키득키득 웃었지만, 당신은 도무지 웃을 수 없었다.

실제로 그녀의 파티가 그 모험에서 어떻게 되었는지, 당신은 방금 전에 직접 보았다.

그것을 빼고서라도— 이 미궁에서 살아남는 것이 쉬운 일은 아니리라.

희미한 윤곽선마저도, 아주 약간 멀어지면 번지는 것처럼 흐려져서 앞을 내다볼 수가 없다.

빛조차 집어삼키는 끝 모를 암흑의 미궁이다. 언제 어디서 괴물의 습격을 받을지 알 수 없다.

동료들 여섯 명의 얼굴을 확인하는 것이 고작이니, 과연 이래서는 군대도 돌아올 수 없으리라.

당신은 어느샌가 긴장에 힘이 들어간 손을 푸는 것처럼 쥐고, 폈다.

어슴푸레한 어둠 탓이 아니라면, 종누이의 표정이 파르르 떨리는 것처럼 보였기 때문이다.

당신은 종누이를 탓할 셈이었던 말을 삼키고, 그저 주의하자는 말만 했다.

가서, 돌아온다. 반성이다 뭐다는 모두 끝난 다음, 살아 있으면이다.

지금 해야 할 일이 아니었다.

"일단, 지난번 탐색 때 썼던 거라면 있다."

미르미돈 승려가 품에서, 부스럭거리는 소리를 내며 뭉쳐놓은 양피지 다발을 꺼냈다.

그것을 펼치자, 아주 미약한 일부라지만 미궁의 지형이 그려진 지도였다.

정밀하고 유려한 필치. 측량의 지식이 있는 자가 기록한 것을 한눈에 알 수 있었다.

"흐아~."

당신 옆에서 그것을 들여다본 하프 엘프 척후가 맥 빠진 소리를 흘렸다.

"오, 준비성 좋네, 형씨. 어디 군 같은 데 방출품 아이가? 이거 굉장하구마, 숙련자 뺨을 치겠다."

미르미돈 승려는 문득 입을 다물고, 타각타각 턱을 부딪쳐 울린 다음에 조용히 말했다.

"……나다."

"엉?"

"내가, 그렸다."

"어이쿠……."

뭐 이제 막 만난 참이다. 모르는 일도 많다.

당신이 그렇게 생각하자, 여주교가 조심조심 주저하며 손을 뻗었다.

고개를 갸웃거리는 당신의 옆에서 금방 의도를 짐작한 종누이가 그녀에게 지도를 건넸다.

"자, 여기요!"

"아……. ……고, 맙습니, 다."

여주교가 호오. 숨결을 흘리고 감탄한 기색으로 지도를 애무하는 것처럼 손가락으로 더듬었다.

"……알 수 있나?"

네. 미르미돈 승려의 물음에 작게 고개를 끄덕인 여주교는 살며시 지도를 쓰다듬으며 말을 이었다.

"전혀 보이지 않는 것도 아니고……. 먹과 종이의 차이는, 만지면, 알 수 있으니까요."

"그렇군."

미르미돈 승려가 말했다.

"뭐 이렇게 어두우면 눈이 좋고 나쁘고는 상관없지."

당신은 그 말에 미소를 지으며 고개를 끄덕이고, 조금 생각하고서, 여주교에게 지도를 담당해 보겠냐고 제안했다.

"네……?"

여주교는 놀란 표정으로 이쪽을 올려다보았다.

"저, 말인가요?"

물론, 전위가 지도를 그리면서 행동하는 것은 우려가 많다.

후위라면 척후에게는 경계를 맡기고 싶고, 종누이는………… 종누이는, 뭐, 그거다.

"……지금 뭔가 동생에게 부당하게 업신여김을 받은 것 같아요!"

당신이 농담처럼 말을 흐리자, **육촌**의 목소리가 살짝 흐트러졌다.

물론 진짜 반응은 아니리라. 몸을 굳히는 긴장을 풀기 위해서다.

설령 진짜라고 해도, 결과적으로 긴장이 풀어진다면 당신도 탓할 생각은 없었다.

"뭐, 이건 누님아한테 마술에 전념해 달라는, 대장의 배려아이겠나!"

하프 엘프 척후는 과연, 이제 당신하고는 이심전심인 것 같다. 당신은 괜히 고개를 끄덕였다.

그런 대화를 우왕좌왕 당황하며 듣고 있던 여주교도 이윽고 주먹을 꼭 쥐었다.

"저, 저기, 그러면…… 성심성의껏, 해보겠습니다."

부탁한다. 당신은 한 마디를 전했다.

책임감이 강해 보이는 그녀라면 섣부른 실수는 안 할 거고— 상대는 이 미궁이다.

바로 방금 전에 미르미돈 승려가 말한 것처럼, 눈에 의지하지 않는 편이 오히려 헤매지 않을 것 같았다.

그리고 무엇보다—.

"저기, 그러면 지도를 빌리겠습니다."

"그래. ……아아, 첨필은 있나? 목탄이라도 괜찮다만."

"아, 네. ……죄송합니다. 빌릴 수 있을까요?"

양피지를 펼치고, 지도를 그릴 준비를 하고 있던 그녀에게는 어쩐지 조금 들뜬 기색이 있었다.

이전 모험의 실패, 감정사였던 내력 탓에 오는 울분을 해소하는 것에 좋은 효과가 있으리라.

"살아남으면, 이지만 말야."

그런 당신의 모습을 보고, 여전사가 살며시 속삭이듯 말했다.

"하지만, 배려할 줄 아는 남자애는 좋다고 생각해."

당신은 그 놀림을 웃으며 받아 흘리고, 새삼 미궁 안쪽의 어둠으로 눈길을 주었다.

언제까지고 입구에 서 있어봤자 아무것도 시작되지 않는다.

그럼에도, 당신은 너무 오래 이야기를 해버린 것 같았다.

준비는 중요하지만…… 무의식중에 미궁 안쪽으로 들어서는 것을 두려워한 것일까?

당신은 천천히 고개를 옆으로 흔들고, 되도록 의식적으로 발을 앞으로 움직이며 말했다.

─가자.

모두가, 묵묵히 그것을 따랐다.

§

당신은 숨을 삼켰다.

아니, 한 걸음 나아갈 때마다 잡아먹히는 것 같았다.

아직 그다지 나아간 것도 아닐 텐데, 돌아봐도 이미 지상의 빛은 보이지 않는다.

희미하게 어렴풋이 하얀 통로의 윤곽선만 뻗어 있고, 어둠 속으로 흩어지면서 끊어진다.

앞길을 봐도 변함이 없다. 당신은 암흑 한가운데에, 덩그러니 남겨진 것 같다는 생각마저 들었다.

미궁에 가득 차있는 독기나 괴물이 있다는 선입관 때문인 것인지, 아니면 둘 다인지.

어느 쪽이든 미궁에서 다른 파티와 만나는 일이 거의 없다는 것은 이해할 수 있었다.

미궁에서 사람은 고독하다. 의지할 수 있는 것은 자신의 역량과 파티의 동료뿐.

여기는 이미 기도하지 않는 자 놈들의 영역인 것이다.

지금 이 자리에서 지상까지 도망치고자 달려 봤자, 반드시 돌아갈 수 있을 거라는 생각이 안 들었다.

예를 들어 한 번이라도 미궁에 들어왔는지 아닌지. 그것이 모험가 사이에서 차이를 낳는 것도 당연하다고 할 수 있었다.

"혹시이, 무서워졌어?"

바로 곁에서 키득키득, 방울이 울리는 것처럼 여전사가 웃었다. 당신은 아니, 하고 고개를 옆으로 저었다.

괜찮냐고 모두에게 묻자 약간 굳어진 목소리로 제각각 다르게 그럼, 이라거나 네, 라거나 대답이 돌아온다.

—여주교의 대답이 없다.

어라? 당신이 어쩐지 돌아보니, 그녀는 집중한 기색으로 묵묵히 양피지에 첨필을 움직이고 있었다.

이번에는 견본이 되는 지도가 있고, 거의 외길이다. 틀리는 일은 없으리라.

괜찮냐고 물어보자 종누이가 재촉하고, 여주교가 「아아, 네」 하고 음계가 올라간 목소리를 냈다.

"죄, 죄송합니다. 집중해버려서…….."

당신은 상관없다며 고개를 옆으로 저었다. 긴장해서 움직이지 못하는 것보다는 훨씬 좋다.

"방에는…… 어떤 괴물이 있는 걸까요?"

91

종누이가 조용히 그렇게 말했다.

"천차만별이다."

미르미돈 승려가 중얼거렸다.

"1층이라면, 조그마한 사람형태인 녀석들이 많지. 모험가 같은 녀석들도 있다만…… . 그 다음은, 돈이로군."

"돈인가요?"

"이유는 모른다. 그러나 배회하지 않는, 방에 틀어박힌 녀석은 보물 상자를 가지고 있다."

침입해서 약탈. 모험가 일의 전형적인 예라고 할 수 있었다.

그래서 오히려 당신의 흥미를 끈 것은 「모험가 같은 녀석들」 쪽이었다.

미궁에 숨어 있는 것은 괴물이라는 게 세상의 상식으로 정해져 있다. 모험가가 모험가를 습격하는 것일까?

"잘은 모르겠지만."

여전사가 가르쳐 주었다.

"도적. 영혼을 잃은…… 죽은 자일지도?"

그 음성은, 아까 당신을 놀릴 때와 비교하면 약간 딱딱했다.

벅찬 상대인가? 당신은 단적으로 물었다. 그녀는 말을 흐리면서도, 고개를 끄덕였다.

"모험가 같다는 건…… 정말로 모험가일지도 모르지만…… 조금, 그래."

나오면 도망치자. 희미하게 중얼거린다. 그 결과가 시체 주머니 다섯인가.

당신은 크게 숨을 내쉬었다. 싸우기 전부터 긴장하고 있어도 어쩔 수가 없다. ―그것도 여기까지였다.

지금 당신들의 눈앞에는, 닫혀진 방의 문이 막아서고 있었다.

"……드, 드디어래이."

하프 엘프 척후가 굳어진 몸을 푸는 것처럼 팔을 움직이면서 말했다.

"뭐, 내가 미궁의 주인이라믄 1층에는 보물 상자 같은 거 안 놓는다 아이겠나……."

"벌이가 어떻게 되든, 상대가 무엇이든, 한 번 싸우고 철수한다. 크게 다쳐도 사원에서 고칠 돈이 없다."

미르미돈 승려가 담담하게, 기계적이라고도 할 수 있는 기색으로 방침을 반복해서 확인한다.

당신은 그렇다고 수긍했다. 여기로 오는 길에서, 대화하여 정한 것이었다.

"그러면 쳐들어가서, 죽이고, 귀환. 할 일은 셋뿐이다."

"그러니까, 전력으로 해도 되는 거네요, 스님!"

"……간단히 말하면, 그렇다."

종누이가 발랄한 목소리를 내고, 미르미돈 승려는 중얼중얼 말했다.

당신도 그 의견에 관해서는 긍정적이었다.

언젠가 피로 누적을 피하거나 반대로 무리를 해야만 하는 때가 오겠지만, 지금은 아니다.

지금 생각해야 할 것은 싸우고, 살아남고, 돌아간다, 이 세 가지뿐이다. 일단은 싸워서 이겨야 한다.

"후후후. 언제든지 좋아?"

여전사가 창을 겨누고 희미하게 웃었다. 여주교가 황급히 지도를 집어넣고, 천칭검을 손에 들어 고개를 끄덕끄덕.

당신 또한 도를 뽑아 꼼꼼하게 고정못을 점검하고, 자루에 침을 뱉어 적시고 손에 길들였다.

좋아. 당신은 모두에게 말을 걸고, 발을 들어 올려— 힘차게 문을 걷어찼다.

"——?!"

당신들이 한 덩어리가 되어 방으로 뛰어들자, 그림자 속에 웅크리고 있던 괴물 놈들이 퍼뜩 고개를 들었다.

그 수는— 다섯!

"좋아! 소형의 사람 모양, 모험가풍은 없다!"

미르미돈 승려가 외쳤다. 이 미궁의 어슴푸레함 속에서는 상대의 정체가 뭔지를 간파하는 것이 쉽지 않다.

그리고 강적이 아니라고 해도, 적은 다섯. 전위의 수로 따지면 이미 지고 있었다.

당신은 적의 수가 많다는 것을 보자마자, 재빨리 종누이에게 주문 행사 지시를 날렸다.

"그, 그래요, 물론이고말고요……!"

종누이가 긴장한 목소리를 냈다.

"셋이서 맞춰요!"

그러나, 여주교의 대답이 없다. 그녀는 몸이 굳어져서 힉, 하며 숨도 제대로 못 쉬고 있다.

당신은 작게 고개를 옆으로 젓고, 칼을 안 든 빈 손에 《슬립》^{수면}을 의미하는 주인을 맺었다.

그것을 본 종누이가 짧은 지팡이를 들어 낭랑하게 진정으로 힘 있는 말을 발했다.

"사지타……^{화살} 케르타……^{필중} 라디우스!^{사출}"

그 순간 전장에 하얀 안개가 생기더니, 그것을 꿰뚫는 것처럼 소녀의 손가락에서 빛의 화살이 흩어져 날아갔다.

《매직 미사일》^{힘의 화살}은 당신도 소양이 있는 초보적인 술법이다.

위력은 그렇다 치고 반드시 맞는 저주가 담긴 화살촉은 이 상황이라면 마음 든든하다.

"GROORBB?!"

"GORB?! GBBOROB?!"

몽롱해진 참에 화살 비를 맞고서 기세가 꺾인 괴물이 비명을 질렀다. 그러나ー.

"주문이, 맞았는데……!"

믿을 수 없다는 기색으로 종누이가 외쳤다. 수는 아직도 다섯. 전력차를 줄이기에는 이르지 않았다.

그러나 상관할쏘냐. 당신은 자루를 양손으로 쥐어 어깨에 지는 것처럼 겨누고, 전위 두 사람에게 소리쳤다.

"그래, 놈들도 무적이 아니다……. 해치운다!"

"아핫! 이런 거, 두근두근하네……!"

당신은 동료들에게 뭐라고 외쳐서 응답하고, 적들 한 가운데로 칼을 끌며 뛰어들었다.

"GOORB!"

"GBBGORO!!"

당신이 노린 것은 적진 선두에 서 있는 한 마리다.

아직도 상황 파악을 미처 못한 그 괴물을 향해서, 당신은 열화 같은 기합과 함께 칼을 내리쳤다.

"GOOBOGR?!"

파고드는 기세를 실은 칼날이 괴물의 어깨부터 배로 빠져나가, 뼈와 근육을 끊고서 내장을 쏟아냈다.

적의 체격이 작아서 상대하는 요령이 다르다. 혀를 찰 정도로 힘에만 맡긴 일격이었지만, 해치우기에는 충분하다.

당신은 칼을 그 기세 그대로 휘둘러 피를 떨쳐내고, 스윽 발을 미끄러뜨리며 발치를 확보. 다음 적을 찾는다.

나머지 넷—.

"GOBB!"

"아앙, 차암…… 아프, 잖아!"

"GOOBOGRRB?!"

"으음……! 귀찮군……!"

—아니, 나머지 둘.

동료 두 사람이 이미 적과 마주쳤다.

여전사는 덤벼드는 단도를 미처 비껴내지 못해 가죽 갑옷으로 받아내고, 물미로 괴물을 찔러서 날려버렸다.

상대는 작다. 아까 당신이 힘에 맡긴 공격을 한 것처럼, 간격을 유지하는 것에 수고가 드는 모양이다.

한편, 미르미돈 승려는 도끼칼 같은 소검을 역수로 쥐고 적절하게 공격을 받아 흘리고 있었다.

1대 1이라면 그다지 상대가 벅차다고 할 수 없지만, 수의 우위가 역전되면 알 수 없다.

"GGOBOO!!"

"GOORGB?!"

그들이 상대를 해치울 때까지, 남은 이 녀석들을 당신이 받아내야 하리라.

"대장, 이쪽에서 맡으면 되나?!"

하프 엘프 척후가 외치는 목소리를 등으로 받으며, 당신은 고개를 옆으로 저어 괴물 놈들 둘과 마주보았다.

"GGGBOOROGB!"

"GOORBG!"

조잡한 곤봉을 손에 들고서 슬금슬금 다가오는 모습은, 딱히 간격을 재고 있는 것은 아니다.

그저 어떻게 동포를 먼저 덤비게 만들고, 자기만 살아남을까를 생각하고 있는 것이리라.

그 추악하고 제멋대로인 모습…… 당신도 이야기는 들어본 적이 있다. 틀림없으리라.

─고블린인가!

"히, 이……익."

뒤에서 억눌린 여주교의 비명. 주의가 쏠린 한순간, 고블린 놈들이 뛰어들었다.

좌우에서 동시다. 당신은 칼로 오른쪽 곤봉을 떨쳐내고, 왼쪽에서 오는 일격을 갑옷으로 받아내 감수했다.

마디진 나무가, 당신의 옆구리에 소리를 내며 파고들었다.

"——!"

종누이가 비명을 지르는 게 들리지만 무시한다. 괜찮다. 둔하게 아프지만, 치명적이지 않다.

당신은 숨이 막히는 것을 느끼면서, 당장이라도 무너질 것 같은 다리를 질타하여 버텨냈다.

만약 넘어져버리면 그대로 두들겨 맞는다. 혹은 후열을 공격하거나, 다른 전위를 공격할까?

당신은 대치하는 고블린을 베고자 양손에 힘을 주고, 위화감을 깨달았다.

"GOORGB!!"

—칼날이 곤봉에 절반쯤까지 묻혀 버렸다!

방금 그 한순간의 공방에서, 받아낸 당신도 힘을 너무 주어버린 것이리라.

곤봉을 쥔 고블린이 케들케들 웃는 가운데, 왼쪽 고블린이 곤봉을 들어 올리는 것이 시야 끝에 보였다.

당신은 줄다리기라도 하는 것처럼 양손에 힘을 주고, 반사적으로 칼로 곤봉을 끌어당기는 것처럼 팔을 휘둘렀다.

"GOROO?!"

절단된 곤봉이 공중으로 날아갔다.

용력의 차이는 압도적이다. 그리고 당신의 칼날은 조잡한 막대기하고는 가격이 다르다.

당신이 칼날을 튕겨 올리자, 오른쪽 고블린이 거기에 밀려나 발을 구르며 비틀거렸다.

당신은 빈틈없이 대상단으로 칼을 겨누고, 왼손을 살며시 대는 것처럼 미끄러뜨리며 왼쪽으로 파고들었다.

"GBBOBOG?! GOROGB?!"

당신의 머리를 구타하려고 한 고블린은 설마 자신을 노릴 거라고 생각 못한 모양이다.

곤봉을 들어 올린 그대로 콧대부터 사타구니까지 대나무 쪼개듯 베이자, 쿠당 뒤로 무너져 버렸다.

지저분한 피가 뿜어져 나와 당신에게 쏟아져 내렸다.

피를 뒤집어쓴 당신은 칼을 하단으로 겨누고, 마지막 고블린의 사타구니 아래부터 역풍을 노리고 발을 미끄러뜨려 거리를—.

"아핫! 내~거……!"

"GBBOORG?!"

—푹 소리가 나면서, 그 고블린의 가슴팍에서 창날이 돋아났다.

경련하는 고블린을 바닥에 쓰러뜨리고, 여전사가 유연한 발로 그 등을 짓밟더니 창을 뽑아냈다.

온몸에 피가 튀어 검붉게 지저분해진 그녀는 볼에 날아온 피를 혀로 낼름 핥았다.

"이걸로 둘……이지?"

그러고서 미소 짓는 입술은 마치 연지를 바른 것 같았다. 당신은 크게 숨을 내쉬고 고개를 끄덕였다.

그쪽은 어떤가 하고 미르미돈 승려 쪽으로 눈길을 돌리자 「끝났다」하는 소리가 들렸다.

"뭐, 고블린 정도라면. 어떻게든 되지."

도끼칼 같은 소도는 생각 이상으로 절삭력이 좋은 모양이다. 미르미돈 승려는 고블린의 잘린 머리를 내던졌다.

당신이 등 뒤를 돌아보자, 하프 엘프 척후가 말없이 손을 들고 있었다.

종누이는 얼굴이 창백해졌지만— 아니, 여주교가 부들부들 떨고 있는 모습이 눈에 머물렀다.

"아, 네……에……. 무, 사…… 해요. 무사, 해요…… 저는……."

괜찮냐고 물어보자, 여주교는 멍한 기색이었다.

당신이 종누이에게 눈길을 주자 그녀는 고개를 내젓더니, 이번에는 맡겨달라는 듯 고개를 끄덕였다.

—그러면, 그 말에 어리광을 부리자.

당신은 후우 숨을 내쉬었다. 칼을 지팡이 대신 삼아 몸을 지탱하자 피로가 단번에 몰려들었다.

끝나버리자 순식간이고, 한순간이었지만…… 치열하기 짝이 없었다. 라고 말해도 좋았다.

그도 그럴 것이 경험이 다소 있는 자가 있다고는 해도, 새내기 모험가 여섯 명이다.

그에 비해서 적은 가장 계층이 낮은 곳을 배회하는 괴물이 다섯. 전력을 따져보면 호각이다.

당신이 서 있는 것은, 고위 모험가가 코웃음을 칠 법한, 사력을 다한 싸움의 결과였다.

그 결과 앞에서, 당신들은 잠시 동안 아무도 아무 말을 할 수 없었다.

곰팡내가 나는 방의 공기에 혈육과 시체의 냄새가 섞인 가운데, 다들 하나같이 거친 호흡을 정돈하는 소리만 울렸다.

적의 수가 예상 밖으로 많은 탓이었지만, 자칫하면 《죽음》의 세례를 받았을 게 틀림없다.

적어도 당신들과 발치에 굴러다니는 고블린 놈들은 무엇 하나 입장의 차이는 없었던 것이다.

누구나 지쳐 있고, 상처의 치료마저도 잊고서 늘어져 있는 가운데─.

"좋았어!! 이겼다아!!"

묵직한 공기를 부수는 것처럼 활기찬 승리의 함성을 지르는 남자가 있었다.

곧장 팽팽하던 것이 뚝 실이 끊어진 것처럼 느슨해지고, 모두 얼굴을 마주보았다.

당신은 후우 숨을 흘리고, 만도의 피를 떨쳐낸 뒤에 종이로 닦아내 칼집에 넣었다.

양산품이지만 의지가 됐다. 적어도 목숨을 건진 것은 이 칼 덕분이었다.

"오우, 대장, 수고했다! 자, 다들 물 마시고 한 숨 돌리라."

그가 내민 수통을 당신이 받아서 한 모금 마셨다. 미지근한 물이 지독하게 차갑고 기분 좋았다.

"죄, 죄송합니다. 저는……."

"자, 됐으니까 마시라. 내도 못 움직였다아이가. 밸 수 읎다읎어."

여주교가 모기가 우는 것처럼 사죄하는 말을 흘려 넘기고, 하프 엘프 척후는 그녀의 가방에서 수통을 대신 꺼내주었다.

그녀는 부르르 손을 떨면서 그것을 받아, 물을 흘리면서 신음하는 것처럼 마셨다.

다들 그것을 따라 각각의 짐에서 수통을 뽑아 목을 축였다.

당신은 여주교가 눈치 못 채도록, 하프 엘프 척후에게 고개를 숙였다.

―후위에 있는 척후나 도적이 전투에서 활약하는 일은 적다.

체력의 소모가 가장 적은 그가 이렇게 배려를 할 줄 아는 인물이라는 것은 대단히 행운이다.

"신경 쓰지 말그래이. 대단한 일도 아이다."

훌쩍 손을 흔들고, 하프 엘프 척후는 우득우득 손가락을 풀기 시작했다.

―그렇다. 그의 싸움은 여기서부터 시작되는 것이다.

고블린 놈들이 모은 것인지, 아니면 이 방에 처음부터 있었는지.

어디선가 홀연히 나타난 것처럼, 피가 묻은 보물 상자가 아무렇게나 놓여 있었다.

"저희들이 처음으로 왔다, 라는 걸까요⋯⋯?"

어느샌가 옆에 다가온 종누이가 공포와 긴장의 흔적으로 창백한 얼굴을 가까이 대고서 속삭였다.

당신은 알 수 없다고 고개를 옆으로 저었다. 미궁에서 가장 가까운 방이다. 설마, 그럴 리가 싶었다.

"나도 원리는 모르지만, 보물 상자는 어느 틈엔가 나타난다고 하더군."

미르미돈 승려가 방의 구석에 풀썩 앉으면서 거침없는 말투로 말했다.

"미궁의 원리인지, 주인이 그렇게 만든 것인지…… 어느 쪽이든 좋다. 돈이나 보물이 계속 나오기만 한다면."

그렇군. 당신은 고개를 끄덕이면서도, 으스스한 것을 느끼고 눈을 감았다.

"어이, 지쳤다면 기적이라도 걸어줄까? 그걸로 실패하면 귀찮아진다만."

"아니, 어떻게든 될기다…… 아마."

키득키득. 놀리는 것 같은 여전사의 웃음소리가 들린다.

"그걸로 실패하면, 다 네 탓이거든."

"어이쿠야……."

"히, 힘내세요."

종누이가 응원하자, 하프 엘프 척후가 「하모」 하고 응답했다.

여주교의 말은 없고, 목소리는 끊어졌고, 척후가 일곱 가지 도구를 가방에서 꺼내는 희미한 소리가 들린다.

그렇게 모든 것을 암흑 속에서 들으며, 당신은 가슴 속에 숨어든 그림자를 손으로 잡아 바라보았다.

—마치, 《죽음》이 손짓하는 것 같군.

목숨을 걸기에 걸맞은 재화. 위험 안에 숨은 수수께끼. 괴물이 꿈틀거리는 미궁의 지하 깊숙한 곳…….

누가 저항할 수 있을까? 그곳에 이르기까지, 어느 정도 《죽음》이

거듭해 쌓이게 될까?

이 미궁의 암흑은 그야말로 《죽음》의 암흑에 다름없다—.

"……아마, 이건 석궁 같은 장치가 있다고 생각한대이……."

철컥, 철컥.

당신이 눈을 뜨자, 척후의 손가락이 재주 좋게 번득일 때마다 그가 손에 쥔 도구가 열쇠 구멍을 파헤쳤다.

몇 개의 길쭉한 탐침과 철사. 얇고 평평한, 끌 같은 형태의 소도.

열쇠 구멍을 조사하고, 뚜껑과 상자 틈에 칼날을 넣어 보고, 하프 엘프 척후는 바쁘게 보물 상자 주변을 돌아다녔다.

당신도 그것이 함정을 조사하고 열쇠를 열려는 시도라는 것은 알 수 있지만, 구체적인 공정은 모른다.

이미 하프 엘프 척후에게 맡기는 수밖에 없다.

그렇다고, 느긋하게 쉬고 있어야 되는 건 아니다. —함정도, 여러 가지다.

폭발로 전멸, 종소리로 새로운 괴물이 온다, 《전이》를 당한다…….

만일의 때에 대비해 그의 곁에서 대기하는 것이 당신의 역할이며, 이렇게 되면 아까하고는 입장이 반대다.

슬금슬금 시간이 지나는 가운데 기다리는 수밖에 없는 안타까움은 또 상당히 힘든 일이었다.

"……있지, 저 애 말인데."

그 긴장 가운데, 살며시 당신에게 속삭인 것은 여전사였다.

검붉게 물든 볼은 닦아낼 때 번진 탓인지 싸움의 흥분 때문인지, 희미하게 상기되어 있었다.

저 애? 당신이 고개를 갸웃거리자, 그녀는 턱짓으로 방의 한 구석을 가리켰다.

거기에는 종누이가 여주교의 등을 살며시 쓰다듬으며, 물을 홀짝홀짝 마시게 하고 있었다.

"너무, 화내지 말아줄래?"

이런저런 일이 있었다고 하니까. 여전사는 희미하게 고개를 숙이고 눈썹을 찌푸리며 조용히 말했다.

당신은 그 말에, 어허? 하며 아무것도 아니란 식으로 응답했다.

화내야 할 일이 뭔가 있었던가?

당신이 그렇게 말하자, 여전사는 한순간 고개를 갸우뚱하더니 부드럽게 눈웃음을 지었다.

"그래. ……아니, 내 착각이었다면 됐어. 미안해?"

사과를 들어야 할 일도 아니었다. 당신은 다시 한 번 말하고서 시선을 보물 상자 쪽으로 돌렸다.

누구든지, 무슨 사정이나 생각이 있는 법이다.

이야기하고 싶다, 들어주기를 바란다, 라고 생각하지 않는다면 거기에 타인이 파고들 필요는 전혀 없다.

그것은 여주교뿐 아니라 종누이, 그리고 이 숫자번호를 이름으로 소개하는 여전사도 그렇다.

따라서 당신은 그 이상 아무 말 없이, 그저 불의의 사태에 대비하는 것에만 주력했다.

그녀도 아무 말 없었다. 다른 누구도, 아무도.

잠시 지나 보물 상자의 뚜껑이 떨어지는 덜컹 소리가 나고, 하프 엘프 척후가 뛰어 올랐다.

"오, 오오오……!"

설마 함정이 발동했는가? 당신은 허리의 만도에 손을 대고 대비했다. 척후가 돌아보더니 딱딱하게 표정을 일그러뜨렸다.

"아자아, 봤나!! 열렸다아이가!!"

"와아, 대단해라!"

여전사가 아까 지은 우려의 표정이 거짓말인 것처럼, 아양떠는 고양이 같은 달콤한 소리를 내고 척후에게 달려갔다.

어디 보자. 미르미돈 승려가 일어서고, 표정이 밝아진 종누이가 여주교의 손을 잡고 이끌어 보물 상자로 갔다.

하프 엘프 척후가 보물 상자에서 좌르르 집어 올린 금화가 반짝반짝 눈부시게 빛나고 있었다.

당신은 커다란 숨을 내쉬었다.

§

미약하게 이완된 공기 가운데, 귀환을 제안한 것이 누구였는지는 이제 판별할 수 없다.

당신들은 누구랄 것도 없이 일어서서, 척후가 상자 안을 다시 한번 훑어보고 방을 떠났다.

다리는— 가볍기도 하고, 무겁기도 했다. 그것은 그대로서도 기묘한 감각이었다.

피로는 짙고, 긴장은 아직 남아 있고, 안도와 기쁨이 보글보글 가슴 속에서 끓어오른다.

당신은 살아남았다.

당신은 승리했다.

고작해야 고블린 몇 마리 상대로 고생을 하면서였지만, 미궁에서는 분명하게 한 걸음을 내디딘 것이다.

"아니, 그런데…… 꽤 돈이 되는 거 아이가?"

분배는 일단 나중에 하기로 하고 재화를 짊어졌던 하프 엘프 척후가 곰곰이 말했다.

금화 — 잘 보면 은화도 섞여 있지만 — 는 긁어모으자 주머니 하나가 부풀어 올랐다.

가지고 돌아가는 것도 제법 고생일 정도고, 6명이 나눠도 상당한 재화가 될 것이다.

돈벌이 한 건, 한 탕 한다. 그런 것을 꿈꾸며 모험가가 되는 자가 끊이지 않는 것도 당연했다.

"이대로 고향에 돌아가도, 1년 정도는 놀면서 살 수 있것다."

"뭔가? 공돈을 끌어안고서 철수할 건가?"

당신의 옆을 걷고 있던 미르미돈 승려가 무감정한 겹눈을 하프 엘프 척후에게 향하며 말했다.

"나는 그래도 상관없다. 좋을 대로 해라."

"어이쿠야……."

얼마나 진심인지 알 수 없는 위압적인 목소리에 하프 엘프 척후는 두 손을 들고서 항복의 뜻을 드러냈다.

"농담아이가 농담."

반복해서 말하는 척후에게 키득키득, 당신 옆에서 여전사가 웃음
소리를 흘렸다.

"돈은 중요하거든?"

그녀는 속삭이는 것처럼 말했다.

"여기서는 뭐든지 비싸게 파니까아."

먹는 것이든, 노는 것이든, 무기와 방어구를 갖추고 살아남기 위
한 준비든.

모험가라는, 문자 그대로 돈줄을 보고서 이 성채도시에서는 온갖
물건의 가격이 비싸다.

그 중에서 가장 싼 것이 모험가의 목숨이라는 것은 흔히 듣는 이
야기다.

당신이 그렇게 말하자, 여전사는 「아니」 하고 머리칼을 흔들면서
천천히 고개를 옆으로 흔들었다.

"여기서는, 목숨도 돈에 걸려있는걸. 죽어버리면 또 다르겠지만……."

아무래도, 무엇이든 비싸게 먹힌다는 모양이다. 당신은 탄식했다.

"……그건 그렇고, 어느 나라 돈인 걸까요?"

한편으로 당신의 종누이는 모두에게 양해를 구하고 나서 먼저 받
은 금화를 구석구석 살펴보았다.

물론 어둠 속이니까 관찰하는 것에도 한계가 있겠지만, 신경 쓰인
다고 그녀는 말한다.

"왜냐면, 본 적이 없는걸요. 오래된 금화인 건 틀림없다고 생각하
지만요."

신화시대 무렵부터 이 사방세계에서는 수많은 나라가 흥하고 망

했다. 새삼스런 일이다.

애당초 신기하다고 하면, 이 미궁도 그렇다.

당신은 자연스럽게 주위에 눈길을 돌리고, 떠오르는 무기질적인 통로의 윤곽선을 되짚었다.

오는 길에서는 뒤덮는 것 같았던 미궁도, 돌아가는 길에서는 이미 익숙한 길처럼 보였다.

적어도 지상까지 가는 길은 돌이켜보면 그리 긴 거리가 아니었던 것 같은데…….

"……저, 저기…….."

당신이 지도를 보여달라고 할까 해서 돌아봤을 때, 조심조심 주저하는 목소리가 들렸다.

여주교다. 그녀는 타이밍이 겹친 것에 놀라 당황해서 「아무것도 아니에요」라며 말을 흐렸다.

그 등을 당신의 종누이가 살며시 쓰다듬었다.

"괜찮으니까 말해보세요."

온화하게 속삭인다.

"내 동생이 실례되는 짓을 하면, 나중에 혼내줄 테니까요."

육촌이라고 당신이 정정하자, 하프 엘프 척후가 「반항기래이」라며 괜히 말했다.

당신이 그것을 듣고 거창하게 퉁명스런 태도를 보이자, 미르미돈 승려가 「어느 쪽이든 좋다」 하고 턱을 열었다.

"말하고 싶은 것이 있다면 말해라. 입 다물 셈이라면 다물어라."

"……."

날카로운 말에 여주교는 고개를 숙여버렸다.

"어쩔 텐가?"

미르미돈 승려가 짧게 거듭 말한다. 그녀는 말했다.

"……죄, 죄송, 해요. 아까…… 그게…… 저, 제가……."

그 목소리는 지독하게 떨리고, 작고, 당황하고 있어서, 혼나기 직전의 어린애 같은 꼴이었다.

—글쎄.

당신은 심각한 기색으로 고개를 갸웃거렸다. 대체 무슨 말인지 전혀 모르겠다.

"풉……."

무심코 나온 것처럼, 여전사가 입가에 손을 대고서 가녀린 어깨를 떨었다.

웃음을 참는 것에도 한도가 있는지 잠깐만, 이라고 말하는 것처럼 날카로운 눈이 당신을 보았다.

당신은 짚이는 것이 전혀 없다고 고개를 옆으로 저었다. 뭔가 치명적인 일이 있었던 것도 아니다.

드디어 여전사가 키득키득 웃기 시작한 것을 듣고서, 여주교는 당황하여 고개를 흔들었다.

"하모하모, 대성공아이가."

하프 엘프 척후가 크게 고개를 끄덕이고, 미르미돈 승려는 턱에서 숨결을 흘리며 「그런 건가」 하고 중얼거렸다.

"그렇죠?"

종누이가 살며시 등을 쓰다듬은 걸 계기로, 여주교는 「네」 하고 작은 소리로 중얼거렸다.

"······저기. 위로 돌아가면. 지도를 봐주실 수 있을까요? 저, 확인을······ 해주셨으면 해서······."

열심히 할 테니까요. 다음에야말로. 이번에는. 여주교가 말없이 그렇게 말하는 것 같았다.

물론, 당신은 거부하지 않는다. 중요한 일이니까.

그렇게 말하자, 그녀는 안도한 기색으로 표정을 풀었다.

"네."

대답하는 목소리가 조금 들뜬 것처럼 들린 것은 당신의 착각이 아니리라.

여전사가 아까 일을 갚아주는 것처럼 「잘도 따르네」라고 속삭이고, 당신의 옆구리를 팔꿈치로 찔렀다.

이제 머지않은 곳에 지상으로 이어지는 사다리가 보이고 있었다.

그렇다. 당신들의 모험, 첫 탐색은 성공으로 끝났다.

이제는 돌아가기만 하면 된다.

—그러니 그것은, 누구의 책임이라고 할 수 없는 일이었으리라.

어둠 속, 당신의 발이 끈적한 감촉을 느낀 것은 다음 순간이었다.

§

"—납셨네."

여전사가 속삭이는 목소리와 함께 숨결을 흘리고, 이어서 금방 눈을 가늘게 뜨며 시선을 어둠 속으로 보냈다.

미르미돈 승려도 더듬이를 흔들며 말없이 단도를 뽑고, 후열의 동료들도 발을 멈추었다.

"……뭘까요?"

종누이의 말에 대답 없이, 당신은 허리의 만도에 손을 대고 천천히 칼집에서 뽑았다.

미궁의 윤곽선 너머에서, 대단히 지저분하고 징그러운 물소리가 울렸다.

다가가자 그것은, 하나, 둘, 셋, 넷, 다섯— 여섯.

처음에 당신의 눈에 그것은 토혈 덩어리처럼 보였다. 꿈틀거리는, 투명한, 내장— 살아 있다.

검붉고 탁한 점액 덩어리가 부들부들 떨면서 당신들 앞에 뛰쳐나온 것이다.

"저, 저거 뭐고……?!"

"슬라임, 이란 녀석이군……."

당황하는 하프 엘프 척후에게 미르미돈 승려가 대답했다.

"무슨 짓을 할지 알 수 없다. 조심해라."

"조심하는 건 조심을 하겠지만…… 뭔~가 질척질척해서 싫다아."

여전사는 얼굴을 찌푸리면서 창을 겨누지만, 무리도 아니다.

후열에서는 종누이나 여주교도 혐오감 때문인지 억누른 비명을 흘리는 것이 들렸다.

"저것은……《슬립》의 술법이 효과가 있을까요……?"

종누이가 짧은 지팡이를 풍만한 가슴에 꼬옥 끌어안으며 중얼거렸다. 당신도 알 수 없었다.

각각 아직 술법은 조금씩 남아있지만, 낭비하게 되면 만일의 경우 불안했다.

"슬라임······."

여주교는 말을 확인하는 것처럼 반복했다.

"저는, 어떻게 하면······."

—주문은 쓸 때가 아니다.

당신은 다소 망설임을 느끼면서 말했다.

"네?!"

종누이가 소리를 질렀지만, 당신은 반복했다.

주문은 비장의 수이며, 칼이 통하지 않을 때 부탁한다고 말하자 「알았어요!」 하고 대답이 돌아온다.

"저도 대비하겠어요."

당신은 여주교의 탄탄한 목소리를 등으로 들으며, 기어오며 꿈틀 거리는 점액과 신중하게 간격을 좁혔다.

사람 모양의 생물을 베기 위한 연습은 거듭해서 쌓았지만, 살아 있는 점액이라면······.

어디를 어떻게 베어야 할지 도무지······.

"······조심해라. 슬라임이란 녀석은 독을 가지고 있거나, 무기를 녹이기도 하는 모양이야."

미르미돈 승려가 「어느 쪽이든 죽이는 수밖에 없다만」 하고 중얼 거리더니, 마찬가지로 신중하게 점액으로 다가갔다.

거리를 좁혔지만 슬라임놈들은 부들부들 떨기만 하고, 즉시 뭔가 를 하는 낌새는 없었다.

기분이 나쁘다. 당신은 그렇게 생각하며 칼의 자루에 침을 뱉어 차분하게 양손으로 쥐었다.

"……되도록 튀지 않도록 해치워야겠어."

여전사가 투덜거리는 것에 동의하며, 당신은 단단히 쥔 칼을 하단에서 쓸어 올렸다.

쑤욱. 칼날이 들어가더니 부드러운 감촉과 물을 베는 것 같은 손맛과 함께 툭 빠져 나온다.

베어 올린 점액은 두 동강으로 갈라지면서 철퍼덕 퍼지고, 검은 복도를 빨갛게 더럽혔다.

마치 젖은 짚 더미를 벤 것 같았다.

칼날로 바닥을 때리는 것을 경계하는 휘두르기였다지만, 이건 의외로 쉬울지도 모른다.

기합을 넣고서 짧은 지팡이를 겨누는 종누이에게는 미안하지만, 칼날이 통하는 건 좋은 소식이었다.

"호오……! 한 마리 처리했군! 그렇게 벅찬 상대는 아닌가……!"

미르미돈 승려가 짐승을 해체하는 것처럼 역수로 든 단도를 휘두르고, 찔렀다.

완만한 곡선을 그리는 칼날이 손쉽게 점액 안으로 파고들어 괴물의 목숨을 끊어버린다.

"응. 아까 그 고블린이랑 비교하면, 그렇게 무섭지는 않으……려나?"

자루를 유연하게 휘두르면서, 여전사가 휘두르는 창날이 때리는 것처럼 점액을 건져 올렸다.

공중으로 날아간 점액 덩어리가 벽에 부딪혀서, 새로운 그림처럼 벽 한 면으로 퍼져 뭉개졌다.

과실이 파열되는 것처럼 흩어져 튀었지만, 여전사는 안색을 바꾸지 않았다.

아까 말한 것은 뭐였는가, 당신이 중얼거리자 그녀는 키득키득 웃었다.

그 다음 싸움에 대해서는 특필할 것이 없었다.

당신과 여전사, 그리고 미르미돈 승려는 손에 든 무기를 휘둘러 점액 놈들을 모조리 쓸어버렸다.

붉은 물보라가 피처럼 흩어지고 쏟아지지만, 독이나 산의 기척은 없고 그저 끈적거릴 뿐이다.

그러면서도 방치하고 지나가기에는 지나치게 기분이 나쁘고, 당신들은 점액과 잠시 격투했다.

깨닫고 보니 덩어리다운 덩어리는 사라졌고, 당신들은 거친 숨을 내쉬면서 미궁에 서 있었다.

"이제, 끝……?"

여전사가 창의 물미를 바닥에 세우고, 지팡이 대신 삼아 몸을 지탱하면서 호흡을 가다듬었다.

하아, 하아, 애절하게 상기된 숨결은 아까 그 싸움의 피로도 있기 때문이리라.

당신도 싸움의 연속은 힘들다. 벽이 점액으로 더럽지 않았다면 기대고 싶었다.

"그러나 몇 마리가 있었는지 알 수가 없군, 이래서는……."

미르미돈 승려가 법의 자락으로 단도를 닦으면서, 타각타각 턱을 울렸다.

그가 말한 것처럼 바닥 한 면은 피바다와 비슷하고, 붉은 점액이 물웅덩이처럼 퍼져 있었다.

방금 전까지 살아서 꿈틀거리던 것의 말로였다.

생물이라기에는 지나치게 원시적이고, 죽었다는 감개도 없으며, 그저 피로만 손에 남았다.

"네 마리인가, 다섯 마리였다고 생각하는데…… 누가 세지 않았나?"

"기어 다니는 소리는 여섯 개 들렸습니다만……."

여주교가 당황하며 고개를 갸웃거리고, 두리번거리며 보이지 않는 시선을 여기저기로 돌렸다.

어디, 당신은 고개를 갸웃거리면서 칼날의 끝으로 점액의 바다를 휘저었다.

당신도 여섯 마리였다고 생각했는데, 움직이는 기색도 없으니 정리됐다고 봐도 될 것 같았다.

"뭐, 어느 쪽이든 좋다만……."

"좋지 않아요."

종누이가 볼을 부풀렸다.

"비장의 수, 쓸 기회가 없었어요."

"뭐, 그렇게 말하자면 내는 일도 없지 않나? 보물 상자 같은 것도 없다."

하프 엘프 척후가 토라진 기색의 종누이를 달래며 짐에서 물주머니를 꺼냈다.

당신도 그것을 본받아 칼의 피를 떨쳐내고서 얼룩을 닦아내 칼집에 넣고, 짐을 뒤졌다.

마개를 뽑고, 한 모금, 두 모금. 메말라서 달라붙은 것 같은 목에, 미지근한 물이 기분 좋다.

—거듭해서 말하지만, 누가 잘못했다는 이야기가 아니다.

당신들은 싸움 직후라서 피로해졌고, 이완된 분위기 안에 있었다.

거기서부터 금방 또 싸움에 직면하여, 정신의 긴장을 되찾는 것은 좀처럼 어렵다.

되찾았다고 해도 피로가 치유되는 것이 아니다. 만전하고는 거리가 멀다.

덧붙여, 나타난 것이 보기에도 약해 보이는 일격으로 해치울 수 있는 슬라임의 무리였다.

싸움 속에서 당신들에게 안도가 퍼진 것을, 방심이나 자만이라고 부르는 것은 가혹하리라.

따라서 이것은, 누군가의 잘못인 것이 아니다.

굳이 말하자면—.

"으악?!"

—굳이 말하자면, 당신이 벽을 기어오르는 붉은 슬라임을 놓친 것이 실수라고 할 수 있다.

비명이 들렸을 때는, 이미 늦었다.

당신이 물주머니를 내던지고 돌아본 곳에는 여전사의 얼굴이 사라져 있었다.

그녀의 아름다운 얼굴을, 천장에서 낙하한 점액이 완전히 뒤덮고 있었다.

"으읍……! 으으으으읍…?!"

억눌린 비명과 함께 부글부글 거품이 나는 소리가 울렸다.

여전사는 바닥 위를 구르며, 얼굴을 할퀴는 것처럼 점액의 바닷속에서 발버둥 쳤다.

당신은 그녀에게서 슬라임을 떼어내려고 했지만, 긴 다리를 버둥버둥 휘둘러서 배를 세차게 걷어차였다.

그러나 손을 뗄 수는 없었다.

여전사로서도 필사적인 것이다. 그녀는 온몸에 점액을 묻히면서, 몸부림치고 저항을 계속했다.

"위험하군, 익사한다!"

미르미돈 승려가 절박한 목소리를 내고, 당신 또한 날뛰는 그녀의 팔다리를 억눌렀다.

그렇다. 육지에서 익사하는 것은 이런 것이다. 지금 그야말로 여전사는 육지에서 물에 빠져 죽어가고 있는 것이다.

고블린은 최약의 괴물이라는 것을 당신은 잊어선 안 됐다.

이 점액 놈들은 틈만 보이면 이렇게 사냥감의 얼굴에 달라붙어, 호흡을 빼앗아 죽이고 먹는 것이다.

"이봐, 단검으로 슬라임을 깎아내라!"

"그것은, 그래서는 얼굴에 칼날이 닿을 기다!"

"죽는 것보다는 낫지 않나!"

"무자비하다아이가……!"

하프 엘프 척후가 조심조심 단검을 손에 들고 다가갔지만, 점액이 미끄덩거려서 잘 되지 않는다.

아무리 손재주가 좋아도, 살아 있는 점액을 붙잡는 것은 못하는 것이다.

당신은 어떻게든 여전사를 진정시키고자, 다리로 몇 번이나 배를 걷어차이면서도 발목을 붙잡았다.

몸을 뒤덮는 것처럼 누르자, 여전사의 다리가 움찔움찔 경련하는 것이 여실하게 전해졌다.

"응…… 으읍……?!"

그러나 당신은 차츰 그녀의 움직임이 완만해지고, 약해지는 것도 확실하게 알 수 있다.

그녀의 생명이 사라져가고 있다. 이대로는 위험하다.

그렇지만, 당신의 뇌리에는 명안이 떠오르지 않는다. 초조함뿐이다.

얼른, 어떻게든 하지 않으면―.

"……! 그렇지!"

그래서 종누이가 뭔가 여주교에게 속삭인 것도 당신에게는 의식 밖의 일이었다.

여주교는 당황하여 종누이를 본 다음, 입술을 꾸욱 다물고 허둥지둥 달려서 다가왔다.

"음, 무엇을……?"

"실례할게요. 설명은 나중에……."

미르미돈 승려의 질문을 무시하고, 그녀는 몸부림치며 괴로워하는 여전사의 바로 옆에 무릎을 꿇었다.

그리고 살며시 한쪽 손을 여전사의 얼굴에 올리고, 또 한쪽 손을 기도하는 것처럼 가녀린 가슴 앞에 모았다.

"인프라마라에······ 인프라마라에······ 인프라마라에!"

그 순간, 불꽃이 핥는 것처럼 흘렀다.

진정으로 힘 있는 말로 만들어진 불꽃의 혀가, 순식간에 슬라임에 옮겨 붙어 번진 것이다.

"────?!?!?!?!"

목소리 없는 비명을 지르며 몸부림치는 점액 덩어리에 곧장 하프 엘프 척후가 손을 뻗었다.

"지금이가!"

그는 불꽃의 열을 신경 쓰지 않고 슬라임을 붙잡더니, 재빠르게 칼날을 휘둘렀다.

곧장, 철퍼덕 안쪽에서부터 터지는 것처럼 붉은 점액이 흩어졌다.

스스로를 매어두고 있던 힘을 잃은 것이리라. 동족과 같은 말로에 이르렀다.

"어때, 살아 있나······?!"

미르미돈 승려가 여전사의 얼굴을 들여다보는 것에 맞추어, 당신도 그녀 위에서 몸을 치웠다.

보아하니 여전사는 핏기가 가신 창백한 얼굴이다. 볼에 흐트러진 머리칼이 착 달라붙어 있었다.

그 두 눈이 확 뜨여 있고, 입은 육지에 올라온 생선처럼 뻐끔뻐끔 열렸다 닫혔다를 반복하고 있었다.

"아············ 이······ 아·······."

─숨을 쉬지 못한다.

당신은 반사적으로 판단하고, 그녀의 몸을 일으켜 등에 손을 대고 확 밀어냈다.

"오, ……에, 에……엑!"

곧장, 여전사의 가녀린 목 안쪽까지 들어가 있던 점액이 그녀의 입에서 흘러나왔다.

"콜록…… 윽, 카학! 우, 웨…… 우에…… 에…… 엑!"

찰팍찰팍 소리를 내면서 바닥에 퍼지는 붉은 토사물.

여전사는 필사적으로 숨을 쉬고자 하면서, 몸 안에 들어온 점액을 토해내고 있었다.

당신은 웅크리고서 토하며, 흐느껴 우는 것 같은 여전사의 등을 쓸어주었다.

만져보니 그녀는 대단히 가늘고 가녀리며, 부서질 정도로 떨고 있다. 그러나 분명히 살아 있었다.

당신은 커다랗게 숨을 내뱉었다.

"……저, 불의 술법에 소양이 있었어요."

조용히, 옆에 선 여주교가 작은 소리로 속삭였다.

그녀는 자신이 이룬 결과를 믿을 수가 없는지, 방금 술법을 뿜어낸 손을 몇 번이나 고쳐 쥐고 있었다.

"그 진언으로 태울 수 있지 않을까, 가르쳐 주셔서……."

"잘 되어서, 다행이에요."

"네."

작은 소리로 대답한다.

종누이는 부드럽게 웃으면서, 살며시 여전사 옆으로 다가와 물주머니를 내밀었다.

"동생이 둔감해서…… 자요."

—이것은 뭐, 좋다.

당신은 굳이 정정하지 않고, 여전사의 곁을 종누이에게 양보했다.

그때 문득 팔이 이끌렸다. 돌아보니 힘없이 뻗은 여전사의 손이 소매를 잡고 있었다.

"……미, 안…… 해……."

당신은 천천히 고개를 옆으로 젓고, 그녀의 위태로운 손을 잡아서 물주머니로 이끌어 주었다.

종누이에게 물주머니를 받은 여전사는, 입 안을 헹구고 뱉어냈다.

그것을 바라보며 벽에 — 점액은 포기했다 — 기댄 당신은 여주교에게 어깨를 으쓱거렸다.

—역시, 딱히 사과를 받을 일이 아니었다.

오히려 자신이 사죄를 해야 한다고 하자, 여주교는 고개를 갸웃거린 다음 천천히 고개를 옆으로 저었다.

"아뇨……."

그녀는 굳어진 볼을 살며시 풀고서, 작은 소리로, 그러나 확실하게 말했다.

"무슨 말씀이신지, 전혀 모르겠답니다."

§

어두운 미궁의 입구를 빠져 나오자, 차갑고 상쾌한 바람이 당신의 볼을 살랑 스쳤다.

밤공기다.

우러러본 하늘에는 별이 떠있다. 흐릿한 묵을 쏟은 것 같은 그곳에, 반짝이는 빛이 몇 개나 보였다.

저 너머에는 도시의 불빛. 성채도시는 황황하게 반짝이고, 별하늘 안에 녹아드는 것 같았다.

그 빛에 비추어 흐릿하게 번지는 한줄기 연기는, 저 너머, 용이 산다는 산의 불인가?

"도, 착했대이……."

과연 어느 정도의 시간을 지하에서 보낸 것일까? 하프 엘프 척후가 피폐해진 목소리를 흘렸다.

돌아오는 길은, 가는 길과 비교하면 무시무시했다. —당신은 그렇게 생각하지 않을 수 없었다.

살아서 또 다시 이 지상의 공기를 들이쉴 수 있었던 것은 주사위 눈이 미소를 지었기 때문에 지나지 않는다.

당신은 괜찮냐며 모두를 둘러보고, 어깨를 빌려주어 지탱하고 있는 여전사의 몸에 손을 올렸다.

"……말짱해."

짤막하고 힘없는 목소리였다.

그 뒤에 여주교와 미르미돈 승려가 치료를 해줬지만, 체력은 금방 돌아오는 것이 아니다.

창백해진 얼굴을 한 그녀의 몸은 축 이완되어버려 있었다.

엿보이는 팔뚝 따위에는 희미한 근육이 있기는 하지만, 힘이 빠진 지금은 지독하게 부드러웠다.

당신은 그런가 하고 짧게 수긍하더니, 일단 숙소로 갈 것을 제안했다. 뒤풀이 따위는 내일이다.

"나는 어느 쪽이든 상관없다."

맨 먼저 말한 것이 미르미돈 승려였다. 그는 턱을 타각타각 울렸다.

"늘어질 정도로 연약하지 않으니까. 마실 거라면 어울려주마."

"저는…… 조금 지쳐 버렸을까요."

종누이는 여전사를 배려하는 기색을 보이면서도, 피폐한 기색을 숨기지 못하는 목소리로 말하고 볼을 눌렀다.

"어떻게 할까요?"

말을 걸자 「앗」 하고 소리를 흘린 것은 여주교였다. 말을 걸 줄은 몰랐던 모양이다.

"그렇, 죠……."

그녀는 예쁜 입술에 손가락을 대고, 당황하면서 당신와, 지탱하고 있는 여전사를 번갈아 보고는 말했다.

"……어차피 여러분과 이야기를 할 거면, 내일, 느긋하게…… 좋겠다고, 생각해요."

여전사가 뭔가 강한척하려고 고개를 숙여 입을 움직이려는데, 하프 엘프 척후가 억지로 이야기를 정리했다.

"글믄 정해졌다고 보믄 되겠다."

당신이 웃으며 동의하자, 「정말―」 하는 소리가 들렸다. 분명 기분 탓이리라.

서로 지탱하는 당신들은 파수꾼 역할의 근위기사에게 배웅을 받으며 성채도시를 향해 걷기 시작했다.

근위기사는 생환한 당신들을 보고 딱히 무슨 말을 하진 않았다.

말을 해봐야— 다음에는 돌아오지 못할지도 모르기 때문이리라.

그렇기에 당신 또한 아무 말 없이 발을 앞으로 움직이는 것에만 주력했다.

얼마 안 가 미궁도시 안으로 들어가자, 와아 소음 같은 사람들의 떠들썩한 소리가 귀에 들어왔다.

무심코 압도되었지만, 별 일 아니다. 미궁 안이 너무 조용했었기 때문이리라.

사람들의 소동이 이상하게 크게 느껴지는 것은 그 탓이 틀림없다.

"돌아온, 거네요."

종누이가 조용히 중얼거렸다. 당신은 고개를 끄덕였다. 새삼스럽지만, 그 사실을 곱씹었다.

—그러나, 그렇다 쳐도 너무 소란스럽지 않은가?

"맞다. 먼 축제라도 벌이는 것 같다아이가."

"오늘 밤은, 딱히 무슨 축제일이었던 기억은 없어요…….."

여주교가 자신 없는 기색으로 고개를 옆으로 흔들었다.

"……다만, 어느 정도 미궁에 있었는지 알 수 없으니, 정확하게는."

"아무래도 좋다."

미르미돈 승려가 무뚝뚝하게 말했다.

"여관에 돌아갈 거면, 얼른 가지."

물론이다. 당신은 여전사의 몸을 단단히 지탱하더니, 인파의 혼잡을 헤치고 여관으로 향했다.

세상에 있는 모험가의 여관은 대개 주점 2층에 있다.

이른바 모험가 조합이라고 불리는 관청이 생긴 뒤로도 그 전통은 변함이 없다.

성채도시에 있는 것은 고색창연한 것으로— 다시 말해서 낮에 왔던 주점 2층이다.

미궁으로 갈 때 지난 길을 반대로 걸어가는 당신들이었지만, 잠시 지나서 가던 길과 다른 것을 깨달았다.

인파의 흐름, 오가는 사람들의 빈틈, 아슬아슬하게 지나칠 수 있는 동선이, 문득 읽히는 것이다.

당신은 지탱하는 여전사의 몸이 어디 부딪히지 않도록 조심하는 사이에 그것을 인식하는 자신을 이해했다.

이것이 미궁에 한 번 도전한 자와 그렇지 않은 자의 차이이리라.

후회는 없지만, 여주교를 감싸고 시비를 건 것은 상당히 목숨 아까운 줄 모르는 짓이었다.

"……응, 이제 괜찮은데?"

주점이 다가올 무렵 문득 여전사가 몸을 움직이며, 고개를 절레절레 흔들었다.

당신이 시선을 떨구자 그녀는 눈길을 피하고, 얼굴을 감추는 것처럼 숙였다.

호오? 고개를 갸웃거리는 당신 옆을, 철컥철컥 무구를 울리며 모험가가 지나친다.

그렇군. 납득한 당신은 그러면 어떡할지 동료에게 판단을 구했다.

"상관없다, 없어. 이제 와서 동업자들이 본다고 뭐라 카겠나."

싱글싱글 웃으면서 응답한 것은 하프 엘프 척후였다.

"죽을뻔한 시점에서 충분히 창피한 일 아이가? 창피해하면 되는 기다."

"……나중에 두고 봐…….."

여전사가 중얼거리는 원망의 말도, 어쩐지 작고 연약하다.

그것에 웃으면서 다리를 나아간 당신의 옆을, 또 모험가들의 파티가 지나간다.

이상하게 어수선하다. 여전사를 감싸는 것도 한 고생이다. ─물론 그 노력을 아낄 당신이 아니다만.

아까 모두가 의문을 품은 것처럼, 이것은 마치 축제 같다.

대로를 오가는 사람들은 모험가도 그렇지 않은 주민도, 한결같이 고양된 표정을 짓고 있었다.

"낮의 분위기하고는 딴판이네요."

종누이가 살며시 당신에게 속삭였다. 밤이니까, 라는 이유도 아닌 것 같은데…….

그런 떠들썩함은 주점의 문을 통과했을 때 최고조에 이르렀다.

주점에 발을 들이자마자 당신들을 감싼 것은, 우웅 귀울림이 들릴 정도의 환성이었다.

무엇보다도, 당신들을 당혹하게 만든 것은─.

"어서 오세요~."

함박웃음을 짓고서 당신들을 맞이한 아리따운 여급들이었다.

"……무슨 일이신가요?"

무슨 일이고 자시고 없지만, 당신은 여주교에게 어떻게 설명해야 할까 머리를 굴려 고민했다.

그도 그럴게, 그녀는 안 보이겠지만 여급들의 머리 위에 쫑긋 토끼 귀가 흔들리고 있었다.

덤으로 체면치레할 정도로 피부를 감춘 선정적인 의상을 입고 있었다. 도저히 여급으로 보이지 않는다.

"……눈 둘 곳이 없군."

조용히 중얼거린 미르미돈 승려가 턱을 터걱터걱 울렸다.

"나는 신경 쓰지 않는다만."

"진짜가?"

눈을 게슴츠레 뜨고 보는 척후의 말에도 그는 타각타각 턱을 울렸다.

"……정말이지."

그런 한심스런 남자들을 보다 못했는지, 여전사가 중얼거리며 숨을 내쉬었다.

"됐어. 신경 쓰지 않아도. ……당신하고는 아마, 아직 상관없는 일이니까."

"아, 네에……. 그러면, 괜찮지만요."

반신반의. 그렇게 뭐가 뭔지 영문을 모른다는 식으로 여주교가 수긍했다.

그러나 그렇다고 해도, 이것은 대체 무슨 소란인 것일까?

당신이 그것을 물어보고자 입을 열려고 하는데, **육촌**의 팔꿈치가 그것을 막았다.

"저기, 괜찮을까요?"

"아, 네, 주문인가요!"

불러 세우자, 발소리를 내면서 달려오는 토끼 귀의 여급.

가까이서 보고 그 의상에 눈을 깜빡거린 종누이는 볼을 붉히고 눈길을 피하며 말했다.

"아뇨, 오늘은…… 그게 무슨 일이 있었나 해서요. 방금 도시로 돌아온 참이에요."

"아아!"

여급은 생긋 웃음을 짓고서 고개를 끄덕였다.

"사실은 말이죠. 지하 3층으로 가는 계단이 발견됐어요!"

당신은 놀라고, 눈을 홉떴다. —여급의 풍만한 가슴에 대해서가 아니다. 그 말 때문이다.

사방세계에 만연해가는 《죽음》의 위협하고는 달리, 미궁탐색은 느릿느릿하여 진행되지 않고 있었다.

그 상황을 타파하고자 도시를 찾아온 당신들이지만, 아무래도 누가 앞서간 모양이다.

"저기, 저 파티예요. 굉장하네요."

가리킨 곳에는, 이 대소동의 중심. 원탁에 앉아 있는, 오랜 강자의 모험가들.

붉은 머리의 승려, 수인 전사, 은 갑옷의 검사, 거한의 마술사, 늙은 은자, 존재감이 옅은 자그마한 은발의 소녀.

그들 가운데 당당한 풍채로 앉아 있는 금강석의 기사를 보고, 당신은 숨을 내쉬었다.

번쩍이는 무구를 입고서, 피로 따위 전혀 안 느껴지는 모습으로 조용히 잔을 기울이고 있었다.

그에 비해 당신은 완전히 지치고, 동료를 지탱했다. 아마도 오늘 밤은 술을 마시는 것보다도 먼저 쉬고 싶은 꼴이다.

모든 것이 다르다.

앞서가거나 그런 문제가 아니었다.

그들은 분명 지하 2층에서 화려하게 싸우고 재보를 손에 넣어, 로열 스위트에 묵는 것이다.

지하 1층에서 고블린이나 슬라임에게 고전하고 있는 자신하고는, 역량^{레벨}이 다르다.

"⋯⋯."

여전사가 금강석의 기사 파티를 보고, 아까보다 더 당황한 기색으로 고개를 숙였다.

당신은 희미하게 숨결을 흘렸다. 정말이지, 모든 것이 다른 것이다.

"? ⋯⋯뭔가, 있나요?"

문득 종누이가 말을 걸자, 당신은 아무것도 아니라며 고개를 좌우로 흔들었다.

저도 모르게 힘을 주어 쥐고 있던 칼집에서 손을 떼고, 심호흡을 한 번.

그리고 당신은 여급에게 숙박을 하고 싶은데 마구간을 빌릴 수 있는지 물었다.

§

돈이 없는 모험가가 어디에 묵는가 하면, 무료로 빌려주는 마구간 말고는 없다.

아무래도 여성진은 그나마 간이침대를 부탁했지만, 남자는 묵묵히 짚 더미 위다.

"외투를 펼치고 그 위에 누우면 신경 안 쓰인다. 나는 그렇다."

미르미돈 승려가 말하기로는 그랬다.

당신과 하프 엘프 척후도 그것을 흉내 내어보긴 했지만, 당신은 아무래도 잠들 수가 없었다.

딱히 말의 짐승 냄새가 신경 쓰인 건 아니다. 짚 더미 위에 누운 느낌이 나쁜 것도 아니다.

그런 것을 신경 쓸 정도로 고상한 생활을 해왔다고 생각지는 않았다.

아마도 피로와 긴장, 고양된 정신 탓이리라. 당신은 결론을 내렸다.

아무리 몸이 진흙 같은 잠을 바라더라도, 아직 전장이라고 오인하고 있는 머리가 그것을 용납하지 않는다.

이 또한 미숙하다는 증거 중 하나다. 미르미돈 승려와 하프 엘프 척후를 보도록 해라. 잘 쉬고 있다.

어슴푸레한 작은 방의 천장을 멍하니 바라보고 있던 당신은, 잠시 지나 짚 더미에서 빠져나가기로 했다.

끌어안은 것처럼 가지고 있던 만도를 허리에 끼우고 마구간 밖으로 빠져나가자, 쏴아 바람이 불었다.

미궁에서 지상으로 나왔을 때도 느낀, 밤바람이었다.

차가운 바람에 눈을 가늘게 뜨자, 어두운 밤하늘에 하얀 빛이 황황하게 밝혀진 것을 깨달았다.

쌍둥이 달이나 별인가 생각하고 올려다보니, 그것이 주점과 여관의 창에서 나오는 빛이라 당신은 무심코 웃어 버렸다.

당신은 그대로, 어쩐지 모르게 여관의 뒤쪽으로 걸어갔다.

목적이나 행선지 따위가 있는 것도 아니다. 굳이 말하자면, 창의 불빛을 좀 보고자 생각한 것이다.

뭐 딱히 별이나 쌍둥이 달만 풍류라는 것도 아니리라.

저 창의 불빛 하나하나가 모험가의 침소라면 그것도 볼만한 것이다.

당신은 걸으면서 방금 전에 보았던 금강석의 기사 일행을 떠올렸다.

그리고 동시에, 자신들이 펼친 사투라고 부르기도 꺼림직한 사투를 떠올렸다.

—다시 말해서, 그것이 **차이**다.

하나의 보물 상자에 일희일비하고 하등한 괴물에게 고전하는 자신들과, 최전선 모험가의 차이.

분노도 분함도 비참함도 아니라, 그 순수한 사실을 받아들이는 마음이 당신의 마음에 있었다.

차가운 공기를 들이쉬고, 숨을 내쉬었다. 안에 쌓여 있던 열을 식히기 위해서.

그리고 당신은 창의 불빛에 비추는 것처럼 허리의 도를 뽑았다.

오늘 혈로를 열어준 그 칼날의 상태를 꼼꼼하게 조사하고, 고정못이 헐겁지 않은지 점검한다.

칼이란 것은 단순한 무기가 아니다—. 당신에게 검술을 가르쳐준 스승이 그렇게 말했다.

자신의 몸, 기술, 그리고 마음의 연장선상에 있는, 자신의 일부라고 한다.

따라서 모든 것을 일체로 만들라. 심기체와 칼, 뜻과 움직임을 합

쳐라. 이것이 곧 지행합일이니.

　―물론, 그런 경지에 당신은 아직 도달하지 못했다.

　당신이 할 수 있는 최선은 스승의 가르침에 따라 하다못해 칼의 손질이라도 빼먹지 않는 것이었다.

　명도, 명검, 전설에서 칭송 받는 요도 같은 것을 바라는 자가 많은 것도 지당하다.

　그러나 당신의 양산품 칼이라 해도, 그렇게 얕볼 수는 없다.

　적어도 오늘, 당신의 목숨을 이어준 것은 둔하게 빛나는 이 칼날이니까.

　"―후훗. 뭐하고 있어어?"

　문득 머리 위에서 말을 걸자, 그는 퍼뜩 뛰고서 올려다보았다.

　그곳에 그녀가 있었다.

　허름한 밤옷을 한 장 입고서 창틀로 몸을 내밀고, 볼을 괴고 이쪽을 내려다보는 여성.

　어슴푸레한 불빛에 하얀 피부를 물들인 그녀― 여전사.

　"아핫. 에이, 그렇게 놀라지 않아도 되잖아."

　당신이 놀라는 모습이 상당히 유쾌했는지, 여전사는 눈을 가늘게 뜨고 토라진 것처럼 입술을 내밀었다.

　그렇다면 그곳이 간이침대의 방인 것일까? 당신은 도를 칼집에 달칵 넣었다.

　이제 움직여도 괜찮은지 물어보자, 그녀는 「멀쩡해」 하고 키득키득 소리를 냈다.

　"숨을 못 쉬었던 것뿐인걸. 그렇게 다친 것도 아니니까."

그러면 좋지만, 무리는 삼가 주면 좋겠다.

당신이 그렇게 쓴 소리를 했지만, 간이침대는 큰 방이다. 종누이나 여주교도 같은 방이 아닐까?

"둘 다, 벌써 잠들어버렸어. 지친 걸까? 푹 자네."

육촌 녀석. 당신이 투덜거리자, 역시 여전사는 키득키득 웃었다.

뭐가 그리 우스운지, 가늘게 뜬 눈꼬리에 반짝거리는 눈물까지 번져 있지 않은가?

그녀는 그것을 닦고서 「미안해」 하고 중얼거리더니, 거듭해서 당신에게 물었다.

"있지, 그 사람은 네 누나야?"

아니다. 당신은 확실하게 단언하고, 정정했다. 종누이고, 태어난 날이 조금 빠른 것뿐이다.

"그렇구나. 그러면, 사이좋은 거네."

그것에 대해서는, 뭐 부정은 안 한다. 좀 섣부르지만, 종누이는 놀이판이 뒤집어져도 악인은 못 되리라.

"너무 밤늦게 안 자면, 누나한테 일러버린다?"

그 말을 하자면 그쪽도 마찬가지 아닌가?

당신이 그렇게 반론하자 「그렇네」 하고 그녀는 순순히 수긍하더니, 그대로 입을 다물어 버린다.

그 태도에 호오? 한쪽 눈썹을 올린 당신은 뭔가 말하고 싶은 것이 있으면 들어주겠다고 말을 꺼냈다.

그녀는 그래도 잠시 입을 다물었고, 당신은 말하기 싫다면 딱히 상관없다고 말을 이었다.

흥미가 없는 건 아니지만, 모든 것은 그녀의 사정이다. 이쪽이 이래저래 말할 수 있는 것이 아니다.

당신이 그렇게 결론짓고 베기 연습이라도 할까 떠올릴 무렵이 되어서, 드디어 여전사가 중얼거렸다.

"내일, 느긋하게, 모두 함께……보다 전에 말야."

그것은 조용히 굴러 떨어진 것 같은, 가녀리고 작은, 놓칠 것 같은 목소리였다.

"……오늘 일을, 사과해둬야 한다고 생각했어."

흐음? 무슨 일을 말하는 것일까?

당신은 그렇게 시치미를 떼지만, 그녀는 「아니」하며 고개를 좌우로 젓고 똑바로 당신을 바라보았다.

"너도, 그 애도…… 배려를 해주는 건 기쁘지만, 리더는 너잖아?"

다시 말해서, 파티의 전력 관리는 당신이 할 일이라는 것일까?

짐덩어리나 걸림돌은 내치는 것이 좋다. 그것이 쌍방을 위해서 좋다.

누가 뭐래도 모험이란 목숨을 거는 일이며, 일거수일투족이 생사에 직결되는 것이다.

과연, 리더란 것은 상당히 책임이 중대한 입장이군.

당신이 느긋하게 말하자, 여전사는 의미를 미처 이해하지 못했는지 눈을 크게 깜빡였다.

아무래도 그녀는 착각을 하는 것 같은데, 당신은 그다지 이번 실수를 중대시하지 않았다.

애당초 궁지에는 **빠지는 법**이다.

피하자 피하자 하는 것보다, 처음부터 그것을 각오하고 나아가는 편이 훨씬 좋다.

그 입장에서 말하자면, 이번에는 난관을 헤쳐 나왔다. 그것에 무슨 문제가 있을까?

첫째로, 당신은 웃었다. 그 정도로 그녀를 쫓아내면, 그거야말로 종누이에게 혼난다.

"……그렇구나."

당신의 말을 들은 여전사는 잠시 당황한 기색이었지만 살며시 고개를 끄덕였다.

"그러면, 됐어."

의문이 해결된 것 같아 다행이다.

당신은 수긍하고, 그리고 느긋한 움직임으로 칼을 겨누고, 들어 올리고, 내렸다.

휘잉. 바람을 가르는 소리가 뒤늦게 울린다. 자신의 관절 움직임을 확인하면서, 다시 한 번.

반복해서, 반복해서, 몸속의 열이 빠질 때까지, 이것을 반복하자.

그런 당신의 움직임을 머리 위에서 바라보던 그녀가 후, 숨을 흘리는 것이 들렸다.

"그러면 이제 잔다? 너무 밤늦게까지 깨 있으면, 정말로 일러버릴 거야."

당신은 고개를 끄덕이고 말했다. 잘 자라, 내일 또 보자.

그녀의 대답은 금방 돌아오지 않았다. 칼을 들어 올리고, 내린다.

잠시 지나, 창이 닫히는 소리가 나면서.

"……응. 내일, 또 봐."

작게 들린 그 말을, 당신은 분명히 들었다.

내일 또 보자. 좋은 말이다. 내일은 있다. 내일이 있다.

당신은 미숙하고, 동료도 미숙한 부분이 있고, 미궁은 깊고, 선배들은 멀고, 괴물은 만만찮다.

그러나, 내일이다.

당신은 살아있고, 동료는 무사하고, 미궁은 싸울 수 없는 상대가 아니다.

내일 또.

당신은 그 뜻을 거듭하며 칼을 들어 올리고, 분명하게 허공을 갈랐다.

3의단 초심자수렵(初心者狩獵)
부시워커 앤 하이웨이맨

DAIKATANA
The Singing
Death

"아앙! 이쪽으로 오지 마아……!"

당장이라도 울음을 터트릴 것 같은 비명을 지르며, 여전사가 뒤엉키는 점액 덩어리를 떨쳐냈다.

창의 날에 끌려 올라온 슬라임이 벽에 부딪쳐서 찰파닥 소리를 내고서 뭉개졌다.

—그러면, 몇 마리째였지?

어린애가 막대기를 휘두르는 것처럼 슬라임 놈들을 상대하는 여전사를 보면서, 문득 당신은 생각했다.

"이제, 싫어어……!"

지금까지 상당한 수를 뭉개왔을 텐데, 그녀의 슬라임 혐오는 가속하고만 있었다.

물론 튀는 피와도 비슷한 검붉은 액체를 머리부터 뒤집어쓴 그 모습은 보고서 웃음으로 넘기기에는 안타깝다.

"대장, 안쪽에 아직 있다!"

당신은 적진을 살펴보던 척후의 목소리에, 재빨리 발을 내딛고서 똑바로 돌진했다.

흐릿하게 떠오르는 통로의 윤곽선 너머에는 어렴풋이 괴물의 그림자가 보였다.

© lack

미궁의 독기 탓인지 아닌지, 괴물의 정체를 간파하는 건 꽤 힘든 일이다.

—상대가 뭔지 알 수 없다면, 그때는 용이라고 생각하는 편이 좋다.

스승의 말을 따른다면, 저것은 슬라임의 잔해보다도 훨씬 더한 위협이라는 것이다.

당신은 한 치의 망설임도 없이 들어 올린 도를 그 해골 같은 그림자에 내리쳤다.

곧장, 도자기가 깨지는 것처럼 맑은 소리가 울리고, 적의 그림자가 크게 물러났다.

피보라가 뿜어져 나오는 대신에, 하얀 파편이 파악 흩어져서 당신의 볼을 스치고 등 뒤의 어둠으로 사라졌다.

—개 <ruby>뼈다귀<rt>언데드 코볼트</rt></ruby>!

"좋다. 그거라면 《디스펠》에 약할 거다······!"

정체를 보고서 외친 당신의 목소리에 응답하여, 미르미돈 승려가 주인을 맺고 턱을 울렸다.

그 순간, 곰팡내 나는 숨 막히는 지하미궁 안을 한 줄기 상쾌한 바람이 지나갔다.

그것은 여행자를 지키는 교역신이 내린 축복의 바람이며, 곧장 해골병사는 푸스스스 삭아버렸다.

이 미궁을 탐색하다 쓰러진 개 수인 종족일까? 아니면 본래 기도하지 않는 자로서 불려온 것일까?

모험가들 사이에서도 판단이 갈리는 이 괴물은 일단 수인들조차도 개 뼈다귀라 부르고 있었다.

어쨌거나 술법을 절약하고 싶은 당신들 입장에서, 이 정도로 정리되는 망자는 고마운 존재였다.

그러나—.

"아직 움직이고 있어요!"

후위에서 종누이의 날카로운 목소리가 울렸다.

실제로 관절의 가동은 상당히 어색해졌지만, 그래도 해골 놈들은 멈추지 않았다.

당신은 재빨리 만도를 왼쪽 뒤 하단으로 겨누고 쓰윽, 미끄러운 바닥 위로 발을 미끄러뜨려 간격을 쟀다.

경계할 필요는 없겠지만, 무슨 일이 일어날지 모르는 것이 이 미궁의 일상이었다.

"상관없다. 이걸로 끝인기라!"

재빨리 발치로 달려간 하프 엘프 척후가 곧장 단검 자루로 요골을 때려 부쉈다.

그러자 망자 놈들은 뼈를 이어놓은 실이 끊어진 것처럼 순식간에 무너져 내렸다.

후두두둑. 부서진 뼈가 점액의 바다에 굴러다니는 모습은, 혈육이 없다고는 해도 처참한 광경이다.

그러나 병독과도 비슷한 《죽음》의 힘은 때로는 턴 언데드마저도 통하지 않는다고 듣기는 했지만…….

아직 미궁의 상층이기 때문일까? 어떻게든 되는 법이었다.

"역시, 저도 돕는 편이 좋았던 걸까요……?"

여주교가 태연하게 천칭검으로 살아남은 점액을 때려 부수고, 천천히 고개를 갸웃거리며 말했다.

당신은 칼을 내린 채 주변을 둘러보고 경계하면서 아니, 하고 고개를 옆으로 저었다.

전력을 아끼는 것은 문제가 있지만. 그렇다고 해서 언제나 힘을 다해 싸우면 금방 지쳐 버린다.

무사히 빠져 나왔으니 이거면 될 거라고 당신이 말하자, 여주교는 살짝 입가를 풀었다.

"그러면, 괜찮겠습니다만. ……아, 그리고, 저기, 지도를 봐주실 수 있을까요?"

그리는 도중이었다 보니……. 그녀가 미안한 기색으로 말하지만, 당신은 거부하지 않았다.

방이라면 모를까, 불의의 조우다. 대비하고 있어도 갑작스러운 것_{랜덤 인카운트}이다.

당신은 만도의 얼룩을 닦아낸 뒤 칼집에 넣고, 여주교가 조심조심 내민 양피지를 받았다.

—훌륭하다.

한 번 보고 당신은 신음했다. 기량이 뛰어난 것은 아니지만, 꼼꼼하다.

미궁이 획일적인 구역의 연속으로 만들어졌다지만, 눈에 상처를 입은 그녀가 한 일이다.

목탄으로 세세한 통로와 주석을 그려낸 그 지도는 이미 지하 1층 대부분을 채우고 있었다.

"그래도 배회하는 괴물 놈들은 보물 상자가 없다아이가."

"뭐든지 좋다. 어느 쪽이든 경험은 된다."

괴물 놈들의 품을 뒤지는 척후 옆에서 경계를 하는 미르미돈 승려를 보자, 그는 어깨를 으쓱거렸다.

아무래도 가르치기는 했지만, 그 다음은 그녀가 자기 힘으로 한 일이라는 것인가.

당신이 잘 그랬다. 괜찮다고 하며 지도를 돌려주자 여주교는 희미하게 얼굴을 풀었다.

"정말, 일까요? 그렇다면 다행일 테지만……."

거짓말을 해도 곤란한 건 자신들 모두다.

당신은 그녀를 안심시키려고 어깨를 두드린 다음에 크게 숨을 내쉬었다.

미궁에 들어가게 되고서 어느 정도 지났지만, 어떻게든 순응해가고 있었다.

그렇다고 해서, 긴장을 풀 수도 없는 일이지만—.

"분명히, 우리들도 꽤나 익숙해졌으니까요."

생글생글 웃는 종누이에게 방심은 엄금이라고 주의를 주면서, 당신은 마지막 동료 쪽을 돌아보았다.

"우우……. 괜찮지마안, 이제 절대로 슬라임은 용서 안 할 거야……."

여전사는 미궁 바닥에 주저앉은 채, 아직 울먹거리며 원망의 말을 중얼거렸다.

온몸이 흠뻑 연분홍색으로 젖은 그녀에게, 당신은 쓴웃음을 지으면서도 수건을 던졌다.

"고마워."

말하고서 힘없이 얼굴이나 검은 머리칼을 닦는 모습을 보니, 아무래도 상처는 없는 모양이다.

점액 덩어리는 머리 위에서 떨어져 얼굴을 뒤덮는 기습이 특기지만, 그밖에 특기가 없는 것도 아니다.

요컨대 가득 찬 물 주머니가 공격해오는 것이니, 그만큼 타격력은 있는 것이다.

소문에 들은 강산성의 슬라임이나 독을 가진 것이 아니라도, 기습을 받으면 한 방에 뻗는다.

……그렇긴 하지만.

"……응, 다치진 않았거든? 정말이지, 참…… 마음을 바꿔 먹어야지."

얼마 안 가 그녀는 그렇게 말하고 일어섰다. 창을 휘두르고, 말 그대로 마음을 바꿔먹고자 한다.

그러나 한동안 어울려봤으니, 당신은 어쩐지 모르게 그녀가 풀이 죽은 걸 알 수 있었다.

아무래도 여전사는 슬라임이랑 궁합이 좋다고 해야 할지, 나쁘다고 해야 할지…….

마주칠 때마다 엉키는 것을 보고, 뭐라고 위로를 해야 할지 당신은 고민스럽다.

아무리 그래도 처음 때처럼 실수는 안 하지만, 매번 점액이 달라붙어 흠뻑 젖게 되는 것이다.

그 이유를, 마지막으로 수건을 얼굴에 대고 있는 모습에서 짐작하지 못할 것도 없다.

그녀가 대열의 가장 앞에 있다는 점을 제하더라도, 슬라임에 놀라서 주춤거리는 한순간 때문이 아닐까—.

"응…… 좋아. ……좋아. 이제 멀쩡해."

……뭐, 그거다. 이 미궁에는 슬라임밖에 없는 것이 아니다.

다른 강적과 맞설 때는 듬직하고, 잘 싸워주고 있으니 아무 문제 없는 것이다.

"아, 수건은 나중에 새 걸로 돌려줄게?"

딱히 상관없는데, 그녀는 그렇게 말하고 축축한 수건을 꾹 짜내고 접어서 짐에 넣었다.

뭐, 배려는 고맙게 받기로 하자.

뭔가 이쪽을 보고서 생글생글 웃는 **육촌**을 무시하고, 당신은 심호흡을 한 번.

전투는 끝났다. 남은 적은 없다. 동료의 손해나 피로도 가볍다. 아직 지상으로 돌아갈 필요는 없다.

그렇게 결론을 내리고, 당신은 파티의 더욱 뒤에서 대기하는 **두 사람**에게 눈길을 주었다.

조잡한 장비 — 라고 말해도 당신들과 큰 차이는 없다 — 를 입은, 소녀들.

겁먹은 표정을 짓고 있는 탓에 더 어리게 보이지만, 나이는 15세 정도. 이제 막 성인이 됐으리라.

당신이 그녀들에게 탐색을 속행할 건데 괜찮은지 묻자, 두 사람이 끄덕끄덕 크게 고개를 움직였다.

"아, 네. 저희들은, 아직 괜찮, 아요."

그러면 됐다.

당신도 그렇게 경험이 풍부한 것이 아니고, 자신과 동료 5명에 더해서 두 사람의 상태를 언제나 볼 수는 없다.

싸우고 있는 와중에는 더욱 그렇다. 뒤쪽에 대기를 하도록 한 것이 정말 다행이라고 생각한다.

남은 문제는, 그녀들의 목적지인데…… 과연, 길은 괜찮은 것일까?

"저기, 이 앞에 방이 있고, 거기서……."

"응. ……거길 지나쳐서, 좀 더 안쪽 방에…… 다들, 대기하고 있을, 거예요."

당신은 고개를 끄덕이면서도 내심 한숨을 쉬었다.

미궁에 한 번이라도 들어온 자와 그렇지 않은 자의 역량 차이는 지극히 크다.

하물며 반복해서 들어올 수 있었던 당신들과 단 한 번뿐인 자들의 차이라면 어떨 것인가?

그리고 그런 상태에서 이렇게 안쪽까지 돌진해 버린 그녀들은 무모하다고 해야 할지, 뭐라고 해야 할지…….

그러나 그렇다고 해서, 당신들이 미궁 안에서 강자인가 하면 결코 그렇지 않았다.

인명구조를 할 여유는 그다지 없는 상황인데, 참 용케 받아들여버렸다.

하물며— 인명구조의 인명구조라니!

당신은 스스로 짊어져 버린 짐의 무거움에 무심코 다시 한 번 한숨을 쉬고 있었다.

§

생각해보면, 아침 무렵 주점에서 탁자에 둘러앉았을 때부터 일이
시작된 것일지도 모른다.

"역시 돈은 대장한테 맡기는 편이 좋다고 생각한다."

그렇게 말한 하프 엘프 척후는 자기 손의 패를 두 장 던지고 교환
을 요구했다.

"뭐, 나는 누구든지 상관없다만. 돈 때문에 다투다가 미궁 안에서
죽는 것은 사양한다."

카드를 받은 미르미돈 승려가 턱을 타각타각 울리면서 패 더미에
서 두 장을 척후에게 주었다.

주점에서 탁자에 둘러앉은 모험가들이 카드놀이를 하는 것은 이
성채도시에서는 종종 보이는 광경이다.

아침부터 낮까지 온화한 해가 창에서 내리쬐어 가게 안은 따끈따
끈하다.

요 며칠인가 모험과 휴식을 거쳐, 당신들의 지정석이 되다시피 한
원탁도 그것은 변함이 없다.

가게에 들어서면 토끼 귀의 여급들이 다 안다는 표정을 짓고서 생
글생글 이 탁자로 이끌어준다.

—물론, 그것은 당신들이 살아있을 때까지의 일이리라.

당신들도 주점에 계속 죽치고 있는 건 아니지만, 탐색 전후와 휴
일 아침에는 서로 보러 찾아온다.

그래서, 이런 광경도 몇 번인가 본 적이 있었다.

아침에는 한구석의 탁자에 앉아 있던 모험가 파티가 그날 저녁에는 돌아오지 않는다.

다음날 아침에도 원탁이 채워지지 않고, 그 다음날에는 아직 새것처럼 보이는 장비를 입은 다른 파티가 그 자리를 차지한다.

그것마저도, 이 성채도시의 일상이다.

분명 당신들보다 먼저, 이 탁자에 앉아있던 자도 있었을 것이다.

아마 당신들 다음으로 이 탁자에 앉는 자가 있어도, 그것은 변함없을 것이 틀림없다.

"……그래서, 너는 어떡할 건가?"

그 말을 듣고 사색에서 돌아온 당신은 손에 든 카드를 보고서 한 장을 미르미돈 승려에게 건넸다.

이 《퓨전 블래스트》의 카드놀이를 제안한 장본인은 숙련자의 손놀림으로 패 더미에서 한 장을 던졌다.

당신은 그것을 받아, 되도록 무표정한 얼굴을 유지하면서 자신이 지갑을 맡아도 되겠느냐고 물었다.

"으음. 누나로서는 당신이 낭비를 하지 않을까 대단히 걱정이 되지만요."

시끄러 **육촌**. 턱에 손을 대고서 울적하게 숨을 내쉬는 그녀를 노려보았다.

카드놀이에 기꺼이 동의한 이 **육촌**은 무슨 생각을 하는지 모르겠다.

그리고 낭비하는 거라면 **육촌**에게 무슨 말을 들을 이유는 없었다.

"하지만 이것도 경험이에요. 괜찮아요, 누나가 응원을 하고 있으니까요!"

아무래도 납득이 안 되지만, 지갑을 맡는 것에는 찬성을 해준다는 것일까?

어쨌거나— 지금 현재, 아침 식사와 카드가 올라간 원탁에 둘러앉은 것은 당신을 포함하여 이 네 명.

나머지 두 명이 오면 새삼 의논을 해야 하겠지만, 자산을 한데 모으는 것 자체는 당신도 찬성이다.

그 주인이 자신인가 아닌가는 그렇다 치고, 파티의 예산을 확실하게 파악할 수 있는 것은 좋다.

그도 그럴 것이 누군가의 장비의 품질은 그 개인뿐 아니라 전체의 생존 확률에 영향을 준다.

전위의 전사가 돈이 없어 갑옷을 못 사게 되면, 후위에 있는 주문술사의 생명이 위태로운 것이다.

불평등하지만 않다면, 파티에서 하나의 지갑을 관리하는 편이 이익이 크다.

"너는 카드를 바꾸나?"

"응…… 아마, 이거면 될 거라고 생각해요."

질문을 받은 종누이는 과연 룰을 이해하고 있는 건지 아닌지, 천천히 고개를 갸웃거렸다.

"자신이 대단하군."

미르미돈 승려가 겹눈을 반짝거리며 패를 펼쳤다.

"《라이트닝》이다."

당신이 《매직 미사일》의 패를 내던지자, 하프 엘프 척후가 혀를 차고 《슬립》이 모인 패를 두었다.

다음은 종누이다. 당신이 재촉하자, 그녀는 당황한 표정으로 패를 뒤집었다.

"저기, 이건 패가 완성된 거라고 생각하는데, 어떤가요?"

《퓨전 블래스트》.

미르미돈 승려는 말없이 패를 던지고, 탁상에 놓인 건포도를 전부 종누이에게 밀어줬다.

"후후후, 잘 먹겠습니다."

"크아아, 누님아는 도박이 강한 건지 운이 강한 건지를 모르겠다."

하프 엘프 척후가 그렇게 말하는데, 그건 당신도 잘 모른다.

아무래도 종누이는 섣부르고 요령이 안 좋지만, 험한 꼴을 보는 경우가 거의 없으니까.

뭐 모험가로서 보면 위는 쓰리지만 재수가 좋다는 것이 되는 걸 까—.

"죄, 죄송합니다. 기다리셨죠."

그때 주점의 소란을 헤치면서 토닥토닥 가볍게 달려오는 발소리가 들려온다.

돌아보자 여주교가 머리칼을 휘날리며, 볼이 상기된 채 기쁜 기색으로 탁자를 향해 다가온다.

당신도 같이 행동하면서 알게 된 것인데, 아무래도 그녀는 평소에는 머리를 내리고 있는 모양이다.

당신이 의자를 끌어주자, 그녀는 오도카니 거기에 앉아 흐트러진 머리칼을 손으로 정돈했다.

"아침 기도를 하러 사원에 실례했더니, 생각보다 시간이 걸려 버려서……."

"후후후, 안~녕. 가끔은 사원까지 산책도 좋네에."

그리고, 함께 따라갔던 기색의 여전사가 느긋한 태도로 탁자에 앉았다.

이걸로 당신의 파티, 당신의 동료가 모두 모인 것이다.

여전사는 눈썰미 좋게 테이블 위에 펼쳐진 싸움의 흔적에 눈길을 주고서, 눈을 가늘게 떴다.

"속임수 같은 거 안 썼어?"

"안 했다."

척후가 입술을 삐죽거렸다.

"죄다 누님아가 쓸어가삘 참이다."

꼴사나워라 야유하듯 키득키득 웃는 여전사, 그 옆에서 당황하는 기색의 여주교.

두 사람을 바라보고 키득 웃은 종누이가 그녀들 앞에 전리품을 내밀었다.

"자아, 두 사람도 건포도 어때요? 혼자서는 도저히 다 못 먹을 양인걸요."

남자 세 사람은 마구간, 여성진은 간이침대가 있는 큰 방에서 숙박하고 있다.

딱히 여성이라서 그런 것은 아니지만, 이 정도는 배려라는 것이다.

같은 방에 모여서 자는 그녀들이 밤을 어떻게 보내는지, 당신은 알 도리가 없었다.

그러나 같은 방이라고 해도 모두 모여서 주점에 오지 않는 것은 남녀 모두 같은 모양이다.

얼추 오늘은 종누이가 빨리 아침을 먹고 싶다는 말 같은 걸 꺼내서 따로 행동을 한 거겠지.

여전사가 사원에서 기도를 하는데 따라가는 것은 다소 이미지에 안 맞는 것 같기도 하지만…….

"후후, 왜애?"

여전히 감정이 안 보이는 미소에, 당신은 아무것도 아니라며 고개를 옆으로 저었다.

아마도 여주교의 눈을 배려해서 동행한 것이리라. 그렇게 생각하면 감이 딱 온다.

그보다도 중요한 것은 파티의 공용 지갑을 어떻게 관리하는가이다.

두 사람이 아침 식사를 부탁하고서 그 의제를 제안하자, 여주교가 손뼉을 치며 고개를 들었다.

"저, 저기, 리더가 관리하는 게 제일 좋다고 생각해요."

그 순수한 신뢰라고 할 수 있는 말에, 당신은 참으로 뭐라고 하기 어려운 표정을 지었다.

곧장, 「참 잘 따르네에」 하고 놀리는 목소리의 여전사가 당신의 팔에 기댔다.

"나, 새로운 장비 갖고 싶은데에……?"

에잇, 놔라. 당신이 팔을 풀어내자, 그녀는 키득키득 웃고서 몸을 물렸다.

그 태도를 보고서 종누이가 「어머나」 하는 소리를 흘리고 눈초리를 올리더니 당신을 노려보았다.

여자애한테 그런 태도를 보이다니 뭔가요 하고 말하려는 것 같지만, 화를 낼 거라면 자신이 아니라 여전사에게 내야 한다.

이 **육촌** 녀석.

당신이 투덜거리는 걸 보고 때가 됐다고 생각했는지, 미르미돈 승려가 턱을 타각 울렸다.

"그래서, 오늘은 어떡할 건가?"

방금 전 여전사의 발언과 태도를 보면, 당신이 지갑을 관리하는 것에 반대 의견은 없는 모양이다.

그렇다면 다음은 리더로서 행동 방침을 정해야 하는 것은 자명한 이치다.

"돈은 있다. 장을 볼 건가? 아니면 쉬었으니 탐색인가? 나는 어느 쪽이든 좋다만."

"머, 어쨌거나 돈도 모였고. 장비를 바꿀 무렵이라고 하면 무렵이다……."

하프 엘프 척후가 지난번 탐색으로 입수한 수확물을 가방에서 꺼내 탁상에 턱턱 올렸다.

금화는 그렇다 치고, 보물 상자에서 얻은 무구 같은 것은 가치를 모르면 난처하다.

"뭐, 지하 1층이면 대단한 것도 없을 테니까."

"그렇네에. 2층까지 가면 다르겠지만……."

미르미돈 승려의 말에 여전사가 고개를 끄덕였다. 뭐 어쨌거나, 상대가 상대다.

당신들은 이제 지하 1층에서도 그럭저럭 위태롭지 않게 싸울 수 있게 되었다.

그것은 다시 말해서, 고블린이나 코볼트의 잔해 등과 간신히 호각이라는 것이다.

이 미궁에서도 가장 밑바닥의 괴물들에게서 얻을 수 있는 수확은, 역시 당연히 밑바닥이다.

물론 성채도시 밖이라면 그것마저도 제법 재산이 되겠지만—.

"뭐, 이제부터 아이겠나 대장. 미궁 가장 깊은 곳에 갈 때까지 차근차근이다!"

하프 엘프 척후가 꾹 주먹을 쥐면서 말했다. 지당하다.

"그러면, 부탁할게요."

종누이가 말하고서 여주교에게 고개를 숙이자, 그녀는 「네」 하며 작게 고개를 끄덕였다.

"그러면, 실례하겠습니다."

여주교는 살며시 눈을 깔고, 늘어놓은 물건들로 손을 뻗었다.

그녀가 신들에게서 받은 감정의 권능은 생각보다 어마어마한 것이다.

실제로, 물품의 판별을 못하면 가게에서 감정을 부탁하고 비싼 돈을 지불해야 한다.

어찌 되었건 모험가 대부분은 장사가 뛰어난 것도 아니며 눈으로 보고 판별도 어렵다.

그리고 언뜻 녹슬었거나 삭아 있어도, 사실은 마법의 무기일 가능성은 언제나 있다.

적어도 이 성채도시의 모험에서 손해를 보고 싶지 않다면, 감정의 기술은 필수인 것이다.

새내기이며 재정난이기도 한 당신들에게, 여주교의 존재는 대단히 듬직할 따름이다.

물론, 감정능력뿐 아니라 마술과 기적을 다루는 재치도 미궁에서는 마음이 든든하다.

그렇다면, 그렇게 다른 모험가가 감정사를 기이하리만치 가볍게 본 것에 의문도 남는데—.

"그런 법이다."

감정에 집중하는 여주교를 배려해서인지 미르미돈 승려가 작은 소리로 중얼거렸다.

"돈을 내고 있다. 자기 말대로 된다. 그렇게 생각하면 태도도 커진다. 누구든지."

그리고 고블린 정도에 졌다고 하면 말이다. 그의 마지막 말은 속삭임과도 비슷했다.

그러나 뭐, 그런 일도 있으리라. 당신은 생각한다. 상승불패란 어려운 것이다.

"볼품없는 남자들 같은 소문도 들리더군."

미르미돈 승려가 그렇게 말하고 턱을 타각 울렸다.

볼품없는 남자.

귀에 낯선 말에 당신이 고개를 갸웃거리자, 하프 엘프 척후가 「그거 아이가?」하며 입을 열었다.

"모험가의 말로다. 돈을 목적으로 들어가다 보니까네, 동업자도 사냥감으로만 보이게 됐다아이겠나."

"그런 사람들이 있는 건가요?"

종누이는 놀라서— 아니, 반신반의란 태도로 눈을 흡떴다.

그녀는 그다지 그런, 사람의 악의에 익숙하지 않은 것이다. 그것은 장점이라고 당신은 생각했다.

그러나, 당신은 있을 수 없는 이야기는 아니라고 생각했다.

사람이란, 당사자가 생각하는 것만큼 거창한 것이 아니다. 좋든 나쁘든.

길을 벗어난 놈들, 짐승 같은 놈들은 언제나 세상에 있으며, 무엇보다도 「마가 씌인다」라고 하지 않는가?

"있어어."

그렇기에 문득 조용히 여전사가 중얼거린 가녀린 목소리는, 당신에게도 뜻밖이었다.

"볼품없는 남자들은, 정말로 있는걸."

그녀는 그 말을, 마치 유령이라도 본 어린애처럼 반복해서 말했다.

어른이 웃으면서 믿지 않자, 삐치고, 겁먹고, 입술을 삐죽거리는 것처럼.

당신은 그렇군, 하며 수긍했다. 그녀가 「있다」고 말한다면, 분명히 있는 것이리라.

여전사가 그 이상 말하지 않으니, 당신은 그렇게 정리하고서 감정이 끝나기를 기다렸다.

말하고 싶은 것은 말하고 싶을 때 말하면 되는 것이다. 이쪽에서 파고들 일은 아니다.

"어머나, 즐거워 보여. 어린애 같네?"

그래서 여전사가 일부러 만든 웃음을 지으며 흘겨보아도, 당신은 부정하지 않았다.

그녀의 속셈이 어떻든 감정이 기대된다는 것은 사실이니까.

뭐 미궁 표층의 전리품이다.

대단한 것이 없다는 것은 다 알지만, 그래도 역시 기대는 하게되는 법이다.

지금 쓰는 양산품 칼에도 불만은 없지만, 전설로 칭송 받는 요도 같은 것이 만에 하나 있을지도 모른다…….

그런 생각을 하자, 조금 기분이 고양되는 것도 어쩔 수 없는 일이었다.

"하지만, 지난번 탐색에서 검 같은 걸 발견했었나요?"

갸우뚱하는 표정으로 휘젓는 **육촌**에게, 기대하는 건 이쪽 마음이라고 대꾸했다.

수수께끼의 무기는 발견했다. 그것에 꿈을 꾸는 것뿐이라면 공짜니까, 딱히 문제될 것은 없지 않은가?

"끝났습니……다만."

잠시 지나서, 후우, 숨을 내쉬며 이마의 땀을 닦고 여주교가 고개를 들었다.

당신은 몸을 내밀었다. 고마워. 어떻게 됐지? 결과가 신경 쓰인다. 칼, 칼은 있었나?

"아뇨, 그게. 안 됐어요. 녹슨 단검이나, 썩은 가죽 갑옷이나…….."

어째서란 말인가.

당황한 표정의 여주교 앞에서 당신은 한탄하고는 어쩔 수 없지, 라며 팔자고 제안했다.

어쨌거나 수입이라는 사실은 변함이 없다. 그렇고말고. 이런 무기 따위 팔아버리자 팔아버리자.

"뭐, 소중하게 가지고 있고 싶다면 상관없다만. 파는 편이 이득이지."

"하모하모."

남성진 두 사람이 위로하는 것처럼 당신의 어깨를 두드리지만, 얼굴이 반쯤 웃고 있는 것은 보지 않아도 알 수 있다.

에잇. 당신이 그들을 노려보자, 키득키득 웃으며 종누이가 고개를 끄덕였다.

"그러면 오늘은 쉬는 날로 할까요?"

"와아, 장보러 가자아."

해냈다. 앳된 소녀처럼 기쁜 태도를 보이는 여전사의 진의는 헤아릴 수가 없다.

어쨌거나 결론을 내는 건 당신이다.

당신은 도시로 나서도 된다. 누군가와 함께 가도 된다. 굳이 혼자 가는 수도 있다.

그러면, 어떻게 할 것인가―.

"저, 저기! 누군가, 도와주세요!"

문득 소녀의 목소리가 주점에 울려 퍼진 것은, 당신이 입을 열려던 그때였다.

그것은 주점의 소란을 지우지 못하고, 금방 묻혀버리는 목소리였다.

모여 앉은 모험가들도 입구 쪽을 힐끔 보더니, 그 이상 뭘 하지 않는다.

모두 다 비정하다고 할 수는 없다. 아마도 아무 이득도 안 된다고 판단했기 때문이다.

당신이 보니, 그곳에 서 있는 것은 무척 가여워 보이는 차림의 두 소녀였다.

귀엽게 머리를 묶은 아가씨와 긴 머리칼을 예쁘게 정돈한 아가씨.

직업은…… 전사는 아니리라. 지나치게 빈약하다. 그러나, 틀림없이 모험가였다.

새내기였던 — 물론, 지금도 그렇게 성장한 것은 아니지만 — 당신도, 저랬던 것일까?

가게에서 파는 가장 저렴한 방어구를 입은, 단련되지도 않은 가늘디 가녀리며 빈약한 몸매.

꼭 맞잡은 손을 놓지 않도록 쥐고서, 떨리는 몸을 숨기지도 못하는 겁먹은 아가씨들.

그러나 당신의 흥미를 끈 것은 그 눈이었다.

머리를 묶은 아가씨는 공포를 견디면서, 그렇지만 열심히 주점 안을 둘러보았다.

긴 머리 소녀가 「역시 무리야」라며 약한 소리를 흘리고 있음에도.

당신이 숨을 내쉬고서 탁자의 동료들을 둘러보자, 맨 먼저 미르미돈 승려가 턱을 울렸다.

"나는 어느 쪽이든 상관없다."

그러면 결정됐다.

다른 동료들이 그윽한 표정을 짓는 가운데, 당신은 아가씨들에게 무슨 일인지 말을 걸었다.

곧장, 묶은 머리칼의 아가씨가 퍼뜩 표정을 빛내고, 긴 머리 아가씨가 몸을 굳혔다.

"저, 저기, 사실은 그게, 구해줬으면 하는 사람들이 있어서……!"

흠. 당신은 괜히 생각하는 표정을 짓고, 뜸을 들이며 턱을 쓰다듬었다.

친구가 미궁에 도전했다가 돌아오지 않는다거나, 그런 것일까?

"아, 아뇨. 저희들 친구는 괜찮아요……. 하지만…….."

당신의 물음에 묶은 머리칼의 아가씨가 고개를 좌우로 흔들고, 어느 정도 가라앉은 목소리로 말을 이었다.

"조금 움직일 수가 없어서……."

"그래서, 저희들이 다른 사람을 불러오게, 된…… 건데요."

그리고 긴 머리칼 아가씨가 이어서 말을 하자, 당신은 무심코 눈이 동그래졌다.

"뭐고. 미궁 안을 둘이서 달려온 기가?!"

고생했구만. 하프 엘프 척후가 두 사람을 탁자로 불러, 여급을 부르더니 따뜻한 우유를 부탁했다.

그것을 본 미르미돈 승려가 혀를 차는 것처럼 턱을 울리더니, 옆 탁자에서 의자를 2개 끌어왔다.

두 사람 사이에 끼이는 것처럼, 소녀들이 의자에 오도카니 앉았다.

"……."

여주교가 살며시 얼굴을 감추듯 고개를 숙이는 걸 곁눈질로 보고, 당신은 흠. 숨을 내쉬었다.

"자세한 이야기를 들려줄 수 있을까요?"

이럴 때, 자연스럽게 화제를 바꾸는 것이 종누이의 뛰어난 점 중 하나다.

소녀들이 양손으로 컵을 들어 우유를 마시고, 한숨 돌리는 것을 기다린 타이밍에 한 마디.

종누이는 치명적인 틈을 찌르는 것 같은 움직임을 딱히 의식하지도 않고 해낸다.

그것에 두 아가씨가 얼굴을 마주보고, 이윽고 어느 쪽이랄 것도 없이 조심조심 말을 꺼냈다.

"저기, 사실은 저희들, 같은 고아원의 친구들이랑, 그게…… 모험가가 됐어요."

"……흐응."

여전사가 낮은 소리로 맞장구를 쳤다. 흠칫 떨고서 기가 죽으면서도, 두 사람의 아가씨는 설명을 이었다.

—소녀들의 이야기를 요약하면 이렇다.

그녀들은 전부 6명. 15세에 고아원을 나온 뒤, 다 같이 의논해서 모험가가 됐다고 한다.

이 《죽음》의 위험이 가득한 시대, 앞날의 전망이 없다면 미궁에서 돈벌이를 하는 게 제일이다.

다행히도 그녀들이 있던 곳은 신전 고아원이라, 배운 것도 있고 축도의 소양도 있었다.

막대기를 휘두르는 것밖에 능력이 없는 멋모르는 젊은이보다는 숙고한 끝에 판단을 내렸다고 할 수 있다.

그리고 며칠 전, 드디어 이 성채도시에 도착하여 그녀들은 모험가가 됐다.

그 다음은 정해진 수순. 장비를 마련하고, 처음으로 미궁에 들어가, 싸우고—.

"방 하나에서 괴물과 싸운 다음에, 아직 갈 수 있을 것 같아서……."

미르미돈 승려가 무심코 정색하는 것이 당신의 눈에도 보였다.

"……더 안쪽으로 가보자고 했었는데요. 그랬더니……."

그것을 깨달은 것은 동료들 가운데 누군가였다고 한다.

쿠웅. 뱃속까지 울리는 낮은 소리. 뒤늦게 이어진 진동은 모두 깨달았다.

"1층에서 그런 화려한 주문을 쓰는 놈들은 없을 테니, 폭탄일기다."

하프 엘프 척후가 중얼거렸다.

네. 묶은 머리칼의 아가씨가 긍정하고 말했다.

"그래서, 다른 모험가가 곤란할지도 모른다고……."

"언니— 파티 리더가 말해서 보러 가기로 했어요."

꽤나 희한한 일일 거라고, 당신은 조용히 말했다.

일부러 얼굴도 모르는 자들을 구하러 가는 것도 그렇지만, 다른 모험가와 접촉하는 것 자체가.

그녀들은 미궁에 도전하는 것이 처음이라고 했다. 그래서 분명히 몰랐던 것이 틀림없다.

미궁에 가득한 독기는 감각을 어지럽혀서, 다른 모험가와 만나지 않도록 현혹한다.

그렇기에, 모험가들끼리 협력하는 풍조가 옅다. —물론 방해도 없는 것이 다행이지만.

당신도 지하 1층이라지만, 그 뒤로 몇 번이나 미궁에 들어갔다.

미궁 안에서 다른 모험가와 만난 적은, 당신의 경험상 한 번도 없는 일이었다.

"그래서, 어떻게 됐어요?"

당신이 그런 생각을 하고 있는데, 종누이가 살며시 말을 자아내 대화를 재촉했다.

그녀의 온화한 어조에 아가씨들의 입도 조금 매끄러워진 것이 틀림없다.

"저기, 조금, 이쪽저쪽 방을 조사해서요."

또 미르미돈 승려가 정색했다.

"발견했어요."

"……그게…… 다친 사람이 많아서, 무사했던 건, 한 명뿐이고…….''

아마도 싸움에서 상처를 입고 쓰러져서, 성과 없이 돌아갈 수 없다며 보물 상자의 개봉을 서두른 것이리라.

당신의 뇌리에 첫날의 싸움이 스쳤다.

그때 여전사가 크게 당한 것은 수확을 얻고서 돌아가는 길이었지만, 방에서 싸웠을 때였다면…….

"그래서, 저희들, 어떻게 할까, 해서…….''

현장을 본 소녀들은 완전히 난처해졌다고 한다.

죽어버린 사람을 버리고 갈 수도 없다. 게다가 중상자는 몇 명이나 있다.

그러나 그녀들은 운이 좋아 안쪽까지 들어왔지만, 오늘이 첫 모험인 것이다.

모두를 데리고 지상까지 귀환이 어렵다는 것은 그녀들도 예상할 수 있었다.

그래서—.

"저랑, 이 애 둘이서, 누군가 도와줄 사람을 불러온다……고."

당신은 무심코 한숨을 흘렸다. 그것이 감탄인지, 기겁한 것인지는 당신도 알 수 없었다.

설마 그 지하미궁을 고작 둘이서 달려 돌아올 줄이야……!

"뭘 모른다는 건, 위험하군……."

무리, 무모, 억지 과연 어느 것이 맞는 것일까? 당신은 미르미돈 승려에게 깊이 동의했다.

그러나, 그러면 이건 어찌 해야 할까?

당신의 눈앞에는 지쳐 빠진 소녀들이 우유를 홀짝홀짝 핥는 것처럼 마시고 있다.

여기까지 들어버린 이상, 무리라고 말하여 거부하는 것은— 뭐, 못할 거야 없다.

결국은 그녀들의 사정은 당신들과 아무 상관도 없는 일이니까.

그렇지만—.

"……."

생각하는 당신의 소매를 살짝 붙잡는 손이 있었다. 눈길을 내리자, 여주교가 가녀린 팔을 뻗고 있었다.

옆을 보니 **육촌**이 거칠게 콧김을 뿜으면서 기합을 넣고 있었다.

하프 엘프 척후는 생글거리며 웃고, 미르미돈 승려는 「마음대로

해라」하며 어깨를 움츠렸다.

"⋯⋯나는 말야아."

그리고 마지막으로 여전사가 작고 주저하는 목소리로 그렇게 말한 다음, 활짝 웃음을 지었다.

"⋯⋯남자애라면, 멋지게 여자애를 구해줘야 하는 게 아닐까 생각하는걸?"

그러면, 어쩔 수 없지.

당신은 쓴웃음을 지으며 일어서서 허리의 만도를 쥐었다.

"어."

"앗⋯⋯."

소녀들이 퍼뜩 깨달은 기색으로 고개를 들었다. 당신은 난처한 기색으로 볼을 긁적였다.

본래 오늘은 탐색을 갈까말까 망설이고 있던 참이었다.

왜냐하면 당신은 자타공인의 사내이며— 그리고, 모험가였으니까.

§

당신은 모두의 호흡이 정돈될 무렵을 기다렸다가, 이제 그만 가자고 재촉했다.

당신의 목소리에 응답하여 동료들은 캠프를 하다가 제각각 휴식 자세에서 일어섰다.

캠프—라고는 했지만, 노숙을 할 때처럼 천막을 치거나 하지는 않는다.

사원에서 정화한 물을 이용해 진을 그리고, 그 안에 앉아서 휴식을 취하는 것이다.

너무 긴 시간은 어렵지만, 배회하는 괴물에게서 몸을 지키고 호흡을 정돈하기에는 충분하다.

집중력이라는 것은 산만해지기 쉬우니까, 틈틈이 휴식을 하는 것은 중요한 것이다.

그렇지만 함정에 걸린 다음, 상황을 확인하고자 황급히 야영을 했다가 같은 함정에 걸리는 일도 있다.

결국은 언제나 냉정침착함이 요구되는 것이 이 미궁의 이치인 것이다.

―암흑에 휩싸인 미궁은 시간의 흐름을 잴 수 있는 것이 존재하지 않는다.

어둠 속, 흐릿하게 떠오르는 하얀 윤곽선만이 모든 것이다.

소리도 없고, 기척도 없고, 어쩌면 모든 것이 멈춰버린 것 같은 착각에 빠진다.

판단재료라고 하면, 모두의 체력, 기력, 그리고 불분명한 자신의 집중력뿐이다.

당신은 미궁을 배회하는 괴물이 되어 버린 모험가의 기분도, 이해 못할 것은 없을 것 같았다.

이 세계는 단순한 것이다.

자신의 역량만이 모든 것을 결정한다. 법칙은 오로지 하나, 승리인가 죽음인가.

그 《죽음》이 지배하는 공기에 휩쓸리는 것은 어쩌면 편한 것이 틀림없다.

"첫 모험에서, 이렇게 안쪽까지 오다니……."

당신은 문득 정신을 차렸다.

돌아보니 종누이가 타이르는 것 같은 어조로, 앉아 있던 아가씨 두 사람에게 말을 걸고 있었다.

"안 되거든요. 다음부터는 더 신중해 지세요!"

정말이지 의미가 담긴 말이다. 그 말을 하는 것이 **육촌**이 아니라면!

그렇지만, 종누이가 후배 — 새삼 생각해도 놀랄 일이다 — 를 보살펴주는 것은 도움이 된다.

당신은 목 안쪽으로 웃음을 숨기고, 나머지 동료들의 상태를 배려하는 것에 주력했다.

저걸 보면 종누이의 주문은 괜찮겠지만, 어디 다른 사람들은 어떨까?

"기적은 남아 있다. 가든지 돌아가든지, 아직 할 수 있다. 나는 말이다."

"저도…… 주문도, 기적도, 남겨뒀으니까요."

미르미돈 승려가 무뚝뚝하게 응답하는 옆에서, 여주교가 고개를 위아래로 몇 번이나 끄덕끄덕 움직였다.

"아, 다만……."

문득 그녀가 말을 흐렸다.

체력이 소모됐거나, 다른 문제가 있는 건가? 당신이 묻자, 그녀는 창피한 기색으로 고개를 숙였다.

"그게, 지도가 조금 걱정돼서요……."

"하는 수 없군. ……어디, 이리 내봐라."

턱을 타각 울리고 손을 뻗은 미르미돈 승려에게, 여주교가 조심조심 지도를 내밀었다.

그녀의 작업은 꼼꼼하니까 당신은 그렇게 걱정하지 않는데, 당사자는 아닌 모양이다.

뭐, 무리도 아니다. 자신감이라는 것은 그리 쉽사리 키울 수 있는 것이 아니니까.

저렇게 미르미돈 승려가 봐주고, 그걸로 안심할 수 있다면 좋은 일이다.

당신이 그런 생각을 하고 있는데, 하프 엘프 척후가 생긋 웃으면서 어깨를 두드렸다.

"뭐고, 대장도 조금은 봐줄만해지고 있네."

무슨 소리인지? 당신이 얼굴을 찌푸리면서 엄격한 표정을 짓자, 그는 웃음을 죽였다.

물론 당신도 나쁜 기분은 안 든다. 씨익 웃어주고, 동료의 상태를 확인한다.

딱히 여주교만 살피는 게 아니다.

누군가 다른 사람이 무구나 체력에 신경을 써주면 안심으로 이어진다.

그리고 많은 경우, 그것은 리더인 당신의 역할이기도 했다.

"뭐, 내는 멀쩡하다. 후열이고, 보물 상자도 별로 없다아이가."

하프 엘프 척후는 자신의 허리에 찬 단검을 가볍게 두드리고 고개를 옆으로 저었다.

그렇지만 후위를 경계하면서 저 아가씨들도 배려해주고 있는 것이다.

이것저것 신경을 쓰는 것은 그것만으로도 집중하게 되고 힘이 들게 되는 일도 있다.

척후나 도적은 열쇠 따기 말고는 도움이 안 된다. 이런 평을 하는 자는 뭘 모르는 거라고 당신은 생각했다.

적어도 당신과 행동을 함께 해주는 그에 대해서는 크게 틀린 생각이리라.

"그건 그렇고 뜻밖이다."

뭐가 말이지? 문득 척후가 흘린 말에 당신이 묻자, 「아니」하고 말이 이어졌다.

"설마 누님아가 인명구조, 찬성할 줄은 몰랐다아이가."

"그래애?"

화제가 된 여전사가 생글생글 웃으며 천천히 고개를 갸웃거렸다.

"리더라면 구하러 갈 것 같다는 생각도 들었고…… 반대할 일이 아닌 것 같다, 싶어서."

"뭐, 그러면 그거대로 좋은기라."

하프 엘프 척후는 뭐라 말할 수 없는 기색으로 말을 흐렸다.

여전사는 미소를 무너뜨리지 않지만, 반대로 말해서 그 이상 말할 셈은 없다고 말하는 것 같았다.

적어도 간격에 파고드는 것을 용납하지 않는 분위기는 떠돈다.

그는 그녀의, 다소 점액에 젖은 기미의 무구나 차림새를 살폈다.

아까 슬라임 놈들이 들러붙기는 했지만, 큰 피해는 입지 않은 것 같다.

"아~아. 슬라임한테 모가지가 있으믄. 그래 모가지가 있으믄 내가 확 날려버릴기라!"

"잠깐, 에잇…… 화낼 거야아?"

분위기를 푸는 것처럼 척후가 밝은 목소리로 놀리고, 여전사가 창을 들어 올렸다.

그 태도가 아무래도 진심인 것처럼 보여서 당신은 쓴웃음을 짓고, 큰 일이 없다면 괜찮다고 말했다.

―그러면, 동료들을 신경 쓰긴 했지만 당신도 자신을 확인해야 한다.

느슨히 풀어둔 갑옷과 장비의 잠금쇠를 다시 조이고, 허리에 찬 만도를 뽑아 고정못이 어떤지 점검한다.

그리고 가죽을 감은 자루에 침을 뱉어 적시고, 손에서 미끄러지지 않도록 단단히 길들였다.

지금, 당신들의 눈앞에는 방의 문이 기다리고 있었다.

후배 소녀들 말로는, 이 앞에 그녀들의 동료가 구조대상자와 함께 기다리고 있었다.

여기까지 왔는데 만의 하나가 있으면 난처하다. 당신도 신중해지지 않을 수 없었다.

종누이를 손짓하여 부르자, 그녀가 활짝 얼굴을 빛내면서 다가왔다.

"그래요 그래. 누나한테 맡겨만 두세요!"

에잇, **육촌** 녀석.

여전사가 씨익 눈웃음을 짓는 걸 무시하고, 당신은 종누이에게 자기 무구 확인을 맡겼다.

가늘고 하얀 손가락이 꼼꼼한 손놀림으로 무구의 잠금쇠를 조사하고, 「응, 좋아요」 하고 고개를 끄덕였다.

"하지만, 방 안의 괴물은 벌써 쓰러뜨렸잖아요? 그러면 괜찮지 않을까요?"

"아니."

종누이의 말에 고개를 옆으로 저은 것은 미르미돈 승려였다.

"그렇다고 장담할 수는 없지."

흠. 당신은 칼을 고쳐 쥐면서 미르미돈 승려의 말에 귀를 기울였다.

"괴물 놈들은 쓰러뜨리면 잠시 나오지 않지만, 재배치되니까."

그것이 결코 끊이지 않는 이 미궁의 괴물 놈들, 그리고 재화의 원리라는 것일까?

방에 나타나는 괴물, 그리고 그에 따라 나타나는 보물 상자.

인위적인 것이 아니라면, 오히려 으스스하다고 할 수 있는 현상이라고 당신은 생각했다.

《죽음》을 뿌리는 누군가가 있는 것이 틀림없다는 것도, 그것이 이유일 것이다.

아무도 의문을 품지 않는 것일까? 아니면 의문스럽게 생각해도, 무한한 재보 앞에서 익숙해져 버린 것일까?

그리고 동시에— 그렇기에 공략이 늦어지며 진행되지 않는 것이다. 아마도.

"맞다. 뭐, 돈벌이를 하기에는 좋지만, 참말로 괴상한 일 아이가."

하프 엘프 척후가 동의하면서 후위에 서고, 단검을 역수로 쥐고 팔을 빙글 돌렸다.

그 옆에서 술법과 축도를 위해 마음을 진정시키고자, 여주교가 심호흡을 반복했다.

"고블린이 아니라면······ 좋겠습니다만."

불안한 기색의 떨리는 목소리로 속삭인다.

뭐 고블린이라면 편한 부류에 들어가고, 수에 따라서는 당신들 다섯 명이서도 대처할 수 있으리라.

그러니 신경 쓸 것 없다고 말하자, 그녀는 어색하게 고개를 끄덕 위아래로 움직였다.

"그럼, 그래요. 다들 있는걸요. 괜찮아요!"

종누이가 밝은 목소리로 격려하고, 생글생글 웃음을 지었다.

근거 따위 전혀 없지만, 이렇게 딱 잘라 단언할 수 있는 것은 역시 그녀의 재능인 것이리라.

당신은 고개를 저은 다음, 여전사에게 눈짓을 했다.

"언제든지 괜찮아."

대답은 한 마디. 그녀도 창을 겨누고 이미 준비를 마친 모양이다.

당신이 고개를 끄덕이고, 혼신의 힘을 담아 방의 문을 걷어차고는 안으로 뛰어들었다.

쿠당. 소리를 내면서 쓰러진 문 위를 짓밟고 넘어서, 돌진하는 곳.

암흑의 방 한가운데, 당신은 무리를 이룬 사람 모양의 생물을 보았다.

—볼품없는 남자들이다!

§

당신은 암흑 속에서 날아오는 은광을 때려서 떨어뜨리고, 칼을 돌려 크게 옆으로 휩쓸었다. 손맛은 없다.

물론, 다 아는 견제다. 적은 다섯…… 아니 여섯. 그것을 셋이서 억누를 필요가 있다.

당신은 재빨리 앞으로 돌진하여, 돌출된 둘을 상대하는 위치에 진을 치고 간격을 쟀다.

―역시, 인간이다.

가까이서 보고, 새삼 그렇게 인식했다. 때 묻은 의복에 가죽 갑옷, 단검을 든 자들.

언뜻 모험가처럼 생각되지만, 귀기를 품고 번득이며 빛나는 눈동자가 그 인상을 배신했다.

"어, 어떻게 하죠……?!"

등 뒤에서 여주교가 당황한 소리를 냈다. 당신은 대답했다. 상관할 것 없다.

미궁에서 모험가에게 검을 겨눈 것이다. 베어도 불평 들을 이유는 없으리라.

"강도놈들이랑 다를 바 없다는 기다……."

그런 부분은 역시 익숙하다. 하프 엘프 척후는 이미 의식을 전환한 모양이다.

당신은 대화의 틈을 찔러 덤벼든 남자의 칼날을 만도의 칼등으로 받고, 때렸다.

적을 끌어들여야 한다. 방심하지 않고 발을 움직여 거리를 유지하면서, 얕은 호흡을 반복한다.

숨을 모두 내쉰 순간, 사람은 가장 무방비 해진다고 한다. 동작의 전, 후. 호흡을 읽는 것이다.

—그러나, 이것이 소문으로 들은 볼품없는 남자들인 걸까?

"모, 르겠는…… 거얼!"

여전사가 보기 드물게 당황한 목소리를 내면서, 당신 옆에서 창을 뻗어냈다.

창의 긴 간격은 이 미궁의 방에서도 유효하다.

날카롭게 공간을 달려가는 창날, 바닥돌 하나 둘을 제압하는 긴 자루는 적이 접근하는 것을 막는다.

"뭐든 상관없다!"

미르미돈 승려가 곡도를 역수로 비스듬하게 겨누고, 받아 흘리기의 자세를 취하며 외쳤다.

"언데드가 아니라면 죽일 수 있을 거다, 해치운다!"

각각 두 개체씩 — 당신은 상대가 사람이라는 걸 알고도 그렇게 셌다 — 맡으면서, 벽이 된다.

여전사는 그렇다 치고, 미르미돈 승려는 본직이 아니다. 그리 오래는 못 버틸 것이다.

얼른 정리하고 지원을 하러 가고 싶지만, 당신도 여유가 있는 것은 아니다.

완급을 주며, 좌우에서 동시에 볼품없는 남자들이 공격해온다.

한쪽을 받아내면 또 한쪽이 마무리를, 피한다면 후방으로 돌진할

175

심산이리라.

유예는 없다.

당신은 한손 치기로 왼쪽 공격을 밀어 올리고, 빈 오른손으로 허리의 단도를 쥐고는 휘둘렀다.

카각. 단도의 뿌리 부근이 칼날을 깨물었다. 무기에 지지 않고 확억지로 얽는다.

아슬아슬하게 단검을 튕겨낸 오른손이 저릿하고, 맑은 금속음이 울려 퍼졌다.

반사적이라지만, 스승이 봤다면 뭐라고 할까? 꼴사납기 짝이 없는 이도(二刀)의 기술이다.

그러나 당신은 입가에 웃음을 짓고, 두 칼의 날 끝을 좌우의 적에게 겨누며 허리를 쑥 낮추었다.

칼날을 겨누면 주저 없이 뛰어들 수 있는 자는 적다.

하물며 상대가 숙련자 같은 ─ 그 자체는 아니다. 정말이지. ─ 태도를 보이고 있는 것이다.

당신은 좌우를 왕복하는 것처럼 재빨리 눈길을 주면서, 슥, 슥. 발을 움직여 거리를 좁혔다.

다가오면 벤다. 오지 않으면 이쪽에서 간다.

결심한 남자가 단검을 들고서 뛰어드는 것을 당신은 정면으로 맞아 싸웠다.

오른쪽에, 왼쪽에. 숨을 들이쉬고, 내쉬고, 땀을 흘리면서, 공격에 칼날을 맞추어간다.

지금 당신은 이 바닥에 뿌리를 내린 나무가 되고자 하고 있었다.

바람을 받아 흘러 부드럽게 휘어지는 가지처럼, 양팔을 휘두를 뿐이다.

아마도 균형이 무너지면 당신의 목숨이 위태로울 것이다. 3대 1이 되면, 끝장이다.

그렇지 않아도, 당신이 칼의 무게를 한 손으로 얼마나 지탱할 수 있을지 알 수 없다.

그러나— 당신은 혼자가 아니다.

"하는 수밖에, 없는 거네요……!"

"……갑니다!"

아직 당황한 기색의 여주교에게, 종누이가 자신을 질타하는 것처럼 말을 걸었다.

"《슬립》부터 맞추어 두 수!"

"네!"

그녀들의 초동이 늦은 것을 탓할 일은 아니다.

당신에게 그런 여유가 없는 것도 사실이고, 술자의 정신집중에 시간이 걸리는 건 필연이다.

두 사람은 서로의 짧은 지팡이와 천칭검을 들고, 낭랑하게 진정으로 힘 있는 말을 읊었다.

"《솜누스》!"
^{수면}

"《네불라》!"
^{안개}

《오리엔스》. 소녀들의 목소리가 겹치고, 방에 낭랑하게 울려 퍼졌다.
^{발생}

곧장, 소용돌이치듯 신비의 안개가 미궁의 어둠을 물들였다.

사람의 정신을 현혹하고 잠으로 이끄는 무시무시한 술법도, 이것이 아군의 것이라면 그저 듬직할 따름이다.

당신들과 싸우던 남자들의 움직임이 빠르게 완만해지고, 눈에 띄게 둔해졌다.

그렇지만, 세계의 섭리를 덧칠하는 마술이라지만 만능은 아니고 완전하지도 않다.

"미안하다! 한 명 놓쳤다!!"

미르미돈 승려의 옆구리를 빠져나가, 남자 한 명이 후위로 뛰어들었다.

운이 따랐는지 다른 자들보다 의식이 강했는지는 알 수 없지만, 술법에 저항한 것이다.

"어, 딜⋯⋯!!"

번득이는 단검이 아가씨들에게 닿지 않도록, 곧장 하프 엘프 척후가 끼어들었다.

맞설 수는 없더라도, 방어에 전념하면 시간을 벌 수는 있다.

어쨌든지 태세를 바로잡는 것이 최우선이다.

"⋯⋯!"

여주교가 파래진 얼굴로 입술을 깨물고, 천칭검을 지팡이처럼 겨누어 종누이 앞에 섰다.

그녀도 모험가이며, 승려로서 단련을 받았다.

익숙하지는 않더라도, 싸우지 못하는 건 아니다. ―승직을 필요 없다고 하는 자는 어리석은 자다.

"엉?"

그리고 그런 급박한 상황이기에, 그 엉뚱한 목소리는 묘하게 크게 당신의 귀에 닿았다.

하프 엘프 척후가 불가사의한— 스스로도 믿지 못하는, 기가 막힌다는 목소리를 낸 것이다.

"이 놈들 뭐고, 그냥 건달아이가! 시노비인가 싶어서 쫄았다!"

그것은 다시 말해서, 제대로 된 훈련을 받지 않았다는 건가!

—그때부터 당신들의 움직임을 빨랐다.

술에 취한 것처럼 발치가 위태로운 도적의 손목을 잘라내고, 단도를 목에 찔렀다.

그리고 단도를 놓고서 무너지는 시체를 걷어차 쓰러뜨리고, 도를 돌려 또 한 명의 머리를 턱밑에서부터 쪼갰다.

쿠웅 쓰러지는 주검을 뛰어넘어 미르미돈 승려 곁으로 가면서, 그는 부탁한다고 한 마디 외쳤다.

"네에!"

경쾌한 대답과 함께, 나는 듯 달리는 여전사와 스친다.

힐끔 곁눈질로 보니 그녀 또한 이미 창을 휘둘러 두 사람의 건달을 해치운 다음이었다.

과연 의식이 몽롱한 상대라면 적수가 못 된다는 것인가?

당신은 그 이상 후위를 신경 쓰지 않고 그녀에게 맡긴 뒤, 만도의 자루를 양손으로 쥐고 달렸다.

눈앞, 미르미돈 승려와 맞서는 건달의 등이 보였다. 간격까지 앞으로 두 걸음, 한 걸음.

치열한 기합과 함께, 당신은 쓸어 올리듯 가죽 갑옷의 틈, 겨드랑이를 베어 올렸다.

키악. 비명을 지른 건달이 빙글 당신을 돌아보았지만 이미 늦었다.

당신은 대상단에서 파고드는 혼신의 일격을 선물하여, 이마를 쪼개버렸다.

미궁의 어둠에 파악, 검붉은 피보라와 뇌수가 뿜어져 나오고, 비처럼 당신에게 쏟아졌다.

"덕분에 살았다. ……미안하군. 방금 전에는 실수를 했다."

당신은 호흡을 가다듬고 방심 없이 잔심을 유지하며, 천천히 고개를 좌우로 흔들었다.

둘을 맡아서 한 명을 막아줬으니 충분하다.

그러면, 후위 쪽은 어떨까—. 돌아보는 것과 동시에 크악, 탁한 비명이 들렸다.

당신은 만도의 칼날을 닦고서 칼집에 넣고, 시체의 목에서 단도를 뽑아 똑같이 했다.

철컥. 단도가 칼집에 들어가는 소리가, 싸움이 끝난 증거였다.

§

—어디, 모두 무사한 걸까?

당신은 싸움의 고양에서 마음을 바꾸고, 되도록 냉정함을 유지하며 주위를 둘러보았다.

어두운 방 안에는 당신의 파티가 거칠게 호흡하는 소리가 메아리친다.

피 웅덩이와 시체가 흩어진 미궁에 서 있는 자의 숫자는 여섯. 그리고 둘. 합쳐서 여덟.

당신도, 당신의 파티도, 그리고 의뢰인인 소녀들도 모두 무사하다는 것이다.

"저, 저기, 치료를……."

문득 여주교가 말을 걸자, 당신은 눈을 깜빡거렸다.

딱히 그렇게 당황할 정도의 부상을 입은 기억은 없는데—.

"아뇨, 그게, 손이……."

그 말을 듣고서, 당신은 첫 수에서 받아낸 오른손의 저릿함이 아직 남아 있는 것을 깨달았다.

그리고 새삼 살펴보니, 그것이 저릿함이 아니라는 걸 깨달았다.

치고받는 와중에, 상대의 칼날이 손 보호대를 깬 모양이다. 피가 번져서 떨어진다.

의식하자마자 욱씬, 욱씬 맥박에 맞추어 고통이 늘어나고, 당신은 표정을 찌푸렸다.

깊은 상처가 아니다. 생사에도 직결되지 않는다. 머리가 당장 불필요한 정보로 판단하고 잘라냈던 것이 틀림없다.

그렇지만, 눈치 못 챈 것은 실수다. 독이라도 발라두었다면 큰일이었다.

그렇지 않아도 칼놀림만 한 수 늦어져도 위험한 법인데.

"괜찮아요?"

여주교와 나란히 선 종누이가 걱정스런 표정으로 조심조심 들여다보았다.

당신은 두 사람에게 괜찮다고 긍정하며, 한 손으로 보호대를 벗었다.

손등을 대각선으로 달린 상처에서 피가 번져 나오고 있다. 당신은 그것을 꾸욱 힘을 주어 눌렀다.

압박하여 피를 멈추는 것은 응급처치의 초보였다.

"그럼 안 돼애. 자기 스스로 잘 지켜야지."

여전사가 키득키득 웃으면서, 당신을 보고 놀리는 것 같은 소리를 냈다.

싸움의 여운 탓인지, 그녀는 빨갛고 땀에 젖은 볼에 달라붙은 머리칼을 손으로 정돈하고 있었다.

정말 그렇다. 당신은 동의했다. 슬라임이라도 달라붙으면 큰일이 난다고.

"으음……."

당신의 반격에, 그녀가 이번에는 수치 탓에 빨개진 볼을 부풀렸다.

종누이가 「이 녀석」 하고 어린애를 야단치는 것 같은 어조로 당신의 옆구리를 찌르지만, 사소한 일이다.

여전사가 뭔가 말대꾸하고자 생각한 끝에 입을 열려고 했지만, 그 어깨를 미르미돈 승려가 두드렸다.

"계집애들의 파티를 찾아야 하지 않나. 내버려둬도 괜찮다면 상관없다만."

"……네에. 갚아주는 건 나중에 할게요."

제법 무시무시한 말을 들은 것 같다.

당신은, 미르미돈 승려의 호위로 방의 탐색을 하러 가는 여전사를 배웅하면서 쓴웃음을 지었다.

"지, 지금 그건, 리더가 잘못한 것 같아요……."

여주교까지 그렇게 말하면 어쩔 수 없다. 돌려받는 건 감수하도록 하자.

어쨌거나 출혈은 줄어든 모양이다. 기적을 쓸 것도 없겠지만, 간단한 치료는 해야 할까.

"네, 맡겨 주세요."

당신이 부탁하자, 여주교가 어쩐지 기쁜 기색으로 응답하고 가방에서 붕대와 고약을 꺼냈다.

"실례합니다."

그렇게 말하고 그녀는 수통의 물로 가볍게 상처를 씻어내고 치료를 시작했다.

손가락 끝으로 단지에서 떠낸 화농약을 바르고, 그 위에 꼼꼼하게 붕대를 감는다.

눈이 잘 안 보이는데도 그 솜씨는 훌륭하다. 아무래도 맡겨두는 게 좋겠다.

어디, 다음은 우리들의 척후 나리가 활약해줄 차례인데─.

"꽤 벌이가 좋은 모양이대이. 건달 주제에."

로그들의 품을 뒤지고 있던 하프 엘프 척후가 만족스런 표정으로 돌아왔다.

자. 던져서 건넨 가죽 주머니를 왼손으로 받아내자, 좌르륵 금화의 감촉.

"다른 녀석들의 무기나 방어구도 챙겼다. 뭐, 조금은 보탬이 될 기다."

그렇게 말하고 척후는 씨익 이를 보이며 웃고, 당신은 그것에 고개를 끄덕여 응답했다.

무보수로 받아들인 인명 구조인데, 수확이 꽤 괜찮은 것 같아 다행이다.

당신이 말하자, 하프 엘프 척후는 씨익 입술 끝을 끌어올리며 웃었다.

"대장이 가지고 싶어하는 한쪽 날의 곡도 같은 건 없었대이."

에잇. 어째서. 딱히 분한 것은 아니다. 분한 것은 아니지만, 어째서.

당신이 거창하게 고개를 좌우로 흔들자, 방의 구석에서 키득키득 웃음소리가 들렸다.

돌아보니 방금 전까지 어두운 표정으로 입을 다물고 있던 두 소녀가 무심코 웃어버린 모양이다.

"죄, 죄송합니다."

당신과 눈이 마주친 그녀들이 사과하며 움츠렸지만, 당신은 신경 쓸 것 없다고 고개를 저었다.

심각한 상황일지도 모르지만, 침울해져서 상황이 개선되는 것도 아니다.

이건 당신이 미궁에서 다소나마 익힌 마음가짐의 하나였다.

"그렇네요. ……가, 감정을 해보지 않으면 알 수 없으니까요?"

어쨌든 여주교마저 입가를 부르르 떨면서, 웃음을 미처 감추지 못하고 있다.

육촌에 이르러서는, 고개를 돌린 채 어깨를 떨고 있는 지경이다.

정말이지. 당신은 숨을 내쉬면서 여주교의 치료에 감사의 인사를 하고 일어섰다.

건너편에서 여전사가 홀로 돌아오는 걸 봤기 때문이다.

"발견했어어. 모두 무사한가 봐. —그 애들의 파티는."

머리를 묶은 아가씨와 긴 머리 아가씨는 안도와 걱정이 뒤섞인 표정으로 서로를 마주보았다.

당신은 알았다고 응답한 뒤, 허리의 칼이 어떤지 확인하고서 가자고 동료들을 재촉했다.

미르미돈 승려가 홀로 돌아오지 않은 것의 의미를, 이해하지 못할 당신이 아니었다.

§

"《돌고 돌아 바람이 되는 나의 신, 상처의 아픔을 가지고 떠나, 우리들에게 여행의 재개를》."

방의 반대편 구석에는 미르미돈 승려가 《힐》^{소회복}의 기적을 일으키는 참이었다.

몇 번이나 성수로 다시 그린 것 같은 진 안에는 네 명의 소녀들이 겁먹은 표정으로 앉아 있었다.

"모두……!"

동료들이 무사한 것을 확인한 아가씨들이 감격하여 달려가자, 활짝 그 표정도 부드러워졌다.

얼싸안고 서로 말을 거는 모습을 보니, 초췌해졌지만 다친 곳은 없는 것 같았다.

"잘됐네요."

185

종누이가 눈웃음을 지으며 중얼거리고, 종종 달려서 그녀들 곁으로 다가갔다.

"자아, 여러분 지쳤죠? 마실 것과, 조금이라면 먹을 것도 있어요."

정말이지, 어디에 숨기고 있었는지.

종누이는 가방 안에서 자신의 물통에 더해, 자잘한 구운 과자 종류를 꺼내 대접하기 시작했다.

"어머, 과자는 보존식도 되잖아요."

그러면서 당신에게 눈짓을 하고 키득키득 웃는 모습은 정말이지. 에잇, 이 **육촌** 녀석.

어쨌든지, 아가씨들은 종누이에게 맡겨두면 되리라.

그러면 문제는— 일의 발단이 된, 이 파티 쪽인가.

"그다지, 좋지는 않군."

잠시 지나 고개를 든 미르미돈 승려가 턱을 타각 울리면서 중얼거렸다.

"……안 좋나?"

하프 엘프 척후가 짐에서 커다란 주머니를 꺼내는 것에, 미르미돈 승려가 「둘이다」 하고 말했다.

"다음은 중상인 녀석이 있다만, 치료와 기적으로 용태는 안정시켰다. 사원에 던져두면 괜찮을 테지."

"저의 기적도……."

조심조심 입을 여는 여주교에게 당신은 고개를 저었다.

돌아가는 길이 있다. 배회하는 괴물과 조우하는 것도 생각하면 남겨두고 싶었다.

"……네."

그녀는 순순히 수긍하고「고블린이 아니라면, 좋겠어요……」하고 중얼거렸다.

당신은 슬라임도 사양한다고 말하며 여주교의 어깨를 두드렸다.

"……그렇네요."

굳어진 표정이 부드러워진다. 여전사가 못 말리겠다며, 볼에 손을 대고서 숨을 내쉬고 있었다.

"나도 딱히 슬라임이 무서운 건 아냐. 거북한 것뿐이지. ……정말이거든?"

당신은 그렇다고 해둔다고 하고서, 종누이가 상대하고 있는 소녀들 쪽으로 갔다.

당신이 다가가자 맨 먼저 일어선 것은, 리더로 보이는 연장자…… 돌돌 말린 머리의 아가씨였다.

"죄송합니다. 굳이 구해주러 와주셔서……."

그녀는 하얀 가죽 갑옷을 밀어 올리는 풍만한 가슴에 손을 대고서, 예의 바른 동작으로 고개를 숙였다.

신전 고아원 출신이라고 들었는데, 제대로 된 예절을 배운 모양이다.

그렇다면 모험가가 아닌 다른 길도 있었을 거라고 생각하지만, 당신이 그것을 물어보는 일은 없었다.

사람에겐 사람마다, 사정이라는 것이 있는 법이다. 파고들 일이 아니었다.

당신은 오래 머물 필요가 없다고 하듯, 그녀들에게 이후 예정을 빠르게 전달했다.

주머니에 시체를 담고, 숨이 붙어 있는 자들과 함께 그녀들이 날라줘야 한다.

그도 그렇게 소녀 6명의 파티에 더해서, 더욱이 시체가 둘, 중상자가 넷이나 더해지는 것이다.

도합 11명의 짐이 되면, 도저히 당신들 파티로는 대처할 수 없다.

이렇게까지 사람이 많아지면, 미궁의 독기 탓에 언제 분단될지 알 수 없기 때문이다.

"에에……엑. 우리들이……?!"

소녀 한 명이 당신의 제안에 불평을 흘리지만, 금방 리더가 「이 녀석」 하고 타일렀다.

죄송합니다. 초조한 기색으로 고개를 숙이는 그녀에게, 당신은 상관없다며 고개를 옆으로 저었다.

싫다면 두고 가면 되는 것이다. 당신은 어느 쪽이든 좋다고 말했다.

"이봐."

당신의 말을 들은 미르미돈 승려가 타각타각 턱을 울리며 항의했지만, 당신은 웃으며 어깨를 으쓱거렸다.

"에잇, 연하의 여자애들한테 그런 심한 말을 하면 안 되잖아요!"

그러나 이어서 방의 구석에서 울린 **육촌**의 말에는 입을 다물었다.

에잇, 정말이지.

당신은 **육촌**에게 불평을 하면서, 쪼그려 앉아 시체를 자루에 넣었다.

나르는 것이라면 모를까, 넣는 것은 다 같이 하는 게 당연히 빠르니까.

그것을 본 소녀들 또한, 황급히 상처 입고 쓰러진 또 한 명의 모험가에게 손을 뻗었다.

　―어쨌든, 그들은 운이 좋았다.

　미궁 안에서 죽은 모험가의 시체는 그대로 방치되어 얼마 지나면, 잊히고 잃어버리게 된다.

　망자가 되어 방황하기 시작한다거나, 괴물에게 먹히거나 장난감이 되는 일도 있다고 하는데…….

　이렇게 회수를 할 수 있는 것은 어지간히 커다란 무리를 이룬 자들뿐이리라.

　많은 모험가들이, 구하러 와주는 누군가라는 존재를 바랄 수 없는 것이다.

　"돌아가는 길, 신중하게 갈 필요가 있겠네에…….."

　당신이 작업을 하는 사이에, 주변 경계를 맡고 있던 여전사가 조용히 말을 흘렸다.

　정말 그랬다.

　갈 때는 좋지만 돌아올 때는 무섭다는 말이 있는데, 행군 속도가 늦어지는 것은 확실하다.

　그것은 배회하는 괴물과 마주치는 것을 의미한다.

　확실한 승리가 있을 수 없는 이상, 피해서 지나갈 수 있다면 지나가고 싶은데…….

　"……고블린, 안 나오면 좋겠네."

　여전사가 문득 조용히 중얼거렸다.

　그녀의 시선 끝에는 죽은 모험가들을 위해 무릎을 꿇고 기도하는 여주교의 모습이 있었다.

당신은 시체를 담은 주머니 입구를 단단히 묶으며 그렇군, 하고 동의를 표하며 고개를 끄덕였다.

고블린뿐 아니라, 슬라임도 안 나오면 좋겠다고.

"에잇, 금방 그런 말을 한다니까……."

그녀는 그렇게 말하고, 당신의 다리를 창의 물미로 가볍게 찔렀다. 얼굴에는 미소가 있었다.

당신은 크게 아프지도 않은 다리를 보호대 위로 쓰다듬으며, 모두에게 호령을 했다.

"알았다. 케도 대장, 돌아가는 길에는 방 안 열지 않나?"

곧장 달려온 하프 엘프 척후가 당신에게 생글생글 그렇게 물었다.

뭐 불의의 사태가 없는 한 어디 들를 생각도, 여유도 없으리라.

당신이 대답하자, 그는 하모하모 고개를 끄덕이고서 검지로 당신 발치의 자루를 가리켰다.

"그라모 보물 상자도 없고, 암 것도 안 하면 마음이 안 좋으니, 내가 그 사람 지고 가께."

그의 제안에 당신은 쓴웃음을 지으면서 고개를 끄덕였다.

하프 엘프 척후는 기꺼이 시체 주머니를 어깨에 짊어지고, 「으랏차」 기합을 넣었다.

보다 못한 리더 소녀가 손을 댈까 말까 우왕좌왕한 끝에, 꾸벅 고개를 숙였다.

"죄, 죄송합니다……."

"뭘, 모험가는 서로 돕는기라. 우리 대장도 비슷한 말을 한대이."

—동병상련이다.

당신이 무뚝뚝하게 말하고 걷기 시작하자, 등 뒤에서 키득키득 웃음소리가 들렸다.

얼추, **육촌**과 여주교가 뭔가 속삭이는 것이겠지. 에잇.

"……그래서, 뭐가 어느 쪽이든 좋다고 했나?"

"그러고 보니, 지상으로 돌아가면 두고 봐. 그거…… 잊지 않았지?"

더욱이 옆에서는 미르미돈 승려가 턱을 울리고, 여전사가 고양이처럼 히죽 웃었다.

당신은 입을 꾹 다물고, 시선으로 좌우를 경계하면서 미궁 안으로 발을 디뎠다.

방에서 통로로 빠져나가, 지상으로 가는 길. 아까 왔던 길이다. 문제는 없겠지만.

"아, 저기, 리더. ……다음은 거기서 오른쪽, 일 거예요."

지도를 손가락으로 더듬는 여주교의 목소리에 고개를 끄덕이고, 당신은 망설임 없이 계속 걸었다.

어둠에 떠오른 윤곽선 한 가운데, 지금이라면 고블린이든 슬라임이든 모두 벨 수 있을 것 같았다.

물론, 나타난 것은 방황하며 걷는 해골들이고— 당신들의 적수는 못 되었다.

§

"어머나, 이 분들인가요?"

당신의 파티와 소녀들이 날라온 시체를 보더니 교역신의 수도녀가 차가운 목소리로 말했다.

밤늦게 문을 두드렸음에도, 그녀는 즉시 대응하여 시체를 받아주었다.

그 수고를 생각하면 이 여전한 대응에도 화낼 생각이 일어날 리 없었다.

창으로 들어오는 달과 별, 촛불의 불꽃만이 비추는 예배당은 창백하고 선선하다.

그러나 그런 석조의 방 안에도 아직 드문드문 모험가의 모습이 있었다.

동료의 진혼이나 치료를 부탁하는 자들이리라. 다시 말해서, 당신들의 존재도 드문 것이 아닌 모양이다.

앳된 기색이 남은 시제들이 익숙한 기색으로, 구조된 중상자를 돗자리에 눕히고 치료를 하고 있다.

소녀들의 파티는 그것을 걱정스럽게 지켜보면서 조마조마한 태도로 안절부절 못하고 있었다.

그 광경을 수도녀는 차가운 눈으로 살펴보고서, 이윽고 「뭐 괜찮을 겁니다」 하고 받아주었다.

"이 분들의 파티하고는 면식이 있고, 기부를 받을 구석도 있으니까."

당신은 속물적이라고 쓴웃음을 지으면서도, 그렇기에 믿음직함을 새삼 실감했다.

돈만 내면 구하는 노력을 아끼지 않는다는 것은, 어중간한 무상의 헌신보다 확실한 것이다.

적어도 자신들과 소녀들이 갔던 위태로운 구조 활동보다는 훨씬 의지가 된다.

"그럼, 고생한 만큼 사례 같은 걸 기대해도 되는기가?"

"이 녀석."

종누이가 장난치는 하프 엘프 척후를 타일렀다.

"돈을 바라고 한 일이 아니잖아요?"

"압니다, 암요. 그냥 말해본 기다. 봐주라."

어린애를 야단치는 듯한 어조에 당해내지 못하고, 척후가 양손을 들고서 항복의 포즈를 취했다.

여전사가 목 안에서 키득키득 웃음소리를 내자, 척후는 어색한 기색으로 머리를 긁적였다.

"좋지 않나. 우리는 몰라도, 힘들었던 건 틀림없지 않드나?"

"그렇네요. 답례를 받는다면 저희들보다도…….."

하프 엘프 척후의 뜻을 이해했다는 듯, 여주교가 보이지 않는 눈동자를 힐끔 한쪽으로 보냈다.

"……여러분에게 그럴 자격이 있겠어요."

"네?!"

갑자기 화제를 돌리자 소녀들의 리더, 말린 머리의 소녀가 눈을 깜빡였다.

말린 머리 소녀는 하얀 가죽 갑옷을 입은 가슴 앞에서 허둥지둥 손을 옆으로 흔들었다.

"그, 그런 건, 저희들은 아무것도……!"

"아뇨, 저희들은 당신들을 도와드린 것뿐이니까요…….."

그렇죠, 리더? 여주교가 당신을 향해 그런 식의 표정을 짓는다.

말린 머리 아가씨는 당황한 것처럼 그녀와 당신 사이에서 시선을 흔들더니, 곤혹스러워 하는 기색이다.

당신은 조금 생각한 다음, 딱 잘라 말했다.

—필요 없다고 하면, 보수가 나오면 우리가 받지.

여주교가 「어?」 하고 멍한 목소리를 내는 걸 무시하고, 당신은 태연하게 말을 이었다.

이것저것 필요하다는 사실은 당신들 또한 마찬가지다.

보수 같은 것을 받을 수 있을지는 알 수 없지만, 그래도 이 신입 아가씨들보다는 가능성이 있다.

그녀들이 필요 없다고 하면 자신들이 받아도 문제는 없으리라.

지극히 당연한 논리에, 여주교는 「그래도……」나 「그렇지만……」 하고 작은 목소리로 나약하게 반론한다.

저쪽에서는 **육촌**이 눈초리를 끌어올리며 뭔가 말하고자 했지만, 당신은 그것을 무시했다.

그러면서 당신은 계속 말했다. 시체를 옮기는 것을 도와준 만큼은 보수를 지불해야 하겠지.

"아……."

당신의 말을 듣자마자, 뭘 착각했는지 여주교의 얼굴이 확 꽃 피는 것처럼 빛났다.

"그래요, 그렇네요. 그렇게 해요! 네, 저희들이요!"

그녀가 뭘 찾는 것처럼 뻗은 양손이 덥석, 말린 머리 소녀의 손을 잡았다.

"그렇죠? 그러면 괜찮겠죠?"

"어, 어어, 저기. ……아, 네. 그렇……다면."

쩔쩔 매며 아가씨가 수긍하자, 여주교는 「네」 하고 기쁨이 넘치는 목소리를 내며 고개를 끄덕였다.

"상냥해라아."

여전사가 야유하는 것처럼 볼에 손을 대고 의미심장한 어조로 말하지만…… 흐음, 무슨 소리인지…….

당신이 허리의 칼집 상태를 괜히 살피는 걸 보고, 미르미돈 승려가 턱을 울렸다.

"뭐, 나는 어느 쪽이든 좋다만."

그가 손가락 끝으로 재빨리 인을 맺으며 교역신의 제단에 한 번 인사를 하더니, 어깨를 으쓱거리며 말했다.

"얼른 돌아가지. 돈도 안 냈는데 오래 있으면 민폐다."

물론이다. 당신은 고개를 끄덕이고, 묵묵하게 가만히 이쪽을 보고 있던 수도녀에게 눈길을 주었다.

참으로 쌀쌀맞은 눈으로 보고 있을 거라 생각했는데, 그녀는 생글생글 웃음을 보였다.

—갖다 붙인 것 같은 웃음이라도 웃음은 웃음이다.

"네, 좋은 마음가짐입니다, 여러분. 앞으로도 그 정신을 잊지 마세요."

그것이 인명 구조에 대해서인지, 기부의 씨앗을 가져온 것에 대해서인지, 당신은 판단할 수 없었다.

그러나 응원을 해주는 것은 틀림없으리라. 당신은 쓴웃음을 짓고,

가볍게 인사한 뒤에 사원을 떠났다.

걸어가는 당신의 뒤를 가벼운 걸음걸이로 여전사가 따르고, 여주교가 살며시 달려서 따라왔다.

미르미돈 승려는 큰 걸음으로 천천히, 하프 엘프 척후는 느긋하면서도 민첩하게.

그리고 마지막으로 종누이가 「앗」 소리를 내고, 황급히 허둥지둥 따라온다.

"이 녀석, 정말, 누나한테 말도 안 하고 가다니 너무하잖아요!"

종누이다. 당신은 웃으면서 그렇게 정정하고, 사원의 문에 손을 대고서 쓱 밀어서 열었다.

갑자기 화악, 차가운 바람이 불어 당신의 볼을 쓰다듬고 뒤로 빠져나갔다.

"저, 저기!"

그 바람이 가는 곳, 당신이 돌아본 곳에는 도움을 청했던 소녀들이 서 있다.

그녀들은 긴장한 기색으로 손을 마주 잡고, 그렇지만 확실한 목소리로 말을 자아냈다.

"고, 고맙습니다! 저, 저희들도, 열심히, 할게요…….."

"또, 같이…… 모험, 해요!"

당신은 웃었다. 웃고는 물론이라 말하고, 그리고 가벼운 발걸음으로 걷기 시작했다.

하늘에는 쌍둥이 달이 빛나고, 거리의 불빛이 어우러져 별 하늘의 한가운데 있는 것 같은 생각마저 들었다.

"멋을 잘 부린대이, 우리 대장은."

하프 엘프 척후가 생긋 웃으면서 옆구리를 찌른다. 내버려 두라고 당신은 말했다.

"아~아. 처음부터 사람이 좋다는 거야 알았지만, 따라갈 파티를 잘못 선택했나아?"

"네, 정말로. 나이를 먹어도 눈을 뗄 수가 없어요."

여전사와 종누이가 뭔가 제멋대로 말을 했지만, 당신은 전혀 안 들리는 체 했다.

육촌이 하는 말을 신용하면 안 되는 것이다. 정말이지. 정말로.

"아, 저, 저는, 좋은 일……이라고 생각, 하는데요?"

여주교가 쓴웃음 — 난처한, 그러나 웃음을 미처 숨기지 못하는 — 을 짓고는 당신을 위로했다.

당신이 괜찮지 않냐고 입술을 삐죽거리자, 미르미돈 승려가 대단히 커다랗게 턱을 올리며 말했다.

"뭐든지 상관없다. 망치지만 않는다면."

그렇게 당신들은 여관으로 철수하고, 그날 예정 밖의 모험을 마치게 됐다.

마구간의 짚 더미가 편안함이고 뭐고 없다는 것 정도는 당신도 이해하고 있었다.

그러나 분명 오늘 밤은 잘 잠들 수 있을 거라는 예감이 들었다.

실제로는, 지쳐 빠진 당신이 꿈도 꾸지 않고 진흙처럼 잠든다고 해도—

분명 그것은 그렇게 나쁜 것이 아니라고, 그런 식으로 생각할 수 있었다.

§

"어서 오세요!"

"안녕하세요!"

—그렇지만, 하루 만에 피로가 날아갈 리도 없다. 하물며 마구간이라면 더욱 그렇다.

모험가들의 술렁거림으로 가득한 아침 무렵의 주점에서, 당신은 원탁에 엎드려 신음하고 있었다.

울려 퍼지는 여급들의 밝고 활기찬 목소리가 당신의 머리 위를 빠져나가 날아간다.

이것만큼은 아무리 경험을 쌓고 단련을 거듭해도 어떻게 될 것 같지 않았다.

온몸이 삐걱거리는 것 같고, 피 대신 잠이 흐르는 게 아닐까 싶기도 하다. 그러나 머리는 맑다.

그렇기 때문인지 아닌지, 주위의 모험가들이 술렁거리는 것도 의미 있는 말로 귀에 들어온다.

"그러고 보니까 들었냐? 변경 쪽에 《죽음》의 군세가 나왔다더라."

"뭐야? 이 나라도 드디어 끝이야?"

"마을 한두 개 멸망한 정도야. 고블린에 와르그, 구울, 켄타우로스나 리자드맨 용병^{악마견}이지."

"대단한 돈벌이도 안 되겠구만······."

"뭐, 야전에 나설법한 녀석들은 보물 상자 따위는 안 가지고 있을 테니까. 어쩔 수 없지."

"그러면, 오늘은 지하 1층의 방을 한두 개 보고 오도록 하자구."

모험가들은 말만큼 긴장감은 한 조각도 없는 기색으로 마음 편하게 깔깔 웃고 있었다.

당신은 옷깃 틈에 걸린 지푸라기를 발견하여 손가락으로 집어 뽑아냈다.

─뭐, 딱히 무슨 생각을 해봤자 무소용, 이라는 것이다.

지하 1층을 어슬렁거리며 돌아다니기만 하는 당신도 그들과 다를 바 없다.

위기감, 사명감, 뭐 이런저런 것들. 탐색의 목적으로 삼는 것은 제각각이다.

이쪽은 멋대로 하는 거다. 그쪽도 멋대로 하면 된다. 당신이 말참견할 일이 아니다.

당신은 그렇게 생각하여 하품을 죽이고, 원탁 위에서 머리를 굴려 방향을 바꾼다.

"아─."

그때, 여주교가 보였다.

모험가들의 잡담을 듣고 있었는지 아닌지, 그 얼굴은 투명하고 표정이 없었다.

이 많은 사람이 있는 주점 안에서 그녀만을 따로 잘라낸 것 같았다.

당신은 조금 생각한 다음, 안녕? 하고 평소와 다름없는 기색으로 말을 걸기로 했다.

그녀는 허를 찔린 것처럼 쩍 입을 벌리고 「저, 기」 하고 자리가 불편한 것처럼 몸을 꿈틀거렸다.

그리고 잠시 지나 어흠, 한 번 작게 헛기침.

"아, 안녕하세요? 리더…… 맞죠?"

그렇다고 당신이 긍정하자, 드디어 그녀는 안도한 기색으로 미소를 지었다.

보이지 않는 것은 아니라고 하지만, 그래도 말없이 원탁에 앉아 있는 상대의 판별은 어려운 것이리라.

얼른 당신의 맞은편에 앉은 여주교는 문득, 신기한 기색으로 고개를 갸웃거렸다.

당신이 혼자 원탁에 엎드려 있는 것을 드디어 깨달은 모양이다.

"다른 분들은—?"

마구간에 두고 왔다. 아침 식사에 따라올 것 같지 않아.

당신은 딱 잘라서 말했다. 잠에 취한 사내놈들 따위는 멋대로 하라고 하면 된다.

"그, 그런 가요……."

낮게 웃는 당신에게 그녀는 「괜찮은 걸까요?」 하고 물었다. 문제는 없다.

그보다도 신경 쓰이는 것은 여주교가 혼자서 주점에 온 것이다.

"아, 네. 사실은 조금, 지도에 대해서 물어보고 싶은 것이 있어서……."

저만 먼저 왔답니다. 그렇게 말하더니, 그녀는 쑥스러운 기색으로 볼을 풀고 짐을 뒤졌다.

당신도 과연 지도에 대한 거라면 자세를 고치지 않을 리 없으리라.

여주교가 원탁 위에 정성스럽게 펼친 양피지를, 당신은 위에서 들여다보았다.

"지하 1층은 대부분 돌아보았다, 고 생각합니다만. 이 한 구역……."

쓱. 그녀의 가늘고 하얀 손가락이 방안에 그려진 선을 따라갔다.

새삼 보자 경탄할 일이다. 종이와 묵의 감촉으로 문자를 읽을 수 있다는 것이 말이다.

그렇게 예쁘게 정돈된 손톱이 도달한 곳은 양피지 끝, 미답의 영역.

"……이쪽은, 대체 어떻게 되어 있는 걸까요?"

그곳은 백지, 지도로서 그려져 있지 않은 공백지대였다.

딱히 길이 없는 건 아니다. 구부러진 통로 끝, 가려고 하면 언제든지 갈 수 있다.

미궁은 — 적어도 지하 1층은 — 정사각형이라고 하니, 돌로 묻혀 있는 것도 아니다.

그렇지만 어째서인지 지금까지 한 번도 들어선 적이 없는 장소였다.

다른 모험가들의 잡담에 귀를 기울여봐도, 이 구역의 화제가 나온 적이 없다.

흐음……. 당신은 턱을 쓰다듬으며 생각에 잠겼다.

지하 2층으로 가는 계단의 장소는 이미 판명됐고, 당신들도 정보는 쥐고 있었다.

돈을 벌든지 탐색을 진행하든지, 이 구역으로 갈 이유는 없는데…….

"신경 쓰이는, 곳이죠."

—그거였다.

검의 길에 뜻을 둔 자라지만, 그래도 모험가의 말석이었다.

호기심이 없어서야 무슨 모험가인가? 라는 것이다.

물론, 괜한 호기심을 발휘하여 돌아오지 못하는 모험가는 쓸어 담을 정도로 많다.

비합법의 그림자를 달리는 자들도, 불필요하게 의뢰자의 뒤를 캐려다가 사라지는 자가 많다고 한다.

결국은 이 또한 당신의 수행이라고 하지 못할 것도 없었다.

지금의 역량, 동료들의 기량, 그리고 도전하는 장소의 난이도를 간파하는 것은 리더의 사명이다.

그렇다면, 일단은 이 장소의 정보를 캐내야 하는데—.

"아아, 그곳은 암흑의 영역이니까 그렇다."

대답은 하늘에서 뚝 떨어진 것처럼 나왔다.

문득 말을 거는 목소리에 당신이 지도에서 고개를 들자, 그곳에는 금발의 미장부가 서 있었다.

젊은 군주— 당신이 이 성채도시를 방문했을 때 만난, 그 금강석의 갑옷을 입은 기사다.

"미궁의 윤곽선마저도 안 보인다. 발을 들이고 돌아온 자도 없다고 들었다."

그는 그렇게 말하고 장갑의 손가락 끝으로 툭툭 지도의 한 구역을 두드리고 어깨를 으쓱거렸다.

"뭔가 있는 것은 틀림없지만, 나라면 확인할 수 있다……라는 것은 자만이겠지."

"……과연. 무엇이 있든지, 저희들은 어렵겠군요."

여주교가 고민스럽게 눈썹을 찌푸리며 중얼거렸다.

그리고 당신은 지하 3층 발견의 공적을 논하고, 금강석의 기사가 이룩한 무훈에 찬사를 보냈다.

당신의 말에 허를 찔렸는지, 금강석의 기사는 눈을 홉뜬 다음 낯 간지러운 기색으로 볼을 긁적였다.

"대단한 일은 아니다, 라고 말할 셈은 없지만…… 뭐, 주사위의 눈이 좋았던 것이지."

미궁의 문자 그대로 최전선에 사는 자가 하는 말이니, 겸손이 아니라 비아냥 같기까지 하다.

그러나 그것을 그렇게 느끼지 않도록 하는 것이, 이 젊은 기사의 인덕인 것일까?

그리고 금강석의 기사는 자세를 바로잡더니, 당신과 여주교를 향해 우아한 동작으로 깊숙이 고개를 숙였다.

"어젯밤에는 내 식솔이 신세를 졌다. ……이쪽이야말로, 진심으로 감사하지."

흐음? 당신은 의문스러운 소리를 흘렸다.

어젯밤이라면 미궁에서 모험자 구조를 했는데, 그 파티는 이 기사가 이끄는 것이었던가?

그런 것치고는 지하 1층에서 괴멸했다는 것이 그의 파티답지 않다.

무엇보다도 당신은 어제, 그를 구한 기억이 없다. 그러면, 이건 어찌된 일일까?

"아아 그것이, 2군……이라고 해야 좋을지. 예비 전력이다. 내 집의 식솔이지……."

당신의 의문에 금강석의 기사가 창피한 기색으로 대답해주었다.

공을 서둘렀는지, 척후도 없이 쳐들어가버렸다고 한다.

그런 식으로 이야기하는 그의 생김새를 새삼 바라보니— 상당히 젊다.

당신이 미궁에 익숙해진 탓도 있겠지만, 첫 대면 때의 위압감이 상당히 흐려졌다.

어쩌면 당신보다도 연하가 아닐까?

이제 막 성인이 된 15세, 16세…… 여주교와 그다지 다를 바 없는 것처럼 보였다.

그 여주교가 신기한 말을 들은 것처럼 말했다.

"식솔, 말인가요……? 아뇨, 저도 그것은 알고 있습니다만…….."

"아아. 그것이…… 가난뱅이 귀족의 삼남이라고 해도, 가인이나 식솔은 걱정을 하는 법이라서 말이다."

창피한 기색으로 중얼거리는 젊은이의 몸은 번쩍이는 금강석 갑주로 보호 받고 있었다.

도저히 가난뱅이 귀족이 입을 법한 무구가 아니지만…… 뭐, 귀족과 당신은 가치관도 다르다.

귀족이 말하는 「가난」이란, 분명 당신의 상상 이상의 범주일 것이다. 아마도.

딱히 그 이상은 의문시하지 않고, 무슨 용건인지 새삼 물었다.

"방금 말한 것처럼, 감사를 표하러 온 것이다."

금강석의 기사는 대체 무슨 말을 하는 것인가, 하는 것처럼 딱 잘라 말했다.

"비용이 얼마나 될지는 모르겠지만, 그것에 더해 사례를 지불할 준비도 되어 있다."

당신은 천천히 고개를 옆으로 저었다. 상쾌한 기분마저 들었다.

자신들은 하청 같은 것이니까, 보수 따위는 받을 수 없다.

지불할 의사가 있다면, 그것을 받을 권리는 그 소녀들의 파티에게 있으리라.

만약 고사한다면, 당신의 파티를 도운 수고비라고 하면서 떠넘기면 될 것이다.

"……음. 그런가. 그러면 그렇게 하도록 하지."

금강석의 기사가 그렇게 말하며 고개를 숙이는 한편, 여주교는 납득한 표정으로 고개를 끄덕였다.

당신은 그녀의 표정을 보지 않도록 노력하면서, 모험가는 동병상련이라고 지당하다는 기색으로 말했다.

"과연."

그것을 들은 금강석의 기사가 짧게 수긍하더니, 「좋은 말을 들었다」하며 웃었다.

"그러나 당신들에게 감사하고 있는 것도 분명하다. 무슨 일이 있으면 말해다오. 반드시 힘이 되어주지."

그가 말하고서 새삼 인사를 하더니, 「그럼」하고 짧게 말하며 몸을 돌렸다.

갑주를 빛내며 걸어가는 모습은 당당하여, 가난하다지만 귀족이란 굉장한 것이라고 감탄했다.

당신은 도저히 흉내 낼 수 있는 태도가 아니다—.

"아아, 또 멋부리고 있네에."

―적어도, 드디어 주점에 나타난 여전사가 키득키득 웃는 동안에는.

§

당신이 목소리에 반응해 돌아보자, 그곳에는 이미 다른 동료들이 다 모여 있었다.

음. 당신은 사뭇 아무것도 아니란 것처럼 당당하게 마주보고, 무슨 일인가 하며 고개를 갸웃거렸다.

"하청 같은 거라는 즈음부터 들었는데 말이지이. 멋대로 보수를 양보해 버리는걸."

심술궂게 눈웃음을 지으며 삐친 것처럼 입술을 삐죽거리는 여전사 옆에서 종누이가 검지를 세웠다.

"그럼 안 돼요. 모두랑 같이 제대로 의논을 하고 정해야죠."

허리에 손을 대고서 손가락을 휙휙. 에잇, **육촌** 녀석.

당신은 찌릿 노려보았지만, **육촌**은 뭐가 우스운지 생글생글 웃고 있었다.

―무슨 착각을 하는 건지 모르겠지만, 제대로 의논을 하고 정했다. 그녀와. 그녀하고.

"어, 네?!"

당신이, 그렇지? 하고 반복해서 동의를 구하자, 그녀는「그, 게……」 하고 말문이 막혔다. 그렇지만.

"……네. 의논해서, 정했답니다."

고개를 끄덕이는 그녀는 미소마저 띠고 딱 잘라서 말했다.

오오, 당신은 눈을 흡떴다. 이렇게까지 확실하게 지원해줄 거라는 생각은 못했기 때문이다.

"분명히…… 그렇죠?"

그, 그럼. 당신은 희미하게 웃는 그녀의 말에 몇 번이나 고개를 위아래로 움직여 동의했다.

그렇고말고, 그 말 그대로. 분명히 의논해서 둘이 정했다. 문제는 없다. 없으리라.

"차암, 대장은 자기 편을 잘 만든대이."

말투만 들으면 탓하는 것처럼, 얼굴은 싱글싱글 웃으면서. 하프엘프 척후가 거창하게 고개를 흔들었다.

그리고 그가 철컥 소리를 내며 원탁 위에 올린 자루는 상당히 부풀어 있었다.

"뭐, 딱히 수확이 없었던 것도 아이니. 내는 문제없다."

"이건, 어제 그……?"

자기 일을 발견했다는 생각에 얼굴을 빛내는 여주교에게, 척후는 「하모」 하고 재촉했다.

"그럼 살펴보겠습니다."

그녀는 얼른 말하더니, 기꺼이 자루 안쪽으로 손을 뻗었다.

감정이라고 하면, 진위를 간파하는 권능을 내려 받은 그녀의 독무대다.

손가락으로 애무하는 것처럼 무구의 표면을 더듬는 모습은, 행위는 똑같아도―

"후후후, 처음에 만났을 때보다 생생하네요."

자기 일처럼 기뻐하는 기색으로 종누이가 속삭였다. 당신은 고개를 끄덕였다. 팔자가 사나워 보이지만, 착한 아가씨다.

동료가 그녀를 둘러싸고 자리에 앉은 옆에서, 당신은 작업에 방해되지 않도록 지도를 둘둘 말았다.

만도가 나오면 가르쳐 달라고 하자, 여전사가 턱을 괴고 기가 막힌단 목소리를 흘렸다.

"안 나올 거라고 생각하는데에……."

만일이 있다. 만일이. 1만 중에서 한 번 있는 일이라면, 처음 한 번에 그럴 일도 있을지 모른다.

봐라 그 무기인지 아닌지 물음표가 붙을 것 같은 건 어떻지? 감정해보면 만도일지도 모른다.

당신의 의견에 납득한 건지, 그녀는 「그래그래」 하고 어깨를 으쓱거렸다.

"그래서, 오늘은 어떡할 건가?"

그리고 모두 자리에 앉아, 여급에게 주문을 할 무렵을 재서 미르미돈 승려가 턱을 울렸다.

"쉴 건가, 모험인가. 나는 어느 쪽이든 상관없다만."

어떻게 할까? 당신은 팔짱을 끼고 생각에 잠겼다.

다행히 숙박비가 곤궁할 정도는 아니며, 지갑은 넉넉하다.

세간의 사정은 섣불리 판단할 수 없는 상황이지만, 당신들이 하루 무리를 한다고 호전될 것도 아니다.

애당초 어제 탐색은 예정 밖의 것이었다. 그렇다면―.

"나는 쉬고 싶어어."

당신이 뭘 이야기하기도 전에, 여전사가 보란 듯 어깨를 주무르며 한숨을 쉬었다.

"지쳐버렸는걸……."

슬라임한테 습격도 받았으니 무리도 아니겠지.

당신이 중얼거리자, 그녀는 「흐응, 그런 말을 한단 말이지」하고 차가운 눈길을 보냈다.

그렇지만, 실제로 피로는 문제다. 당신은 가능한 냉정을 유지하면서 말을 이었다.

매일 같이 미궁에 도전할 필요는 없으리라. 오늘은 쉬도록 하자.

"아, 그러면 저는 주문 공부를 해야겠어요!"

당신이 제안하자, 맨 먼저 편승한 것은 종누이였다.

열심인 건 좋지만 말만 앞서는 건 아니겠지? 당신의 말에 그녀는 당연하다며 풍만한 가슴을 내밀었다.

"어제 그 애들한테 질 수 없는걸요. 그렇죠?"

"어, 아, 저, 저 말인가요?"

감정을 마친 다음 후우 숨을 내쉬고, 이마의 땀을 닦고 있던 여주교가 고개를 들었다.

그녀는 당신을 배려하여 「유감이지만」하고 성과를 말해주었다.

다시 말해서, 만도는 또 나오지 않았다는 것이다. 어째서란 말인가!

"하지만, 분명히. 저도 마술의 공부를 해야 할 테니까요……."

"그러면 함께 공부해요. 꼭!"

고개 숙이는 당신을 힐끔힐끔 신경 쓰는 여주교의 손을 종누이가 양손으로 꼭 쥐었다.

"그러면 내는 아는 사람한테 얼굴 도장 좀 찍으러 다녀온다."

"칫, 휴식인가. ……어쩔 수 없군. 투기장이라도 가도록 하지……."

남자들도 당신을 신경 쓰지 않고, 오히려 미르미돈 승려는 들뜬 기색을 감추지 않는다.

에잇. 이제 됐다. 이제 됐다고. 이렇게 되면 지갑을 맡은 당신이 할 일은 하나.

딱히 분하지는 않지만 어제의 수확으로 얻은 무구를 매각하러 가는 것이다. 혼자서…… 혼자서!

당신은 휴일을 어떻게 보낼지 즐겁게 논하는 동료들을 무시하고, 자루를 손에 잡고 일어섰다.

"있~지."

그때, 그 소매를 누가 살살 작게 끌었다.

그 달콤한 목소리에 당신이 멈춰 서서 돌아보자, 그곳에 여전사의 미소가 있었다.

그녀는 어디서 배웠는지 아양을 떠는 태도로, 부드러운 가슴에 당신의 팔을 끌어안았다.

질서인지 혼돈인지, 자칫하면 착각할 수도 있는 표정과 동작.

"나중에, 갚아준다고 말한 거 기억나?"

그렇지만 그녀의 즐거워 보이는 함박웃음이 쥐를 눈앞에 둔 고양이처럼 보이는 것은 어째서일까?

그러고 보니 분명히 어제 그런 말을 한 것 같은 기분이 들지 않는 것도 아니긴 한데…….

"─나, 새로운 갑옷 갖고 싶어어…… 응?"

아무래도 당신에게 거부권은 없고, 휴일을 지내는 법을 고를 권리도 없는 모양이다.

§

성채도시에 사는 사람들의 화제라고 하면, 그것은 미궁 말고는 없었다.

길거리를 돌아다니면, 마치 날씨 이야기라도 하는 것처럼 모험가에 대해 대화를 나눈다.

봐줄만한 신입이 왔다, 탐색이 어떻다, 가장 깊은 곳에 숨은 《죽음》에 도전하는 자는 누구일까.

개중에서도 화제에 오르는 것은 역시 그 금강석의 갑옷을 입은 기사인 모양이다.

그도 그럴 것이 외모가 좋은, 젊은 사자와도 같은 미장부 아니던가. 젊은 부인들이 주목을 하는 것도 이해가 된다.

"～♪"

그런 소문에 어쩐지 모르게 귀를 기울이면서 걸어가는 당신의 앞에서, 여전사가 진정 즐거운 기색으로 나아간다.

가늘고 부드러운 능선을 그리는 허리를 움직이며, 거리를 또각또각 발소리를 울리며 나아가는 그녀.

최소한의 호신으로 허리에 검을 찬 것을 빼면, 도시의 소녀라고 해도 의심하지 않겠지만─.

"뭔데에? 내 엉덩이라도 봤어?"

머리칼을 흔들며 돌아보는 그녀의 얼굴에는 고양이 같은 미소와 키득키득 웃는 소리가 드러나 있다.

아무래도 이 표정이 본바탕인지 아닌지, 당신은 판별이 안 된다.

당신은 아니, 하고 고개를 옆으로 저으며 부정하고, 보아 하니 꽤 즐거워 보인다고 지적했다.

"으으음. 이 도시에 온 뒤로 그다지 느긋하게 쉬는 일이 없었는걸."

여전사는 말하는 내용 그대로, 느긋하게 쉬는 어조로 응답했다.

그것은 좋게 느껴지는 목소리라, 당신은 딱히 캐물을 것이 아니라고 판단했다.

누구나 이야기하기 싫은 것, 사정 한둘쯤은 있는 것이다.

생사에 관련된 것이 아닌 한, 그것은 당신과 상관없는 일— 까지는 아니겠지만.

당사자가 말하고 싶을 때 말하면 되는 거다.

하나부터 열까지 모두 알지 않으면 목숨을 맡길 수 없다는 것은 옹졸하지 않은가. 그릇이 작은 것도 정도가 있다.

그렇지만.

그녀가 이끄는 방향대로 거리를 걷고 있으나, 이 도시의 길은 상당히 복잡하다.

갈 곳 없이 헤매는 것은 사양하고 싶으니, 행선지 정도는 물어봐도 괜찮을 것이다.

"응? 어라, 말 안 했었나?"

당신이 묻자, 그녀는 나이에 걸맞은— 생각보다도 앳된 기색으로 고개를 갸우뚱 기울였다.

안 했다. 당신은 딱 잘라 응답했다. 주점에서 했던 말을 들어보면 무구점이겠지만.

"응. 몇 번 신세를 졌어. 꽤 느낌 괜찮은 가게야."

호오. 당신은 볼을 풀고 허리의 만도 자루에 손을 올렸다.

그런 느낌 괜찮은 가게라면, 이름 높은 명품이 있을지도 모른다.

당신의 그런 기색을 본 그녀가 「그럴지도」라며 적당히 맞장구를 쳐서 대답했다.

그렇다면 서둘러야지. 당장이라도 가서 장비를 마련하자.

"그래그래, 아마…… 이쪽이었던가?"

뭐 아무리 당신이 재촉을 해도 이끄는 것은 그녀였다.

마음껏 산책하는 고양이처럼 사뿐사뿐, 햇살을 골라 여전사가 나아간다.

미궁처럼 복잡한 성채도시에도, 하늘에서 빛이 닿는 장소가 있다.

큰 길에서 하나 둘 꺾어서 들어간 곳, 도시의 뒤쪽으로 들어가면 일목요연하다.

상인의 아이들이리라. 길가에 앉은 아이들이 둥근 원 안에 돌멩이를 던져 넣으며 겨룬다.

그 옆에는 여자들이 커다란 대야에 세탁물을 던져 넣고, 짓밟아 세탁을 하면서 잡담을 나눈다.

아무리 미궁의 재화와 그것을 목표로 몰려든 모험가와 상인의 도시라지만, 일상은 있다.

인파의 소란을 멀리 하며, 당신과 그녀가 그런 틈을 빠져나오고 얼마 안 가서 막다른 길에 도달했다.

"아아, 여기야, 여기."

그렇게 말하며 생긋 웃는 그녀가 가리킨 곳에는 무구 장사를 나타내는 간판이 달려 있었다.

바람에 끼익끼익 흔들리는 그것은 꽤 새롭다— 애당초 성채도시 자체가 새로운 도시다.

그것을 생각하면, 그에 걸맞은 세월을 거쳤다고 말해야 할지도 모르겠지만…….

"실례할게. 아저씨~ 있어어?"

당신이 생각을 하는 틈에 여전사가 스르륵 가게의 문을 밀어 열었다.

곧장, 그녀의 모습이 문에서 확 사라졌다.

흠칫한 당신이 문을 들여다보자, 그곳은 좁고 답답한 내리막 계단이다.

"후후…… 그치? 분위기 좋지?"

계단 중간에서 그녀가 키득키득 웃었다.

당신은 고개를 끄덕이며, 어슴푸레한 비좁은 공간에 몸을 던졌다.

단련된 육체는 아무래도 어딘가 걸릴 것 같아서 한 계단 내려가는 것도 고생이다.

한편, 그녀는 풍만한 육체를 가졌음에도 꽤나 좋은 몸놀림이다.

남자와 여자의 차이인지, 아니면 당신과 그녀의 역량 차이인지. 혹은 익숙한 건지.

고심 끝에 다 내려간 그곳은 어슴푸레한 가운데 붉은 노의 불이 비추는 대장장이 공방이었다.

비좁고 잡다하게 무구가 늘어서 있고, 안쪽에는 망치를 휘두르는 소리가 들려오고 있다. 타오르는 불꽃의 열이 당신의 피부를 비춘다.

"······아아, 아가씨구만."

마치 미궁의 방이 이러랴 싶은 그 안쪽에서 웅크린 것 같은 주인의 모습이 보였다.

드워프로 착각할 것 같은 체구에 근육을 두른, 수염 난 노인장이다.

노인장은 흥, 코웃음을 치더니 얼굴에 주름을 만들며 여전사, 그리고 당신에게 눈길을 돌렸다.

"뭐냐? 남자를 끌고 오다니. 보이는 그대로 낚아온 거냐?"

"맞아아."

그녀는 팡하고 가슴 앞에서 손을 마주쳤다.

"새로운 갑옷을 사준다고 했거든."

"그러냐? ······그래서?"

어허. 이어지는 말은 아무래도 당신에게 한 것인 모양이다.

"그쪽 대장은 뭐냐? 그냥 돈줄인가?"

당신은 한순간 의미를 이해 못했지만, 이어지는 말로 납득했다.

날이 한쪽만 있는 만도를 원한다. 가늘고, 날카롭고, 부러지기보다는 휘어지는 것.

그러자 노인장은 말없이 불쑥, 투박한 왼손을 내밀었다.

어디 한 번 보자는 것인가?

당신은 허리띠에서 칼집과 함께 만도를 풀어, 「와 무거워라」 하는 여전사를 통해 노인장에게 건넸다.

"하! 동쪽의 구조군."

손에 든 감촉만으로 그것을 간파한 노인장은 스릉, 소리와 함께
칼날을 뽑았다.

불꽃의 주황색에 비친 하얗게 빛나는 칼날에 손가락을 대어보고
는, 노인장이 말없이 고개를 옆으로 저었다.

"이름은 없지만 양품이군. 누가 만든 것인지는 몰라도, 손질이 투
박해. 날은 다시 갈아주마."

흠. 당신은 다른 말없이 턱을 쓰다듬었다. 업신여긴 건지 칭찬 받
은 건지.

적어도 그렇게 악의는 느껴지지 않고, 사실이라면 사실이다. 신경
쓰지 않아도 되리라.

당신이 그런 생각을 하는 사이에, 여전사가 생글생글 노인장에게
말을 걸었다.

"그래서 새로운 갑옷 말인데…… 좀 더 딱 맞는 녀석이 좋아."

"흥."

"그리고, 어깨가 결리지 않는 녀석으로? 사슬 갑옷도 좋지만, 허
리띠로 조여도 어깨가 무거워서……."

그런 대화를 곁눈질하며— 아니 곁귀질로 흘리면서, 당신은 가게
안으로 눈을 돌렸다.

보아하니 잡다하게 쌓인 무구는 다종다양하게 갖추어져있다.

검, 창, 도끼, 봉, 지팡이, 투구와 갑옷에 방패, 옷이나 외투 종류,
심지어 약까지 취급하고 있다니.

선반과 천장까지 빽빽하게 늘어선 수많은 상품들.

당신도 그렇게 시골 출신은 아니라고 생각하지만, 이것은 눈이 돌

아갈 정도였다.

베어내는 것이나, 양단하는 것이나, 거창한 이름이 어울릴 검도—.

—흐음?

그렇게 여기저기 시선을 돌려보다가, 당신은 사소한 위화감을 느꼈다.

상품 대부분은 물론 신품이고, 혹은 길이 든 중고인 것들이 있는데…….

그 가운데 아무리 봐도 **쓰던 흔적이 있는데 새것에 가까운**, 그런 물건이 많이 눈에 띠는 것이다.

"신입들이 잘 죽는다."

당신이 그것을 물어보자, 노인장은 무뚝뚝한 기색으로 때리는 것처럼 가르쳐 주었다.

"요즘, 괜히 많이 죽어 나가지. 바보가 많다. 멍청한 놈들도 많고."

그런 것일까?

"바보는 죽는다. 나는 바보가 아니니까 조심한다고 생각하다 죽는 멍청한 놈들도 많아."

과연. 자신 또한 내일이라도 그런 신세가 될지도 모른다 생각하고, 당신은 그러게 되지 않기를 기원하며 고개를 저었다.

죽은 녀석의 무구만 뜯어내 팔러 오는 것인지, 아니면 시체를 발견한 녀석들인지.

어느 쪽이든, 당신의 만도나 그녀의 창, 파티 동료의 무구가 이곳에 늘어설 가능성도 있으리라.

모든 것은 당신들의 기량과 신들의 주사위 나름.

동정할 셈도, 그 광경에 공포를 품는 일도 없지만, 참으로 무정한 일이다.

"······그래서?"

그런 당신의 생각을 가로막은 것은 생글생글 부드럽게 웃는 여전 사의 목소리였다.

보아 하니 그녀는 의복의 옷깃에 손을 대고서 어쩌지 못하며 선 채, 표정을 바꾸지 않고 말을 이었다.

"나, 이제부터 사이즈 재야 하는데에······."

어라? 당신은 고개를 갸웃거렸다. 그러면 하면 될 것 아닌가? 딱히 문제가 있는 것도 아닌데.

"언제까지 거기 있을 건데?"

—어이쿠.

가게 안에 차폐물이 없다. 당신은 황급히 지갑을 던져서 건네고, 비좁은 계단으로 몸을 미끄러뜨렸다.

등 뒤에서 그녀가 키득키득 웃는 소리와 사락사락 요염한 천이 스치는 소리가 들렸다.

그것은 당신이 지상으로 올라갈 때까지, 등에 딱 달라붙어서 따라오고 있었다.

§

사각으로 구분된 파란 하늘을, 당신은 도시 안쪽에서 멍하니 올려다보았다.

구름도 태양도 평소와 다를 바 없을 텐데, 여기서는 상당히 높고 멀다.

다른 손님 — 올 것 같지도 않지만 — 에게 방해되지 않도록, 당신은 문 옆에 섰다.

점심 전의 도시 특유의 묘하게 맑은 공기를 바람이 실어 나른다.

이렇게 복잡한 성채도시인데도 불구하고, 공기가 웅어리지지 않는 것은 그 교역신의 가호 덕분일까?

몇 겹이나 건물을 거친 큰 길의 소동이 귀에 닿는다.

어린아이들이 들뜬 목소리나 여자들의 재잘대는 소리도, 당신이 들을 때는 이미 의미가 있는 소리가 아니다.

햇빛은 따스하며 기분 좋고, 마치 바다 한가운데 둥실 떠 있는 것 같은 생각마저 든다.

—도저히, 발치에 《죽음》이 숨어 있다는 생각이 안 든다.

미궁에 들어가 있으면, 아니 연관되어 있으면 《죽음》은 언제나 당신의 바로 옆에 있다.

그것을 잊은 적은 없다. 그러나, 잊으면 이 안녕 속에 잠길 수 있을까?

그저 미궁의 1층, 입구 부근을 기어 다니며 괴물의 죽음과 맞바꾸어 재화를 얻는다.

돈을 버는 것 너머로 목적을 가지지 않는 한, 그곳에 전망 같은 것은 없다.

하염없이 쌓이는 《죽음》의 반복이다.

그렇다면, 이 불이 없는 재와 같은 나날에서 《죽음》과 인연이 없을 수는 없는 것인가—.

"이야, 형씨. 그 표정을 보니까 쓸데없는 생각을 하고 있네."

문득 옆으로 밝은 목소리가 말을 걸자, 당신은 시선을 움직였다.

목소리의 주인은 당신의 옆, 그리고 아래쪽. 당신의 어깨보다 조금 낮은 위치에 외투를 쓴 자그마한 그림자가 있다.

당신은 경계를 하지도 않고 누군지 물었다. 아슬아슬하게 간격 밖이다.

만약 도둑 같은 것이라면 말을 거는 일도 없었으리라.

살해당할 정도의 원한을 산 기억은 지금은 없지만— 어쨌든.

가장 큰 문제는 당신이 만도를 허리에 차고 있지 않다는 점 하나다.

유사시에 예비로 가지고 다니는 한쪽 날의 소검으로 넘길 수 있을까?

"오오, 험악하셔라."

외투의 인물은 가늠하는 기척을 감지했는지, 약간 혀 짧은 발음으로 깔깔 웃었다.

어린애 같은 어조였지만, 목소리가 높기는 해도 어린애의 소리는 아니었다.

글쎄. 당신은 낯선 목소리에 고개를 갸웃거리고, 천천히 몸을 틀어 마주보았다.

그곳에 있는 건 외투를 두른— 여자일 거라고, 당신은 짐작했다.

외투로 숨기고 있어도 부드러운 몸의 선은 희미하게 알 수 있다.

가녀리고 가슴이 작은, 그렇지만 조각처럼 균형이 정돈된 아름다운 능선이다. 틀림없으리라.

후드에서 약간 금발과 입가가 보이고, 보이는 그 입가에 그녀는 씨익 웃음을 지었다.

© lack

"그냥 팬이야, 그렇게 노려보지 말아줘."

말의 의미가 불명료하지만, 적어도 적의를 느낄 수 없었다.

당신이 팬? 하고 의문스럽게 물으며 그녀의 의도를 파악하고자 말을 거듭했다.

"그래, 팬. 모험가의. 바라보고 있거나, 좋은 건수가 있으면 들려 주러 오거나."

그렇군. 당신과 당신의 파티의 팬이라고 하면 수상하게 생각했겠지만, 모험가의 팬이라.

그 말을 순순히 믿은 것은 아니지만, 그렇다면 납득하지 못할 것도 없다.

"형씨가 신경 쓰이는 걸 가르쳐 주려고 생각해서."

신경 쓰이는 것.

당신은 그것이야말로 신경 쓰인다고 한쪽 눈썹을 올리며 응답했다.

그녀는 「그래?」 하고 아무것도 아니란 것처럼 웃고서, 말했다.

"초심자 사냥이야."

그때, 쏴아. 소리를 내면서 바람이 지나쳤다.

—초심자 사냥.

그 의미를 알 수 없는, 그렇지만 마음이 들썩이는 말을 당신은 되뇌었다.

"그래."

그녀가 말했다.

"미궁 안에서 볼품없는 남자들에게 습격을 받은 적 있지?"

당신은 고개를 끄덕였다.

정확하게는 당신들이 덮쳐서 해치웠지만, 뭐 사소한 일이다.

"그리고, 꽤 새것 같은 무기와 방어구만 팔러 온다는 이야기도 들었어."

당신은 고개를 끄덕였다.

바로 방금 전에, 무구점의 공방에서 본 광경과 주인장의 말이 되살아난다.

"미궁에 온 모험가, 신입을 사냥해서 갈취하는 녀석들이 있는 거야."

그리고 당신 안에서 깃발이 선 예감을 내다본 것처럼 그녀가 말했다.

"처음에는 주점에서 했었다고 해. 술에 취하게 만들어서, 기분이 좋아지면, 뒤로 데리고 가서 빡."

그녀는 대단히 익살스런 동작으로, 외투 끝에서 맨살의 피부나 다리를 드러내며 팔을 휘둘렀다.

그것은 지독하게 희화화되어 있었지만, 곤봉으로 누군가의 머리를 때려 뭉개는 것과 비슷했다.

이 성채도시에는 수많은 모험가가 찾아온다. 신참 모험가의 가치 따위는 얼마 되지도 않는다.

"하지만 그건 범죄야. 그러는 사이에, 결국 미궁 안에서 하기 시작했지. 그러면 괴물 같잖아?"

당신은— 동의를 바라는 그녀의 목소리에 응답하지 않았다.

그저 대신에, 그래서는 수지가 안 맞는 것 아닌가 중얼거렸다.

당사자들은 자기들이 사냥하는 쪽이라고 생각하겠지만, 언젠가 사냥 당하는 쪽이 된다.

미궁에서 괴물이란 그런 존재다. 적어도 수많은 모험가는 그렇게 생각한다.

위험은 크지만— 죽이고, 재화를 빼앗아야 할 괴물. 그렇게 생각하고 있을 것이다.

"글쎄? 손해나 이득이나, 그런 게 아니라고 해. 대체 뭘까? 매혹된 걸까?"

매혹됐다.

당신은 그녀가 한 말을 반복했다. 매혹됐다. 과연 무엇에?

아니, 말하지 않아도 안다. 당신은 이해할 수 있다. 그것은, 아마도—.

"《죽음》."

그 소리는 지나쳐가는 바람에 뒤섞여서도, 확실하게 당신의 귀에 닿았다.

《죽음》.

당신은 네모난 파란 하늘로 눈길을 올렸다.

미궁에서 솟아 나온 《죽음》의 그림자가 그것을 뒤덮는 것 같았기 때문이다.

"놈들은 지하 2층에 아지트가 있다고 해. 형씨도 조심해."

그녀는 깔깔 웃고 손을 흔들었다. 대답 대신, 당신은 낮게 신음했다.

딱히— 딱히, 그들의 행동에 대해서는 좋다 나쁘다도 없다.

당신은 지금은 파티의 리더였다.

미궁을 답파하여, 《죽음》의 근원에 이르고자 하는 동료를 이끄는 입장이다.

고작해야 자그마한 정의감이나 자존심을 가슴에 품고, 불필요한 싸움에 도전하는 것을 긍정할 수는 없다.

그러나…… 초심자 사냥.

그 말은 불끈, 당신의 가슴 속에서 형태를 이루어 일어서고 있었다.

그것은 미궁에서 흘러넘친 농밀한 《죽음》이 불시에 명확한 모습으로 나타난 것 같았다.

미궁의 심연에 발을 들일 거라면, 결코 도망칠 수 없을 것 같다는 생각이 든 것이다.

당신은 잠시 생각한 다음, 천천히 고개를 옆으로 저었다.

그것은 당신이 생각해야 할 일이지만, 당신이 정할 일은 아니다.

지금 당신은 리더인 것이다.

그러니까 결론을 내는 대신, 당신은 그녀에게 물었다.

—왜, 나에게 그것을?

"그거야, 형씨. 뻔하잖아. 의미 같은 건 없어."

그녀는 바보구나 하고 말하듯, 깔깔 소리를 내어 웃었다.

"《숙명》이나 《우연》의 주사위 눈이지!"

그리고 그녀는 당신이 다음 대답을 하는 것보다 빠르게 삭, 달려갔다.

당신이 손을 뻗는 것보다도 빠르게 — 손은 허공을 쥐었다 — 그녀의 모습은 뒷골목 안으로 사라졌다.

당신은 내뻗은 자신의 주먹을 보고 어색하게 그것을 당겼다.

그녀를 붙잡아 봤자, 뭘 어쩐단 말인가? 그것은 대답이 없는 행동이다.

정말이지 당신답지 않다. 그렇지만—.

—그러면, 어떻게 한다.

"왜애? 무슨 일이야?"

이번 기습은 바로 옆에서다.

끼익끼익 삐걱대는 문을 밀어서 열고, 여전사가 신기한 기색으로 고개를 빼꼼 내밀었다.

아무것도 아니라고 고개를 젓자 그녀는 「흐응」하더니 틈에서 몸을 내밀었다.

비늘 모양의 금속판을 이어놓은 갑옷이 그 몸을 옷처럼 딱 맞게 감싸고 있었다.

옷자락은 무릎 위까지, 허리는 끈으로 단단히 조여두었다. 몸의 선을 알 수 있는 것은 그 때문일까?

"자, 이거."

당신이 새로 마련한 갑옷에 대해 뭔가 말하는 것보다 빠르게, 그녀는 당신에게 훌쩍 짐을 던졌다.

받아낸 그것은 당신의 지갑과 칼집에 들어간 만도였다.

당신은 안을 확인하지도 않고 지갑을 품에 넣고, 칼집에서 칼날을 살짝 뽑아서 드러냈다.

햇빛을 반사하여 반짝 빛나는 그것은 날카로운 은색이었다.

당신은 작업이 잘 됐다고 생각하고 칼집에 넣은 만도를 철컥, 허리에 찼다.

"……응, 그것뿐이야?"

딱히 돈 계산으로 동료를 의심하고 싶지 않다. 당신이 말하자, 그녀는 묘한 반응을 보인다.

"흐응."

여전사는 흥미가 없는 기색으로 중얼거림을 반복했지만, 흥미가 없는 것치고는 반응을 하는 것 같기도 하다.

물론 생각해봤자 소용없는 일이다. 말하고 싶은 것이 있다면 할 것이다.

"그러고 보니, 벌써 점심이네에. 어쩐지 배고프더라……."

당신은 조금 생각한 다음, 그러면 한 번 주점에 돌아가자고 제안했다.

동료들에게 물어봐야 할 것도 있고, 식당을 찾아 정처 없이 헤매기에도 늦었다.

물론 휴일을 즐기고 있을 모두가 점심에 주점으로 돌아올지는 알 수 없지만.

"후후, 그러면 그것도 좋지."

그녀가 스륵 걷기 시작하여, 당신은 그 뒤를 따랐다.

골목을 꺾어, 돌고, 온 길하고는 다른 길을 통해서— 큰 길로.

그러나 이 길이라면 올 때보다 빠르다. 이런저런 길이 있는 법이다.

당신이 그런 생각을 하고 있는데, 골목에서 빠져 나오기 직전에 그녀가 「있지」 하고 중얼거렸다.

여전사는 큰 길에 내리쬐는 빛을 등지고, 빙글 돌아서 마주보더니 씨익 웃었다.

비늘 모양 판이 소리도 없이 흔들리고, 새로운 금속이 해를 받아서 반짝 빛난다.

"—이 갑옷, 어때?"

물어보는 그 말에 당신이 짧은 말로 응답하자, 그녀는 키득 웃었다.

—그녀가 어떻게 생각하고 있는지는 당신도 전혀 알 수 없었지만 말이다.

§

"보세요, 역시 당신도 공부를 해야 하는 거예요!"

예상대로, 저녁이 되어서 드디어 돌아온 **육촌**은 그렇게 말하며 손가락으로 당신을 가리켰다.

당신은 짜증스레 손가락을 치우고 원탁에 펼친 서적으로 눈길을 주었다.

어디서 구한 것인지는 모르지만, 그것은 아무래도 주문서 같았다.

독서대가 필요할 정도로 두껍고, 고풍스런 철 표지는 거듭해온 역사가 느껴진다.

당신이 손에 집어 들자 묵직한 무게가 느껴지고, 주점보다는 서고 탑이 어울리는 것 같았다.

아무래도 종누이와 그 옆에 오도카니 앉은 여주교는 오늘 하루 이걸로 공부를 한 모양이다.

파티의 주문술사가 연구에 힘을 쏟는 것은 좋은 일이지만, 과연— 이걸 어디서?

"다크 엘프 상단이 가져온 거랍니다."

도움이 된답니다. 원탁에 앉은 여주교가 보기 드물게 의사를 확실히 주장했다.

아니, 드문 것도 아니다. 억눌려서 숨겨져 있던, 이것이 본래의 그녀인 것이리라.

"후후후, 저희들도 그 애들에게 질 수는 없으니까요!"

종누이가 말하는「그 애들」이란, 그 고아원 출신 소녀들이리라.

당신들도 그렇게까지 선배인 것은 아니지만, 후배의 존재가 격려가 된 것은 틀림없다.

어쨌거나 당신도 우물쭈물할 수는 없다.

성채도시에 모이는 모험가가 모두 한결같이 그런 것은 아니지만, 《죽음》의 근원은 아마도 오로지 하나.

그 금강석의 기사가 먼저 도달할지, 나중에 온 아가씨들에게 추월을 당할지야 모르지만…….

도달하여, 사태를 해결할 수 있을 모험가는 하나의 파티뿐이다.

그리고 뜻을 이루지 못하고 스러지는 일도 있으리라.

설령 돈이 목적이라도 — 그런 모험가가 태반이지만 — 자칫하면 미궁에 삼켜지고 만다.

《죽음》.

당신의 등 뒤에 착 달라붙는, 그림자 같은 말이다.

"어느 나라의 비전이라고 해요."

당신의 마음을 아는지 모르는지 종누이가 생글생글 말하고, 그 옆에서 여주교가 고개를 끄덕였다.

"대단히, 도움이 된답니다."

가만 주시하자 그녀의 볼에 붉은 색이 돈다. 이거 종누이가 술이라도 권한 모양이다.

이 주점에 오기 전, 이라면 어느 다른 가게에서 공부하며 먹고 마셨을 것이다.

—돈. 그렇다. 돈을 생각해야 한다.

당신은 낮부터 느끼는 으스스한 마음을 떨쳐내는 것처럼, 천천히 고개를 옆으로 저었다.

딱히 파티의 개인 자산까지 당신이 맡아두고 있는 것은 아니니, 돈 자체는 각자 가지고 있다.

그러나 물정 모르는 아가씨 두 사람이 다크 엘프의 상단 같은 수상쩍은 상대에게서 물건을 사다니…….

어느 나라의 기밀 같은 것은 아니겠지, 의심스런 눈초리로 당신은 서적에 눈길을 주었다.

—흐음.

과연, **육촌**이 열중할 법도 하다.

지금의 당신이 다룰 수 있을지는 모르지만, 가볍게 풀이만 해봐도 몇 가지 유용한 술법이 보인다.

이것은 배워둬서 손해는 없으리라.

그 상단이 어떻든, 물건이 분명한 것만큼은 사실이군.

하긴 생각해 보면, 감정의 권능을 가진 여주교가 함께 있다. 속아 넘어갈 리도 없었던가.

"후흥, 어떤가요? 누나도 분명히 이렇게 물건을 살 수 있다니까요!"

당신은 의기양양하게 풍만한 가슴을 쭉 펴는 **육촌**을 무시하고 주문서를 닫았다.

앞으로 미궁탐색을 생각해도, 당신 자신이 다룰 수 있는 술법을 늘리는 것은 유효하리라.

그도 그럴 것이 지금은 칼을 휘두르는 것이 고작이라, 제대로 술법을 다루지 못하고 있었다.

종누이의 주장을 받아들이는 것은 대단히 역정이 나긴 하지만, 공부를 해야 한다는 점은 동의한다.

마지못해서긴 하지만, 당신은 이 서적을 자신도 쓸 수 있을지 두 사람에게 물었다.

"저기, 저는…… 괜찮으시다면. 상관없답니다."

"네, 물론이에요! 다 배울 때까지 누나가 봐줄 테니까요."

육촌이다. 당신은 이때라는 듯 기합을 넣는 종누이를 막으면서 숨을 내쉬었다.

—나중에 파티 지갑에서 종누이가 쓴 돈을 보충해야 하리라.

그런 당신들의 투닥거림 — 당신은 바라던 바가 아니지만 — 을 보면서, 하프 엘프 척후가 웃었다.

"이야, 잘도 하네. 내는 말이다, 참~말로 이런 걸 보면 머리가 아파서 못 당한다."

아는 사람을 만나러 간다고 했던 그도 저녁 시간이 가까워서 돌아왔다.

당신은 웃으며 그에게 동의했다. 뭐 난해한 것은 무리도 아니다.

마술에 이용되는 오랜 말, 진정으로 힘 있는 말은 사람들이 사용하는 공용어하고는 다르다.

덧붙여서 기술도 난해하며, 이해하는 사람이나 이해하면 된다, 라고 말하는 식이 흔하다.

"이해는 할 수 있는데. 언뜻 보고서, 아아 안다안다 하는 적당한 녀석은 안 되는기라."

당신의 설명에 납득했는지, 하프 엘프 척후가 암암 깊게 고개를 끄덕였다.

"그런데 대장, 내도 주문 한두 개 정도는 쓰면 좋겠다고 생각 안 하나?"

재능도 뭣도 부족하긴 해도 말이다. 그렇게 말하고 그가 웃었다. 당신도 쓴웃음을 지었다.

마술이란, 말을 이해하면 그저 쓸 수 있는 것이 아니다. 재능이 필요한 것이다.

그렇게 생각하면, 아무리 경전을 읽어도 신들에게 기도가 닿을 것인지 알 수 없는 신관과 비슷하다.

당신은 「도움이 된답니다」라며 고개를 끄덕이는 여주교를 무시하고, 미르미돈 승려에게 눈길을 주었다.

"아무래도 좋다……."

동의를 구하는 당신에게, 의자에 깊숙하게 앉은 미르미돈 승려는 평소보다 더 건성으로 응답했다.

"이겼다 생각하여 안주를 사러 갔다 오니 졌더라는 것에 비교하면, 뭐."

그런가. 그렇군. 당신은 지극히 아무래도 좋다는 심정으로 수긍하고, 술 단지에서 그의 잔에 술을 따라주었다. 미르미돈 승려는 그 잔을 집더니 턱을 타각타각 울리면서 들이켜고 더듬이를 흔들며 고개를 좌우로 흔들었다.

"……내 신은 도박을 좋아하는 주제에, 어째서 나에게 가호를 내려주지 않는 것인가……."

그것이 《숙명》이라는 것이겠지. 당신은 적당히 맞장구를 쳤다. 자기 잔에도 술을 따랐다.

어쩌면 《우연》일지도 모른다. 주사위의 눈이 어떻게 나올지는, 신들이라 해도—.

"있지이?"

반쯤 기습 같은 기색으로, 스륵 뻗은 손이 당신의 소매를 삭 잡아끌었다.

"아까, 모두에게 물어보고 싶은 일이 있다고 하지 않았어?"

드디어 주점으로 돌아온 모두에게, 바로 방금 전에 새로운 갑옷을 자랑하던 여전사였다.

한 차례 보여주고서 만족했는지, 지금까지는 홀짝홀짝 술을 마시고 있었다.

그런 그녀는 역시 감정을 알 수 없는 웃음을 짓고 당신에게 시선을 흘렸다.

당신은 조금 생각한 다음, 결심하고서 모두에게 말을 꺼냈다.

—초심자 사냥이라는 것이 미궁에 있는 모양이다.

"……엉? 뭐고, 볼품없는 남자들 말이가?"

하프 엘프 척후가 맨 먼저 당신의 말에 반응했다. 당신은 긍정하고, 아마도, 하고 덧붙였다.

지하 2층에 거점이 있다고 하는 볼품없는 남자들.

지난번에 대치한 그 건달들이 미궁에서 초심자를 습격하여 장비를 뜯어내고 있는 것이다.

그것을 들은 척후는 떫은 표정을 짓고 팔짱을 끼더니 등받이에 기댔다.

어머나, 눈을 동그랗게 뜬 종누이가 자연스럽게 몸을 내밀고 물었다.

"무슨 일인가요?"

"그기다, 누님아."

그가 종누이에게 말했다.

"아는 사람이랑 거리를 좀 걸어댕기봤는데. 뭔가 분위기가 묘했다."

묘해? 당신이 고개를 갸웃거리자, 그가 부루퉁한 표정으로 고개를 끄덕였다.

"중견이 없는 건지 신입이 성장하질 않는 건지…… 미궁이란 게 다 그런긴가 생각을 했는데."

─과연.

미궁에 모이는 모험가의 대부분이 공략을 포기하고 돈벌이에 매진하고 있다고 해도 심하다, 란 말이군.

단련도의 차이가 일그러져 있다면, 그 원인 중 하나가 초심자 사냥일지도 모른다.

물론 미궁에서 맞이하는 《죽음》은 괴물, 함정, 길을 벗어나 헤맨 끝에 쓰러지는 등 수없이 많다.

초심자 사냥이 있든 없든, 이 미궁이 《죽음》을 계속 뱉어내고 있는 것은 변함이 없다.

"그런데 대장, 어디서 그런 정보를 얻어 왔나?"

─글쎄.

어디서 들은 걸까? 당신은 아무래도 떠오르질 않아서, 고개를 갸웃거렸다.

낮에…… 아니, 낮에 대화한 것은 무기상의 주인장과, 여전사뿐인가?

뭐, 아마도 주점의 소동 안에서 들은 거겠지만…… 출처는 대단치 않을 것이다.

불분명한 정보라 해도, 어차피 미궁에 연관된 소문은 거의 모두가 그렇지 않던가.

의심하는 것보다도 스스로 확인하러 가는 편이 훨씬 좋다.

그러나, 문제는— 과연 갈 필요가 있는 것인가? 라는 점이다.

미궁에서 모험가가 어떤 꼴을 당하든, 그것은 자기책임에 지나지 않는다.

그 고아원 출신의 아가씨들이나 다른 모험가들이 어떻게 되든 당신하고는 상관이 없다.

그리고 그것은 반대로, 당신들이 어떻게 되든 그들에게는 상관없다는 일이기도 했다.

당신은 파티를 이끄는 리더이며, 크든 작든 동료들의 운명은 당신의 두 어깨에 걸려 있었다.

다른 모험가들을 위해서 당신들이 위험을 감수해야 하는 이유는 무엇 하나 존재하지 않는다.

당신은 일부러 초심자 사냥을 상대해도 되고, 싸우지 않아도 된다.

—모든 것은 자유다.

"……."

그렇게 당신이 심각하게 생각하고 있는데, 문득 종누이가 정색하고 당신에게 몸을 내밀었다.

흐음, 무슨 일일까? 당신은 그녀에게 무슨 일인지 묻고자 입을 열고—.

"이 녀~석."

—아야.

따콩 소리가 나고, 이마를 맞은 것을 알았다.

"그럼 안 돼요. 리더가 그런 표정을 짓다뇨. 누나랑 모두에게, 제대로 이야기를 해야죠.

당신이 따끔거리며 아픈 이마를 비비면서, 부루퉁한 표정으로 종누이를 보았다.

그렇다고 해서, 굳이 때릴 것 까지는 없지 않을까?

"그치만 주변을 제대로 못 보고 있는걸요. 이 정도가 딱 좋아요."

주변.

그 말을 들은 당신이 순순히 원탁을 둘러보자, 하프 엘프 척후가 씨익 웃으며 가슴을 두드렸다.

"오, 뭐고 대장, 고민 있나? 뭐든지 내한테 말해바라."

"아, 혹시 좋아하는 사람이라도 생겼어어? 먼저 말해두는데, 미안해?"

이어서 여전사가 생긋 웃으며 풍만한 가슴 앞에 손을 마주쳤다.

아직 아무 말도 안 했다고 당신이 머리를 긁적이자, 여주교가 오물오물 입을 움직였다.

"저, 기…….."

여주교는 애매하긴 해도, 안대 너머로 시선을 보내며 성실한 기색으로 고개를 끄덕였다.

"저라도 괜찮다면, 이야기를 들어드릴 수 있답니다……?"

"뭐, 나는 어느 쪽이든 좋다만."

여주교에게 물을 내밀어 마시게 하면서, 미르미돈 승려가 턱을 울렸다.

"말은 해봐라."

……이거야 원.

당신은 「그렇죠?」 하고 웃는 종누이에게 아무래도 당해낼 수 없을 것 같았다.

얻기 어려운 동료들에게 둘러싸인 당신은 결심하고서 자신의 생각을 밝혔다.

—볼품없는 남자들을, 토벌하고 싶다.

세상을 위해서 사람을 위해서라고 할 생각도 없고, 자신이 마음에 안 들기 때문이라고도 말 안 한다.

선이나, 악이나, 용서할 수 없다거나, 그런 바보 같은 말을 할 생각도 없다.

애당초 상관없는 것이다. 누군가에게 부탁을 받은 것도 아니고, 굳이 싸울 필요는 없다.

그저, 당신은 자신의 검을 의지하여 이 성채도시에 온 것이다.

《죽음》에 도전하고자 하는 자가 고작 지하 2층의 건달에게 도망쳐서야 되겠는가?

물론, 진정한 달인은 날뛰는 말을 달래는 게 아니라, 애당초 만나지 않는 길로 간다고 들었다.

그러나 당신은, 미궁에 피어오르는 《죽음》의 조짐에서 도망치고 싶지 않았다.

베어서 쓰러뜨리고, 앞으로 나아가야 한다고, 그런 생각이 드는 것이다.

"……."

"……."

당신의 말을 들은 동료들은 얼굴을 마주보더니 생각에 잠기며 입을 다물었다.

고마운 일이다.

여기서 「맞는 말입니다」 따위로 말하지 않고 생각을 해주는 것은 정말로 고마운 일이었다.

"어려운 일이긴 한데…… 우리들한테 손해인지 득인지를 따지면, 손해아이가."

잠시 지나 처음에 그렇게 정리해준 것은 역시 하프 엘프의 척후였다.

그 말에 여주교가 붉어진 볼을 누르고, 사고를 정리하면서 당황하는 기색으로 말을 흘렸다.

"어, 하지만……. 그런, 걸까요?"

"하모."

그는 찬성하는 것도 반대하는 것도 아니라, 그저 긍정하는 것처럼 고개를 위아래로 움직였다.

"뭐, 우리들로만 한정하면 그렇다만."

미르미돈 승려가 턱을 울렸다.

"놈들이 노리는 건 초심자다. 2층을 탐색할 수 있는 모험가는, 위험이 높겠지."

다시 말해서 순조롭게 미궁 안쪽으로 들어서는 한, 놈들이 사냥감으로 노리는 일은 없다.

당신은 두 사람의 말을 머릿속에서 조합하고, 현재 상황에 대해서 그렇게 결론을 내렸다.

이대로 당초 예정한 것처럼 2층에 발을 디디면, 놈들이 당신들을 공격하는 일은 없다.

이미 튀는 불똥마저도 아니다. 굳이 불 속으로 뛰어들 필요는, 정말로 없다.

"그저…… 뭐라고 해야 할지. 이봐, 어떤가?"

그런 당신의 사고를 다시 의논으로 되돌린 것은 미르미돈 승려의 말이었다.

내한테 그러나. 하프 엘프 척후가 역시 어렵다는 표정으로 고개를 끄덕였다.

"뭐, 신입이 성장하질 못 하든, 새롭게 누군가 **보충해야 할 때**에 난처할 기다…….."

—그 말의 뜻도, 당신은 이해할 수 있었다.

그들은 이 자리에 있는 누군가가 죽어, 잃게 되었을 때의 이야기를 하는 것이다.

후속의 육성이 막혀서 탐색 속도가 줄어들면, 그것은 최전선에서 탈락하는 것을 의미한다.

지하 2층 이후, 어디까지 미궁이 깊은지는 상상도 못한다.

하물며 거기까지 이 멤버로 도달할 수 있을지를 생각하면—.

"하지만, 내버려둘 수는 없어요."

물론, 당신도 종누이가 그렇게 말할 것은 알고 있었다.

그녀는 당신보다도 훨씬 — 당신도 자각은 하고 있다! — 사람 좋은 성격인 것이다.

"다른 사람이 희생될지도 모르는데, 모르는 척을 하다니⋯⋯."

"저도, 그게⋯⋯ 저기⋯⋯ 도움이 되는 일일 테니까요."

아직 술이 다 깨지 않았는지, 어쩐지 어조가 앳되고 천진하며 미덥지 못하다.

그러나 그녀는 애교를 부리듯 고개를 갸웃거리고, 녹아내리는 표정으로 그러나 차갑게 중얼거렸다.

"그리고, 고블린이 아닌 거죠?"

뭐, 아마도.

당신이 그것만 짧게 긍정하자, 그녀는 「네」 하고 몇 번이나 기쁜 기색으로 고개를 끄덕였다.

뭔가 무시무시한 울림을 가진 목소리였지만, 어쨌거나 지금은 볼품없는 남자들이다.

—어쨌거나, 그녀들 두 사람이 토벌에 찬동하는 것은 예상대로다.

"나는, 그다지 내키진 않는다."

그리고 하프 엘프 척후가 떫은 표정을 지으며 술잔을 손에 들고 흘리는 것도, 예상대로였다.

"장기적으로는 그래도, 눈앞의 일도 중요하다아이가."

"그러나, 미궁 탐색에 위험은 따르는 법이다. 지금 직면할지, 나중이 될지의 차이뿐이지."

미르미돈 승려가 말을 잇고, 턱을 울렸다.

"이번에는 피할 수 있었다. 다음에는 피할 수 없을지도 모르지. 여력을 남기거나, 경험을 쌓거나."

뭐 그의 의견도 대강은 이해한다.

—다시 말해서?

"어느 쪽이든 상관없다."

당신은 모두의 의견을 듣고, 깊은 숨을 내쉬었다.

미르미돈 승려도 적극적으로 찬성을 하는 건 아니다. 지금은 2대 2. 딱히 다수결로 정할 일은 아니지만, 그렇다면—.

"………………………"

침묵을 유지하고 있던 여전사. 탁자 끝에서 멍한 기색으로 앉아 있는 그녀.

그녀는 이 일에 대해서 어떻게 생각하는 건지, 의견을 들어봐야 하리라.

평소에는 진지함은 그렇다 치고, 의논할 때마다 놀리는 것 같은 말을 하는 일이 많은 그녀다.

그녀에게 말을 걸자, 당황한 것처럼 어색하게 「어, 나……?」 하고 중얼거렸다.

"나……. 나는……."

당신이 고개를 끄덕여 다음을 재촉하자, 그녀는 잠시 지나 조용히 작은 소리로 말했다.

"—어떻게든 하고, 싶을까……."

그 말은 그녀치고는 드물게, 지독하게 얌전하고 연약한 말이었다.

그녀는 의자 위에서 무릎을 끌어안는 것처럼 하더니, 어린애처럼 고개를 끄덕였다.

"응…… 어떻게든 하고 싶어어. ……우리들만의 일은, 아니니까."

—그렇군.

이걸로 일단 모두의 의견이 모였고, 당신은 사려 깊음을 표현하고자 고개를 끄덕였다.

여전사는 그 태도를 깨달았는지, 평소처럼 볼을 풀고 키득 웃었다.

"……뭐, 리더가 안 된다고 말한다면 어쩔 수 없지만."

"하모!"

곧장 하프 엘프 척후가 따르고, 당신도 또한 무심코 웃어버렸다.

"대장을 고른 건 우리아이가. 떡하니 버티고서 마음대로 정하면 되는기라."

미르미돈 승려는 아무 말 없이, 여주교는 그저 애매하게 웃으며 몸을 흔들기만 하고 있었지만.

"—그렇죠?"

사뭇 누나 말이 맞았죠? 라고 말하는 누이의 얼굴을 보니, 이것 참.

참으로 당신은 얻기 어려운 여행의 동료를 만났다.

당신은 그들과 함께 지하 2층에 들어가 볼품없는 남자들과 싸워도 되고, 피해도 된다.

정하는 것은 당신 자신이며, 선택권은 당신의 손 안에 있다. 그것은 언제나 자유다.

—하자.

당신은 결단적으로 선언했다.

잘못을 간과한다는 것은 잘못을 저지르는 것과 같은 뜻이라고도 한다.

어차피, 언젠가 미궁 가장 깊은 곳의 《죽음》과 싸워야 한다. 건달 따위가 뭐 대수인가.

"하재이!"

"그렇게 됐군."

하프 엘프 척후, 미르미돈 승려와 당신은 고개를 마주 끄덕인다.

방침이 정해졌다면, 다음은 그에 따라 실행에 옮기기만 하면 된다.

어쨌든지 지하 2층은 다음 탐색부터 도전할 예정이었으니, 그것은 변함이 없다.

그곳에 이르기까지의 길은 여주교가 인사불성에서 눈을 뜨면 문제없으리라.

그저 거물과의 싸움에 대비해서, 가는 길에 얼마나 절약할 수 있는지가 열쇠가 되겠지만—.

"……응. 고마워."

여전사가 조용히 중얼거린 말에, 당신은 딱히 감사를 들을 일은 아니라고 고개를 저었다.

당신은 파티의 앞으로에 대해, 보다 좋은 선택을 한 것뿐이니까.

"후후후, 누나는 동생이 상냥한 애로 자라줘서 기쁘거든요?"

시끄러워, **육촌** 녀석.

당신이 그렇게 투덜대고, 괜히 큰 소리를 내서 여급을 불렀다.

내일은 또 미궁에 들어가는 것이다. 기를 살리고자 술을 조금 마시는 게 상관있으랴?

당신의 그 태도를 보고 동료들이 웃는 소리는 주점의 소동에 묻혀 사라진다.

"그러고 보니 대장, 내일은 그 금강석의 기사도 2층에 간다고 하대."

흐음. 당신은 잔에서 술을 거침없이 들이켜면서 척후의 말에 귀를 기울였다.

아까 그 이야기도 그렇고, 용케 여러 소문을 알아 온다.

"내는 척후, 도적아이가. 귀를 잘 열어둬야 하는 기라."

당신의 말에 그는 사뭇 당연하다는 식으로 팔짱을 끼고 잘난체했다.

"솔직히, 이런 부분으로라도 일을 안 하믄, 내는 보물 상자 개봉 담당밖에 없지 않나."

딱히 그것뿐인 것도 아니라고 생각한다만, 당신은 응답했다.

무슨 일 있으면 이래저래 세세한 부분에서 그는 상당히 도움을 주고 있으니까.

"꼼꼼히, 꼼꼼히가 생존 전략의 비결인기라, 참말로."

그는 씨익 웃고서 어깨를 으쓱거렸다.

과연. 그의 논리로 말하자면 능숙하게 생존전략에 올라타게 된 것인가?

"그래애. 그러니까 보물 상자를 열기만 하는 일을, 똑똑히 열심히 하면 되는 거야."

대화를 듣고 있던 여전사가 괜히 밝은 목소리를 내며 자리를 휘저었다.

돌아보니, 몇 잔째일까? 술을 즐기는 그녀의 볼이 붉은 색을 띠고, 눈매도 녹아내렸다.

"아, 하지만 불안하면 확실하게 말해야 돼? 대신할 사람은 얼마든지 있으니까."

"내가 하지."

곧장 미르미돈 승려가 턱을 울렸다.

"《예견》의 기적이라면 보물 상자의 함정도 간파할 수 있다."

"어이, 쿠야……."

하프 엘프 척후가 표정을 떨자, 당신들은 크게 웃고, 먹고, 마셨다.

——품에 남은 잔돈의 분량만큼뿐이지만.

각각 좋은 휴일을 보내고, 역량을 올리고, 또 내일의 미궁 탐색 성공을 기도하며.

모두 이렇게 잔을 들고 소란을 피울 기회라는 것은 귀중하다.

다음 기회, 또 같은 동료가 모인다고 장담할 수는 없다.

이 도시에서는 옆에 선 죽음과 재를 신경 쓰고 있다가는, 살아가는 것마저도 힘들다.

그렇기에 모험가는 크게 소란을 피운다. 그리고 당신들 또한 그것을 따르는 것이다.

§

그렇다 해도, 숙취 탓에 죽는 것은 사양이다.

당신은 취해서 잠든 하프 엘프 척후와 미르미돈 승려를 짚 더미에 던져 놓고, 홀로 마구간 밖으로 나왔다.

밤하늘 가득한 별빛 안에서, 밝은 밤하늘에 한 줄기 하얀 선이 사악 멀리 뻗어 있는 것이 보였다.

용이 산다고 하는 머나먼 저 너머 산의 연기일 것이다.

당신은 허리에 찬 양산품 칼을 칼집째로 뽑고, 오두막 곁에 다리를 틀고 앉았다. 술 탓에 열기를 띤 볼에 초여름의 밤바람이 기분 좋게 지나갔다.

당신은 별빛에 들어 올리는 것처럼 만도를 뽑았다.

꼼꼼하게 칼날을 점검하고, 고정못이 헐겁지 않은지 확인하고, 자루에 감은 상어 가죽의 상태를 조사한다.

당신은 스승에게, 도검은 단순한 무기에 머무르지 않는다고 배웠다.

스스로의 몸, 기술, 그리고 마음의 연장선상에 있는 자신의 일부인 것이다.

그렇지 않아도 내일, 자신이 목숨을 맡기는 것은 이 칼날이다.

만에 하나의 부족함도 있어선 안 된다. 당신은 손질을 빼놓지 않도록 마음먹고 있었다.

"……흐응. 이런 곳에서 자는 구나아."

문득 말을 거는 목소리에, 당신은 퉁기는 것처럼 고개를 들고 자루를 쥔 손에 힘을 주며 보았다.

"—아핫. 와 버렸어."

별빛에 비추어, 여전사가 어린애처럼 즐겁게 웃었기 때문이다.

그녀는 당신의 곤혹은 모르는 것처럼 풀썩, 짚 더미에 앉았다.

말보다도 모험가 쪽이 잠자리로 쓰는 탓인지, 짐승 냄새는 그렇게까지 안 난다.

"헤에."

여전사가 재미있다는 것처럼 손바닥으로 지푸라기를 눌러 어떤지 확인했다.

"의외로 부드럽네에. 자보고 싶어."

당신은 그 진의를 미처 파악하지 못하면서도 — 뭐 늘 그렇긴 하다 — 마주보도록 몸을 움직였다.

그러나 여전사는 그 부드러운 몸을 움직여 당신의 바로 옆으로 몸을 붙였다.

"후후, 역시 이상한 거 기대했어? 유감이네요."

키득키득 웃는 그녀에게, 당신은 쓴웃음을 지으면서 고개를 옆으로 저었다.

"흐응."

그런 당신의 태도를 본 여전사가 괜히 흥미 없는 기색으로 코를 울렸다.

멋대로 방을 빠져 나왔다면 종누이나 여주교가 걱정하는 것 아닐까?

"그치만, 둘 다 술이 약한걸."

—취해서 잠들었군.

뭐 십중팔구 **육촌** 탓이겠지만, 낮부터 마시지 않았는가. 무리도 아니다.

"지루해라 싶어서 창밖을 봤더니, 마구간이 보여서. 그래서 심심풀이, 하러 나왔지."

그렇군. 당신은 그녀의 말에 수긍했다.

잠든 동료나 다른 모험가들을 배려해 달빛 아래에서 칼 손질을 시작한 것인데…….

그것이 오히려, 그녀의 흥미를 끌어버린 모양이다.

뭐, 당신도 아직 잠들 생각이 안 들지 않았던가. 이야기에 어울려 주는 것 정도는 거부하지 않는—.

"……그게, 겉치레고오……."

당신이 퍼뜩 칼에서 눈길을 올리자, 여전사의 맑은 눈동자와 시선이 마주쳤다.

생각해 보면, 그녀가 이런 식으로 똑바로 당신을 본 적이 있었던가?

"……아까는, 고마워?"

그렇게 말하고, 그녀는 부드럽게 웃었다.

평소처럼 감정을 뒤덮어 감추는 웃음이 아니라, 나이에 걸맞은 아가씨다운 표정으로.

옷자락에서 튀어나온 하얀 다리와, 그녀의 미소, 곁에서 느껴지는 열, 살의 부드러움.

그런 모든 것에서 당신은 의식적으로 시선을 돌리고 하늘을 보았다.

쌍둥이 달과 흐릿하게 떠도는 하얀 연기.

—당신에게, 그녀의 의견은 하나의 요인이기는 했지만 결정적이지는 않았다.

물론 제안한 것은 당신이었지만, 판단해야 할 것은 개개인의 감정만 있는 게 아니다.

파티의 앞날을 생각해서, 어느 쪽 선택지가 더 유익한가하는 판단인 것이다.

그래서 그녀가 신경 쓸 일이 아니다.

그리고 무슨 일이 있어도, 책임은 판단하고 결단한 리더인 자신에게 있었다.

당신은 그런 말을, 어느 정도 시간을 들여 그녀에게 고했다.

"흐응…… 멋부리는걸."

여전사가 당신을 가만 살피는 것처럼 조용한 목소리로 속삭였다.

"역시 너는, 의외로 허세쟁이야."

당신이 아주 진지하게 허세가 아니라 오기라고 대꾸하자, 그녀는 키득 웃고서 그 이후로 입을 다물었다.

소리라고 하면 희미한 호흡 소리와 바람. 멀리 주점이나 거리에서는 소동이 들리지만, 그뿐이다.

당신은 그녀가 입을 다물자, 칼을 칼집에 철컥 넣고서 풀썩 짚 더미에 드러누웠다.

희미하게 천이 스치는 소리. 여전사가 당신에게 시선을 돌리는 것을 어쩐지 알 수 있었다.

잠시 지나자 키득키득 하는 소녀의 웃음소리가 들렸다.

"……있지. 조금은 기대했었지?"

—무슨 소리지?

웃고서, 당신은 눈을 감았다.

내일도 이르다. 그 건달들 상대하는 걸 빼고서도 지하 2층에 첫 도전이었다.

우리들 파티의 중요한 도전이니, 잠이 부족해서는 곤란하다.

그것을 들은 그녀 또한 「그러네」 하고 수긍하더니 일어서는 걸 알 수 있었다.

툭툭 옷을 터는 소리가 나고, 후두둑 지푸라기가 흩어졌다.

"하지만, 조금은 기대를 했을지도 모른다?"

이번에야말로 당신은 대답하지 않고, 그녀 또한 아무 말 없이 숙소로 돌아갔다.

그날 밤은— 그렇게, 끝났다.

§

"우, 우…… 머리, 아파아아……."

성채도시에 아침이 왔다.

당신은 비틀비틀 미덥지 못한 발걸음의 **육촌**에게 한숨을 쉬면서 큰 길을 걸었다.

하얀 안개와 시원함, 조용함도, 잠시 지나면 사람들의 소음이 이끌어 온 바람이 떨쳐낼 것이다.

이제 막 눈을 뜬 거리에는 사람이 없어도, 이윽고 다가올 활기가 가득하다.

그 사이를 모험가 파티가 철컥철컥 무구를 울리면서 걸어가는 것은 이 도시의 명물인데.

—그렇다 쳐도, 어째서 그렇게 될 때까지 마셨는지.

"해, 《해독》의 약 같은 것도, 있으니까요……."

귀중한 안티도트를 숙취에 쓸 수 있겠는가.

종누이가 대단히 풀이 죽은 표정으로 고개를 숙이기에, 당신은 그 이상 아무 말도 하지 않았다.

생각해보면 생가에 있을 무렵엔 친구들이나 동료와 술을 마실 기회 따위는 그리 없었던 아가씨였다.

내일의 기약 없는 몸이라는 것도, 굳이 지적할 필요는 없으리라.

"괜찮은가요⋯⋯?"

"응⋯⋯ 멀쩡, 해요."

그것을 생각하면 그야말로 양갓집 자녀 같은 여주교가 태연한 것은 뜻밖이었다.

그녀는 천칭검을 손에 들고 사뿐사뿐 걸으면서, 오히려 종누이를 배려할 여유마저 보여주고 있었다.

그러나 뭐, 사람에게는 각자의 과거 같은 것이 있는 법이다.

"후후, 사원에 갔을 때 좀 더 약을 받아올걸 그랬네에."

여전히 종잡을 수 없는 미소를 짓고 있는 여전사도 그렇다.

당신은 그녀와 길게 대화를 하는 것도 좀 아니라고 생각하여, 그저 고개만 끄덕였다.

그녀 쪽에서도 어젯밤 일을 꺼낼 기색은 역시 없었다.

그다지 경건한 타입도 아닐 텐데, 종종 사원에 찾아가는 이유도 당신은 모른다.

그러나, 딱히 동료를 고르는 것에 이력서는 필요 없다. 그러니 이거면 되는 것이다.

"내도 아는 사람한테 들은 이야긴데, 취한 채로 잠들어도 정신이 쉬질 몬한다 안하나."

당신의 옆에서 진지한 표정을 지으며 말하는 하프 엘프 척후도 어제는 꽤 취해 있었다.

그렇지만 하프 엘프나 레아 같은 자들은 흄^{인간}하고는 몸의 구조가 다른 법이다.

"아무래도 좋다만, 주문은 실수하지 말아주겠나."

한편, 그렇게 말하는 미르미돈 승려가 술 깨는 약초를 턱으로 씹고 있는 것을 당신은 알고 있었다.

당신이 말없이 손을 내밀자, 그는 칫 혀를 차고서 약초 하나를 품에서 꺼냈다.

받아든 그것을 당신은 이번에도 말없이 등 뒤의 종누이에게 내밀었다.

그녀는 한순간 갸웃거린 다음, 양손으로 그것을 주섬주섬 입가에 옮겼다.

"⋯⋯써요!"

그러니까 술이 깨는 것이지.

당신은 단칼에 항의를 내치고 길을 지나, 도시 변두리로 걸어갔다.

송곳니를 드러낸 짐승의 입 같은 나락에 도전하는데 숙취라니, 만용이 지나치다.

당신들이 싸워야 할 상대는 《죽음》이다. 미궁의 안쪽에서 사방세계로 손을 뻗는 누군가.

지하 1층을 돌아다닐 뿐인 당신들에게는 손이 닿지 않는 상대지만, 오늘부터는 다르다.

오늘은 지하 2층이다. 큰 차이가 없는 것처럼 보이지만, 착실하게 간격을 좁히고 있다고 할 수 있다.

당신은 일부러 그것을 의식하며 문을 통과해, 미궁 입구로 발을 옮겼다.

지키고 있는 근위기사도 이제 낯이 익지만, 그런 모험가도 분명히 수없이 많으리라.

낯이 익기 전에 죽는 모험가는 많다. —그렇다. 《죽음》이다.

다가갈수록 《죽음》의 기척이 짙어지고, 마치 녹의 냄새가 떠도는 것처럼—.

"……피 냄새가 나는걸요."

처음에 조용히 말한 것은 여주교였다.

지독하게 조용하고 차가운 목소리였기에, 당신도 금방 그것을 깨닫지 못했을 정도다.

우뚝. 걸음을 멈춘 당신들을, 미궁 입구를 지키는 근위기사가 신기한 기색으로 보았다.

언뜻 겁이라도 먹었냐고 말할 것 같은 표정이라 당신은 황급히 손을 저었다.

실제로 겁을 먹었다면 그 평가도 감수하겠지만, 그렇지 않다면 불명예다.

불명예란 추태이며, 최종적으로는 자살을 골라야 하니까 피하고 싶었다.

그러나 미궁 안은 시산혈해라고 해도 될 꼴이지만, 그 냄새가 지상까지 올라온다면…….

"미안하다. 비켜 다오!"

그 목소리가 울린 것은 당신들마저도 피 냄새를 맡았을 그때였다.

이윽고 철컥철컥 무구를 울리면서 미궁에서 낯익은 파티가 뛰쳐나왔다.

붉은 머리 모험가를 포함한 동료들이 금강석의 기사를 지탱하고 있었다.

모두 상처를 입었고, 갑옷을 더럽히고, 보아하니 축 이완된 동료를 업고 있는 자도 있다.

선두를 가는 금강석의 기사도 핏기가 가셔서 창백한 얼굴이고, 도저히 무사하다고 할 수 없었다.

무엇보다도 그의 갑주 목 부분에는, 검붉은 것으로 물든 누더기를 밀어 넣어놓고 있었으니까.

—그것은 명백하게, **패주**였다.

당신들이 굳이 말할 것도 없이 길을 열어주자, 그들은 고개를 가볍게 숙이고 달려갔다.

스칠 때 힐끔 눈이 마주친 금강석의 기사는 당신을 보고 뭔가 말하고자 입을 열었다.

그러나 말은 소리가 되지 않고, 당신이 그 의도를 이해하는 것보다 빠르게 그들은 물러가 버렸다.

남겨진 당신들은 눈짓을 나누고, 근위기사를 보았다.

그녀는 곤혹스런 기색으로 어깨를 으쓱거리고, 역시 아무 말 없이 입을 다물어버렸다.

"……고블린, 일까요?"

"슬라임은, 아닌 모양이네."

여주교와 여전사가 긴장의 색을 감추지 못하는 음성으로 속삭였다.

당신은 고블린일지도 모르고, 슬라임일지도 모른다고 진지한 표정을 짓고 말했다.

"에잇."

볼을 부풀린 종누이가 등을 쿡 찌르지만, 신경 쓰고 있을 수는 없다.

"……저 파티, 오늘은 2층이라 안 캤나."

하프 엘프 척후의 말에 당신은 수긍했다.

아마도— 그 볼품없는 남자들과 싸웠다, 라고 봐야 하리라.

생각한 것 이상의 숙련자도 있는 모양이다. 방심은 금물이지만, 지금이 호기다.

그도 그럴 것이 상대도 지쳤을 게 틀림없다. 두드리고, 토벌을 할 거면 지금이다.

"그렇지만, 그런……."

당신의 말을 듣고서 종누이가 당황한 목소리를 냈다.

"그래서는 마치, 괴물 퇴치 같아요……."

미르미돈 승려가 턱을 타각타각 울리며, 보기 드물게 웃었다.

"다시 말해서 놈들은 이미, 기도하지 않는 Non-Prayer 자인 거다."

§

결론부터 말하자면 슬라임도 나왔고, 고블린도 나왔다.

"……윽."

"이제, 싫어어……!"

파란 얼굴로 몸을 긴장시키고, 이를 딱딱 부딪치며 떨고 있는 여주교.

그 옆에서는 반쯤 우는 표정으로, 여전사가 들러붙은 점액을 떨쳐내고 있었다.

하얀 윤곽선만 보이는 미궁 안에서 계단으로 향하는 길은 당연히 안전하지 않았다.

설령 방에 들어가지 않아도, 배회하는 괴물 놈들과 마주칠 기회는 종종 있는 법이다.

당신은 발치에 퍼지는 피인지 즙인지 알 수 없는 끈적이는 물웅덩이를 차며 등 뒤를 돌아보았다.

무사한지 말을 걸었다. 그 두 사람은 그렇다 치고, 다른 동료들에게 부상이 있으면 큰일이다.

"……깜짝 놀랐더니, 조금 나아졌어요!"

활기차게 응답하는 **육촌**의 대답은 숙취를 말하는 걸까?

숙취 해소 약초 덕분일 거라고 당신은 결론을 지으며, 만도의 피를 떨쳐내고 칼집에 넣었다.

"그런데, 참말로 이 미궁의 주인은 근성이 썩어있다아이가."

척후는 지저분한 즙 위에서 굴러다니는 고블린의 시체를 살피다가 코를 울리며 매도했다.

"목숨 걸고 싸우는 건 똑같아도, 방에 있는 자슥들하고는 달라서 보물 상자도 없으면 손해 본 기분 안 드나?"

"돈이 목적인 녀석을 앞으로 보내고 싶지 않은 것일 테지."

당신과 마찬가지로 소도의 칼날을 닦고 칼집에 넣더니, 미르미돈 승려가 턱을 울리며 고개를 끄덕였다.

"똑같이 위험하다면, 탐색을 진행하는 것보다 1층의 방에서 매일 살육을 하는 편이 좋으니까."

당신은 짐에서 수통을 꺼내 입을 헹구고, 여주교와 여전사에게 말을 걸었다.

"……네. 괜찮아요."

"정말, 기껏 새로 산 갑옷인데……."

뻣뻣하게 고개를 끄덕이는 여주교와 토라진 것처럼 입술을 삐죽거리는 여전사.

표면상인지 본심인지는 몰라도, 태도를 꾸밀 수 있다면 문제는 없으리라.

당신은 동료들에게 지시를 내려, 윤곽선이 이어지는 미궁의 오지를 향해 발을 디뎠다.

어쨌든지 주문을 절약하고 계단 근처까지 왔으니까 재수는 좋은 것이리라.

주변의 기척 살피기는 척후에게 맡기고, 당신은 길의 순서가 어떤지 말을 걸었다.

"아, 네."

여주교는 전투 때 황급히 집어넣은 지도를 펼쳤다.

그때 옆에서 종누이가 빼꼼 들여다보고, 짧은 지팡이를 든 손가락 끝으로 표면을 더듬었다.

"아까 있던 장소는 이 근처였나요?"

"네, 거기서 전투가 벌어졌으니…… 동쪽으로 하나에, 북쪽으로……."

방 안이라면 모를까, 통로 안에서 전투가 벌어지면 이런 게 있으니 무서운 것이다.

전투란 것은 그 자리에 발을 멈추고 한다고 장담할 수는 없다.

간격을 좁히고, 떨어뜨리고, 난전으로 몰아넣고, 혹은 파고들어 간다.

싸우고 있는 와중에 위치를 바꾸고, 그것을 깨닫지 못한 채 탐색을 재개하여 길을 잃는 것은 사양할 따름이다.

아직 마주치지는 않았지만, 자칫 회전 바닥을 밟고 방향이 바뀌어 있는 일 따위를 겪게 되면 웃을 수 없다.

그리고 무엇보다, 뭔가 다른 작업에 몰두시키고 있는 편이 기분도 얼버무릴 수 있으리라.

당신은 싸움의 영향으로 가빠진 호흡을 가다듬으며 여주교의 작도를 기다렸다.

"네. 암흑의 영역을 피해서 빙 돌아, 이제 조금만 가면 계단의 장소에 도착할 거예요."

알았다고 수긍한 당신은, 이어서 여전사의 어깨를 가볍게 두드리고 걸었다.

그녀는 옷이 축축하게 젖어서 피부에 달라붙어 있었지만, 당신은 신경 쓰는 기색을 보이지 않는다.

여전사는 그것을 깨달았는지 아닌지, 「흐응」 하고 코웃음을 치며 가볍게 달려 뒤를 따랐다.

이윽고 도착한 곳은 계단이라기보다는 밧줄 사다리라고 하는 편이 좋을 법한 시설이었다.

계층을 관통한 세로 구멍에, 등반할 수 있도록 밧줄 사다리가 늘어져 있는 것이다.

처음에 이 미궁의 최하층에 도달한 모험가가 남긴 것인지, 처음부터 있었던 것인지.

애당초 미궁의 최하층까지 간 자가 실재하는지 아닌지도 당신은 모른다.

알 수 없지만…… 어쨌든지 모험가가 의지하는 이동수단이라는 것은 틀림없다.

당신은 구멍 근처까지 가서, 그 세로 구멍을 들여다보았다.

―암흑이다.

쩍 벌어진 사각의 어둠은 당신을 들여다보며 가만히 노려보는 것 같았다.

"떨어지면 못 살지 않겠나, 이거."

슬쩍 들여다본 하프 엘프 척후옆에서 미르미돈 승려가 「알 수 없지」 하며 턱을 울렸다.

"미궁 안은 감각이 이상해진다고 하니까. 원근감이 현혹되는 것뿐일지도 모른다."

미르미돈은 흄과는 다른 눈을 가졌다. 보이는 세계도 당신과는 분명 다를 것이다.

그러나 그의 말은 지당했다.

이 미궁에서 보이는 경치라고 하면 암흑과 어슴푸레하게 떠오르는 윤곽선뿐이다.

의외로 지독하게 얕은 곳에 검은 바닥이 있는 것뿐일지도 모른다.

"그러면, 뒤에서 와악 놀래키거나……."

당신은 **육촌**을 차갑게 보았다.

"……그런 건, 안 해요. 그럼요."

그럼 됐다.

"2층에는, 어떤 게 나오는 걸까아?"

문득 여전사가 흘린 중얼거림에, 당신은 그 의도를 고려하고서 괴물일 거라 응답했다.

잡스러운 분류지만 괴물은 괴물이다. 고블린이든, 슬라임이든.

그런 괴물 놈들이 배회하는 가운데 거점을 가지고 있으니, 지난번 미르미돈 승려의 말도 정답인가.

당신은 이제부터, 무시무시한 기도하지 않는 자와 싸워야 하는 것이다.

—대열은 평소와 같다.

당신과 여전사, 미르미돈 승려가 전위, 종누이와 여주교, 하프 엘프 척후가 후위.

그렇다면 일단 당신이 내려가서 착지점의 안전을 확보해야 하리라.

밧줄 사다리에 손을 대면서 그렇게 제안하자, 모두가 수긍하는 걸 알 수 있었다.

"그러면, 내가 마지막이면 되는기가. 위쪽도 확보를 해야 하지 않겠나."

하프 엘프 척후가 가슴을 턱, 두드리며 받아들이자 여주교가 고개를 숙였다.

"죄송해요, 부탁드릴게요."

전위가 먼저 내려가는 이상, 무슨 일이 있으면 금방 돌아올 수 있도록 해둬야 하리라.

당신은 만도의 칼집 위치를 바꾸고, 내려가는 것에 방해가 되지 않도록 등 쪽으로 돌렸다.

"그런데, 먼저 내려간 사람들이 아래쪽에서 엿보거나 하지는 않 겠지?"

기습을 한 것은 말할 것도 없이 여전사였다.

그녀가 생긋 웃고 풍만한 가슴 앞에 손을 마주대면서 「그렇지?」 하고 당신에게 눈길을 주었다.

"흥미 없다."

도움을 구하고자 해도 미르미돈 승려는 여전히 담담하다.

어째서란 말인가.

"그럼 안 돼요. 그러면 혼나요."

육촌도 이쪽으로 단단히 못을 박는 데다가, 여주교는 가만히 이쪽 을 보고 있다.

물론 그녀의 눈은 빛을 비추지 않지만, 그 시선이 때때로 대단히 차갑고 날카로워진다.

―뭐, 좋다.

당신은 쓴웃음을 지으면서, 새삼 밧줄 사다리를 붙잡아 어떤지 확 인하듯 강하게 끌었다.

그리 간단히 떨어지지 않을 것 같다는 것을 이해하고서, 살며시 구멍으로 몸을 던졌다.

발끝으로 사다리 밧줄을 디디고, 일단 한숨. 그리고 신중하게 아 래층으로 이동을 시작했다.

점점 머리 위의 동료들 모습이 보이지 않게 되고, 당신은 암흑 속 에 덩그러니 남겨졌다.

공포는 있었지만— 그러나, 긴장을 했다고 해서 이길 수 있는 것도 아니다.

동료와 농담을 나누어 긴장을 풀면서 나아가는 것이 가장 좋은 것이리라.

그렇기에 이 암흑의 공간에 홀로 남겨지자, 지독하게 마음이 불편해졌다.

당신은 결심하고서, 한 단 한 단, 아직 보지 못한 지하 2층을 향해 밧줄 사다리를 내려갔다.

§

—지하 2층도, 역시 풍경에 관해서는 다를 바가 없는 것이었다.

무기질적인 공기, 어둠과, 떠오르는 윤곽선의 미궁.

당신은 그 한가운데에서 위의 동료들에게 말을 걸고 밧줄 사다리를 흔들었다.

우선 가장 먼저, 스르르 미끄러지는 움직임으로 미르미돈 승려가 밧줄 사다리를 내려왔다.

꽤 능숙해 보인다고 말을 걸자 「뭐 그렇지」 하고 짧은 대답이 돌아온다.

종족 특성인지 과거의 경험인지는 알 수 없지만, 어쨌거나 듬직하다.

"잠깐 기다려?"

여전사는 조금 고생한 모양이지만, 그건 밧줄의 높이보다도 창을 드는 방식 탓이리라.

긴 자루의 창을 떨어뜨리지 않고 밧줄에 엉키지 않도록 어떻게 들 것인가 생각한 끝에, 결국 포기한 모양이다.

그녀는 가슴 앞에 대각선으로 끈을 묶고, 등에 지고서 간신히 밧줄 사다리를 내려왔다.

"기다렸어?"

통, 경쾌한 발놀림으로 내려서는 움직임은 갑옷이나 몸의 무게가 느껴지지 않는다.

당신은 고개를 끄덕이며 응답했다. 그녀는 가벼운 몸놀림을 무기로 삼는 전사니까 뜻밖이진 않다.

—문제는, 그 다음이다.

"처, 천천히, 천천히 부탁해요……!"

"흔들지 말아 주세요……?!"

눈이 불편한 여주교는 그렇다 치고, 종누이의 움직임이 머뭇거리는 건 정말이지.

두 사람의 성장환경도 이해는 하기에 불평을 할 것은 아니지만, 뭔가 방책을 생각해야 할까?

밧줄 사다리도 그렇게까지 높지는 않을 텐데, 아무래도 손발의 움직임이 미덥지 못하다.

당신이 떨어져도 받아낼 수 있으니 괜찮다고 말을 걸어도, 그다지 의미가 없는 모양이다.

"떨어지는 것 자체가 무서우니, 떨어진 다음에 무사할 것이라는 사실은 상관없겠지."

과연, 그렇군. 미르미돈 승려가 그렇게 말하면 어쩔 수 없다.

당신은 어쩔 수 없다는 기색으로 고개를 옆으로 젓고, 실내의 낌새를 살피기로 했다.

아무래도 그곳은 회랑의 한 구역인지, 즉시 괴물이 덤벼들 기척은 없었다.

문제는 여기가 미궁 지하 2층의 어느 부근인가 하는 것이다.

미궁은 지하 깊숙한 곳까지 이어지고 있다지만, 딱히 수직으로 파낸 거라고 장담할 수는 없다.

몇 걸음 안에서 조사를 해본 바로는 획일적인 구조 같기는 하지만, 지하 1층의 바로 아래인지 아닌지—.

"죄, 죄송합니다. 기다리셨죠……."

"드디어 내려왔어요오……."

잠시 지나, 드디어 여주교와 **육촌**이 도착한 모양이다.

꾸벅꾸벅 고개를 숙이는 여주교의 옆에 **육촌**이 주저앉아 있다.

버릇이 없는걸, 하고 당신이 웃자 그녀는 입술을 삐죽거리며 볼을 부풀렸다.

"나무 타기를 했던 당신이랑 누나는 다른 거예요!"

다시 말해서, 자기도 어렸을 때부터 나무 타기를 허락해줬다면 비슷했을 것이라는 말일까?

당신은 종누이의 변명에 고개를 옆으로 흔들며, 어떻게 생각하지? 하고 하프 엘프 척후에게 물었다.

"뭐~ 그렇다고 전사랑 마술사의 차이가 있으니 어쩔 수 없는 거 아이겠나."

스르륵 소리도 없이 지하 2층에 이른 그 움직임은 과연 본직이라고 해야 할까?

척척 장비 점검을 하고서 「아잣!」 하며 척후가 고개를 끄덕였다.

"기량에는 어쨌거나 차이가 나오는 법 아이가. 신경 안 써도 된다."

"봐요. 당신한테는 이런 부분이 부족해요!"

척후의 배려에 기분이 좋아졌는지, 종누이가 이때라는 듯 공세로 전환했다.

"그렇죠?"

하며 동의를 구해도, 여주교가 난처해하지 않는가?

"누나들은 주문서로 새로운 술법도 익혔으니까요. 얕보면 곤란해요!"

후흥. 풍만한 가슴을 내미는 종누이는 자신만만하지만, 뭐 그것 자체는 의지가 된다.

당신은 이제 슬슬 출발한다고 말을 걸어 농담을 끊고, 의식을 전환했다.

드디어 지하 2층의 탐색— 그리고 볼품없는 남자들과 대결이다.

그쪽은 이쪽을 알 리도 없겠지만, 뭐 사연 있는 싸움이 아닌 것은 서로 마찬가지다.

이 미궁에서 괴물과 모험가가 만나면, 기다리는 것은 어느 한 쪽의 승리와 《죽음》뿐이다.

"그래서, 어디부터 갈 텐가?"

당신은 미르미돈 승려의 말에 조금 생각하고, 당장은 놈들이 그리 멀리 있지 않으리라 판단했다.

아무리 놈들이 괴물과 동등한 존재라고 해도, 편리성이라는 것은 생각할 것이다.

지하 1층을 탐색하는 모험가가 먹잇감이라면, 계단에서 그리 먼 곳에 거점을 만들지는 않으리라.

　"동감이다. 물론, 다른 계단 같은 것이 없다면 그렇다는 이야기지만."

　그렇다면 그거대로 미궁의 새로운 수수께끼를 하나 해명하게 된다.

　어쨌거나 금강석의 기사 일행이 피해를 입혔다면, 오늘 이 때를 놓칠 수는 없다.

　그들이 한 칼도 휘두르지 못했을 리는 없을 테니, 상대도 마땅한 피해를 입었을 것이다.

　상처를 치유할 틈은 물론, 추격을 두려워해 거점을 안쪽으로 옮길 여유를 주어선 안 되리라.

　만일, 그 파티가 한 칼도 맞추지 못하고 괴멸할 법한 적이라면―.

　―유감이지만, 당신의 모험은 여기서 끝나버렸다. 그뿐인 것이다.

　"그러면, 어여 가자, 대장. 놈들도 보물을 잔뜩 모아뒀을기다."

　방긋 웃는 하프 엘프 척후에게 수긍하고, 당신은 모두를 불러서 대열을 정돈하도록 재촉했다.

　종누이와 여주교도 호흡이 안정된 모양이니, 이러면 문제없으리라.

　"북쪽으로…… 하나, 둘……."

　여주교가 양피지를 펼치고 끄적끄적 첨필을 움직이는 소리와 당신들의 발소리.

　탐색에는 상당히 익숙해졌다고 생각하지만, 미궁 안이라는 것은 생각보다 조용한 것이다.

　완급의 차이가 격렬하다고 해야 할까? 적어도 언제나 소란스럽고 고양되는 곳은 아니다.

방심을 해선 안 되지만, 언제나 긴장을 하고 있으면 여차할 때 지쳐버릴 것이다.

그것을 피하기 위해 당신은 어깨 너머로 돌아보며, 지하 2층에는 고블린이 안 나온다고 들었다는 말을 건넸다.

"그건…… 후후, 다행, 이라고 해야 할까요?"

문득 첨필을 멈춘 여주교가 당혹과 쑥스러움, 안도가 뒤섞인 웃음을 지었다.

"지금 여기서 만나지 않는 건 좋습니다만, 지하 1층에는 있으니까요……."

없어진 것은 아니다. 과연. 그렇게 생각을 해본 적은 없었다.

그렇지만 미궁에서는 무한하게 괴물이 솟아나온다고 하며, 그것은 고블린도 마찬가지.

미궁에서 고블린을 박멸하고 싶다면, 최하층의 《죽음》에게 도전하는 수밖에 없으리라.

"……그렇네요."

돌아온 대답의 말은 대단히 진지하고, 성실한 속삭임이었다.

"그런 생각은, 저도 해본 적이 없었어요……."

"있지, 슬라임은 어때?"

문득 여전사가 당신의 소매를 잡아끌었다.

당신은 그녀의 얼굴을 보지도 않고, 그건 모르겠다고 무뚝뚝하게 말했다.

"우음."

볼을 부풀렸으리라. 일부러 내는 소리다.

"나한테 차갑지 않아?"

하프 엘프 척후가 깔깔 웃으면서 「신경 쓸 거 없다」 하고 뒤에서 놀린다.

"대장은 이제 자기가 벨 수 있다고 판단한 건 별로 흥미가 없는 기다."

사람을 검귀(劍鬼) 같은 거랑 똑같이 보지 않았으면 좋겠다. 이번에는 당신이 불만을 호소할 차례였다.

그걸로 분이 풀렸는지, 여전사가 「그쪽은 어때?」 하고 척후에게 말을 걸었다.

"글쎄다."

하프 엘프 척후는 짧게 말하고 조금 생각한 다음, 마음 편한 기색으로 응답했다.

"뭐, 슬라임도 고블린도 돈은 그렇게 많이 안 가졌으니, 내도 흥미 없다."

"그러니까 돈이 목적이구나. 뜻이 너무 낮아."

"어이, 쿠야……."

하프 엘프 척후가 괜히 말문이 막힌 시늉을 한다. 여전사가 키득키득 웃었다.

그런 모두의 대화를 생글생글 눈웃음 지으며 듣고 있던 종누이가 중얼거렸다.

"저로서는 사람 모양 생물이, 새로운 주문도 시험할 수 있으니까 환영인데요……."

"맞아요."

목소리가 가벼워진 여주교가 종누이의 의견에 동조한다.

"기왕 배웠으니까요."

"믿음직해라."

여전사가 노래하는 것 같은 목소리를 흘리고, 가벼운 움직임으로 창을 휘릭 돌렸다.

당신도 그것을 듣고서 발을 멈추고, 가죽 버선과 짚신으로 발치를 살피듯 자세를 슥 낮추었다.

"아무래도 그리 순탄하지는 않은가 보군."

턱을 울린 미르미돈 승려가 허리 뒤에 매달아놓은 칼집에서 ㄱ자로 꺾인 소도를 뽑았다.

발을 멈춘 당신들의 시야 끝, 미궁의 통로에는 기분 나쁜 색의 기체가 충만해 있었다.

그것뿐이라면 단순한 함정이겠지만, 그것은 꿈틀거리며 당신들에게 다가온다.

명백하게 생물이 아닌 누구도 아닌 움직임— 배회하는 괴물이다!

"저건…… 베거나 찌르거나 하는 거, 통하는 걸까……?"

여전사가 중얼거린 것도 무리가 아니다.

당신들의 눈앞에서 앞길을 막으며 꿈틀거리는 것은 기체의 무리였다.

그렇다. 독해 보이는 색의 그것은 복수의 개체인 것 같다. 무리라고 부르는 수밖에 없다.

살아 있는 것 같다는 생각밖에 안 들지만, 보통의 생명은 아니라 마법적인 것이 분명했다.

그렇다면— 칼날이나 둔기로 피해가 통할지 아닐지, 첫눈에는 읽어낼 수 없다.

"죄송합니다. 아마 새로운 술법은 그다지 의미가 없을 것…… 같아요."

종누이가 미안한 기색으로 하는 말에 신경 쓰지 말라고 한 마디 하고서, 당신은 칼을 뽑았다.

양손으로 단단히 쥔 만도를 스윽, 하단으로 겨누고 발을 미끄러뜨리며 한 걸음 앞으로 나섰다.

칼날이든 술법이든 무엇이든, 그것 하나로 온갖 것에 통하는 일은 없는 것이다.

자신들의 물리공격이 통하지 않는다면, 다음은 종누이와 여주교의 술법에 의지하게 된다.

새로운 술법이 통하지 않는다고 해도, 무엇을 탓할 필요가 있을까?

당신은 여전사와 미르미돈 승려에게 눈짓을 한 다음, 열화 같은 기합을 지르며 파고들었다.

상체를 쓰러뜨린 자세에서 한쪽 발을 등 뒤로 보내며, 아래쪽에서 건져 올리는 것처럼 일섬.

칼날이 스르륵 기체 안으로 미끄러지고, 그대로 허공을 베어 머리 위로 흘렀다.

당신은 즉시 만도를 되돌리고 일어서면서, 눈을 부릅떴다.

—통한다!

꿈틀거리는 기체는 당신의 일도를 받고서, 구름이 흩어지는 것처럼 체적이 줄어들었다.

뿐만 아니라 마치 칼로 벤 동물처럼 몸부림치지 않는가!

"될 것 같애……!"

여전사가 응답하고, 창을 한 손으로 잡으며 스르륵 적과 간격을 좁혔다.

그러나 당신이 손맛이 없는 손맛을 느낀 순간, 기체가 폭발적으로 부풀어 올랐다.

"CLOOOOOUDDDD!!!!"

그것은 울음소리라고 하기보다는 바람이 빠져나갈 때 내는 소리에 지나지 않는 것이리라.

그렇지만 그 기체가 당신의 얼굴에 달라붙은 순간, 당신은 무심코 무릎을 꿇고 말았다.

목을 조르는 것처럼 숨쉬기가 어려워지는 것과 동시에, 활력을 단숨에 빼앗기는 감각.

안면이 타 들어가는 것 같은 그것은 명백하게 살아 있는 기체의 공격이었다.

당신이 허우적거리며 팔을 휘둘러 안개를 떨쳐내자, 미궁의 차가운 공기가 단숨에 폐로 들어왔다.

"영차!"

쿨럭 기침을 하는 당신 옆을 여전사가 달려나가더니 교대하며 앞으로 뛰어들었다.

귀여우면서도 날카로운 기합과 함께 창날이 허공을 휘잉 휩쓸었다.

그것은 문자 그대로 기체 놈들을 흩어버렸지만, 상대도 그저 당하기만 하지는 않았다.

흩어진 안개의 비말이 입자가 되어 여전사의 얼굴에 달라붙은 것이다.

"으, 악?!"

갈라진 한숨을 흘리며 여전사가 비틀거리고, 뒤로 넘어간다.

그 볼에서 핏기가 가시고 파래진 것을 보며, 당신은 싸우는 와중에 눈을 부릅떴다.

―독기!

"괜, 찮아……! 멀쩡해!"

여전사가 창에 의지하여 후퇴하고, 그렇지만 분명하게 끄덕이는 것을 당신은 확실히 보았다.

당신은 황급히 움직이려는 후위의 종누이, 여주교에게 손바닥을 내밀어 기다리도록 했다.

"조심해라. 1층의 괴물 놈들하고는 요령이 다르다!"

역수로 소도를 쥐고서, 반대 손으로 바람의 신― 교역신의 인을 맺으며 미르미돈 승려가 외쳤다.

"《돌고 돌아 바람이 되는 나의 신, 우리들이 가는 길에 나누는 대화를, 부디 내밀하게》!"

그 순간― 바람이 멎었다.

기체들의 움직임이 눈에 띄게 둔해지는 그것은 《사일런스》의 기적이며, 바람막이의 축복이다.

이렇게 되면 다른 술법은 이제 쓸 것도 없다.

과연, 분명히 이것들은 1층의 적과는 요령이 다르다. 그러나―.

당신은 칼을 어깨 쪽으로 끌어당겨, 그 덩어리에 파고드는 것과 함께 상단에서 내리쳤다.

"CDDLOOOUDD?!?!?!"

—그러나, 약한 적이다.

허공을 가른 그 일도로, 독기를 품은 안개는 문자 그대로 안개처럼 흩어졌다.

통로에 낀 안개가 개고, 짤랑, 짤랑 소리를 내며 금화가 떨어졌다.

아마도 마술식의 핵이 된 것은, 생명을 부여한 경화였으리라.

따라서 싸움의 줄다리기 따위 전혀 없이, 당신들은 이 조우전을 헤쳐나갔다.

§

—재수가 좋다고 하면 좋고, 나쁘다면 나쁘다.

"쓴 건 싫어하는데에……."

떫은 표정의 여전사와 귀중한 안티도트를 나눠 마시며, 당신은 홀로 투덜거렸다.

미궁의 한구석이라지만, 성수를 이용해 진을 그리면 캠프를 할 수 있다.

물론 그리 오래 유지되는 것은 아니지만, 잠깐 쉬기에는 충분하다.

원형진 안에서 제각각 휴식을 취하는 동료들을 둘러보고, 당신은 다 마신 병을 바닥에 두었다.

"있죠, 있죠, 이 구운 과자, 어떤가요? 여관에서 받은 건데, 맛있어요!"

"아, 죄송해요. ……잘 먹겠습니다."

식량을 나눠주는 종누이와 여주교는 다소 피로해보이긴 했지만 체력적인 문제는 없는 것 같았다.

역시 도시에서 지하 1층, 지하 2층까지 장기 탐색을 했기 때문이리라.

그렇지만 주문은 소비하지 않았다. 기억한 그것을 잊지 않았으니, 문제는 없다.

"그런데, 우발적 조우^{랜덤 인카운트}만 있으면, 내 나설 차례가 없대이."

같은 후위인 하프 엘프 척후. 그는 어쩔 도리 없이 나이프를 만지작거리면서 깔깔 웃었다.

후방 경계 말고는 일이 없는 이상 — 그것 또한 극히 중요하지만 — 피로가 적은 기색이었다.

그러나, 긴장이 풀리는 것도 그건 그거대로 문제다. 그는 그런 완급이 능숙하지만…….

당신의 시선을 깨달은 그는 입술 끝을 씨익 끌어올렸다.

"뭐, 문제는 없다. 통로 어디에 숨겨진 문이 있을지 모르는기라."

당신은 고개를 끄덕여 응답했다.

"…………하아."

오히려 신경 쓰이는 것은 여전사였고, 그리고 자신이었다.

집중력이라는 것은 무한한 것이 아니다.

실제로 여전사는 어쩐지 싫증난 것 같은 표정으로, 나른하게 창자루에 몸을 맡기고 앉아 있었다.

그녀에게 지쳤는지 물으면, 확실하게 괜찮다는 대답이 돌아오리라.

혹은— 헤실헤실 평소 같은 표정으로, 지쳐버렸어, 일까?

어쨌든지 그녀는 확실하게 본심을 털어놓지는 않으리라. 당신이 판단할 필요가 있었다.

지하 1층의 싸움을 헤쳐 나와, 지하 2층의 첫 싸움도 이겼다.

그러니 재수가 좋다. —그런 한 편으로 체력 소모를 생각하면 두 번 싸운 것은 재수가 나쁘다.

당신이 그렇게 생각에 빠져 있는데, 문득 턱이 타각타각 울리는 소리가 들렸다.

"뭐, 위험하면 철수하면 된다."

미르미돈 승려가 위를 힐끔 올려다보았다.

"놈들처럼 말이지."

미르미돈 승려의 말에 당신은 동의를 표했다. 하긴 전위는 당신과 여전사만 있는 게 아니다. 그도 있다.

완전히 의지만 해서는 의미가 없지만, 의지하지 않는 것도 파티를 짜고 있는 의미가 없다.

당신이 철수를 하게 되면 맨 뒤는 가위바위보로 정해야 하겠다고 말하자, 그는 묵묵히 어깨를 으쓱거렸다.

"…………?"

그때, 문득 여주교가 코를 쿵쿵거리며 고개를 들었다.

"왜 그래요?"

"……어, 아뇨."

종누이가 의문스런 기색으로 얼굴을 들여다보며, 그녀의 입가에 묻어 있는 구운 과자 조각을 집었다.

기척으로 종누이가 그것을 입에 넣은 것을 깨달았으리라. 여주교 는 얼굴을 붉히고, 고개를 숙였다.

"뭐라고 할까, 그게…… 피 냄새가 나는, 듯 한데요……?"

"이건 정답일지도 모른대이."

여주교의 자신 없어 보이는 말에, 확실하게 긍정을 한 것은 하프 엘프 척후였다.

"아까 위에서 지나친 기사들은 빼더라도, 놈들은 화려하게 죽이 고 다녔다 아이가?"

그러면 아무리 미궁에서 다른 모험가와 마주치지 않는다지만, 흔 적은 남는다— 라는 것인가.

당신은 건달들의 소굴에 쌓아둔, 모험가의 시체의 산이라는 환영 을 떨쳐냈다.

그렇다면, 역시 재수가 좋다는 결론이 나올 것 같다.

당신들은 그 독의 기체를 헤쳐 나와, 건달의 본거지에 접근하고 있다.

내디딘 한 걸음이 착실한 전진이라면, 그것은 미궁 안에서는 최선 의 결과라고 할 수 있으리라.

그도 그럴 것이, 내딛는 걸음의 발치가 함정인 경우도 여기서는 극히 평범하게 있을 수 있으니까.

본래 지하 2층의 지리 따위는 모른다. 여주교의 감각에 의지해서 나아가기로 하자.

"저, 말인가요?"

그녀는 당신의 말을 듣고서 불안한 기색으로 눈썹을 내렸지만, 이윽고 천칭검을 꼭 쥐었다.

"……알겠습니다."

여주교가 진지한 표정으로 수긍하자, 미르미돈 승려가 「지도는 내가 보충하지」 하고 짤막하게 응답했다.

교역신은 바람의 신, 여행의 신. 그렇다면 지도의 신이기도 한 것인가.

당신이 그렇게 말하자 그는 턱을 터거덕 울렸다. 대답으로는 충분하리라.

당신은 잠시 호흡을 가다듬은 다음, 울적한 기색인 여전사의 어깨를 가볍게 두드리고 일어섰다.

여전사는 멍하니 당신을 올려다보고는 「응」 하고 작게 고개를 위아래로 움직였다.

"그러네. ……1층의 적하고, 그렇게까지 다르지는 않은 것 같지만……."

창을 한 손에 들고 일어선 그녀에 이어서, 다른 동료들도 제각각 준비를 갖추고 몸을 일으켰다.

각각의 장비를 확인하고, 무기와 방어구를 점검한다. 물론, 당신도 돕는다.

파티의 리더가 제대로 모두를 보고 있다고 행동으로 드러내면, 모두의 안도감으로 이어지는 법이니까.

당신은 여전사의 갑옷— 새로운 그것의 잠금쇠를 본 다음, 재빨리 자신의 장비 확인을 시작했다.

"그렇지만, 표적에서 불쾌함이 느껴지는군."

문득 당신에게 그렇게 흘린 것은 미르미돈 승려였다.

그는 승복에 더해 부족의 독특한 곡도를 허리에 차고, 언제나 임전태세 같은 양상이었다.

당신은 아까 여전사의 축축한 어깨를 두드린 손바닥을 쥐면서, 슬라임인가 하고 물었다.

"그래…… 아니, 다르다."

그는 턱을 타각 울리고, 무뚝뚝한 표정으로 고개를 옆으로 저었다.

"가스다."

아까 전의 독기 덩어리, 꿈틀거리는 기체 말이군. 당신이 그렇게 중얼거리고 표정을 찌푸렸다.

아무리 재수가 좋다고 말을 해도, 실수를 한 것은 변함이 없다.

그것이 2층의 경비를 맡고 있는 ― 분명한지, 는 제쳐두고 ― 잡졸이라면…….

"단순히 역량의 문제가 아니야. 그건, 아무리 봐도 단순한 생물이 아니다."

그것은, 뭐 확실히 그렇다.

지하 1층을 배회한 것은 고블린, 슬라임, 꿈틀거리는 시체, 뼈의 전사 같은 것들이었다.

그에 비해서 지하 2층, 갑자기 나타난 것은 생명을 가진 기체였다.

덤으로 독기를 뿌리고 있으니, 이것은…….

―그렇군. 그리 쉽게 나아갈 수는 없다는 거군.

"그래. 아직 독이나 병을 치유하는 기적은 받지 못했다. 방심하지 마라."

"말은 그래도 대장이 싹둑싹둑 안 뱄나?"

그때 준비완료를 말하러 온 하프 엘프 척후가 농담을 했다.

당신이 보기에 그의 가죽 갑옷도, 단검도, 잘 손질이 되어 있고, 문제는 없어 보였다.

이런 장비는 검게 칠하는 것이라고 생각하고 있다면, 분명히 그 그윽한 적갈색에 놀랄 것이다.

그와 함께 행동을 하면서 비로소, 그러는 편이 검은색보다 어둠에 잘 녹아든다는 걸 깨달았다.

"베어 죽일 수 있으면 대단할 거 없는기라. 별 거 아이다."

"어머. 어쩌면 주문으로만 쓰러뜨릴 수 있는 괴물이 있을 지도 모르잖아요?"

그것도 그렇군, 하며 웃는 당신을 야단치는 것처럼 종누이가 뒤에서 말참견을 했다.

종누이는 그녀가 직접전투를 벌일 상황이 나온다면, 이미 패색이 농후한 상황일 것이라는 사실을 알고 있었다.

따라서 최소한의 방어구를 제외하면, 단단히 쥐고 있는 지팡이 말고는 볼만한 점이 없었다.

그렇지만 물론 장비에 관해서만 그렇다는 것이고, 술자의 안색이나 몸 상태 따위는 확인을 해야 한다.

문제없다고 수긍하는 당신 옆에서, 하프 엘프 척후가 지극히 성실한 표정으로 수긍했다.

"뭐, 그때는 누님아 술법으로 부탁한다."

"후후, 맡겨만 주세요. 그리고 저만 있는 것도 아니니까요. ……그렇죠?"

종누이가 말하며 생글생글 여주교의 어깨에 손을 올렸다.

그녀는 긴장한 표정으로 「네」 하고 수긍할 뿐이지만, 보아 하니 기합은 들어간 모양이다.

꾸욱. 진지한 표정으로 천칭검을 움켜쥐고, 조용히 걷는 모습은 무척 듬직하다.

그 모습에, 당신은 입가를 풀고서 모두에게 말을 걸었다.

―가자.

대열을 바꿔 짜고, 성수로 그린 결계를 밟아서 흩어놓고 탐색을 재개했다.

암흑 속에 뻗은 하얀 윤곽선을 따라서 한 걸음, 한 걸음, 착실하게 안쪽으로 나아간다.

"……오른쪽, 이라고 생각해요."

모퉁이에 도달할 때마다, 여주교가 발길을 멈추고 의식을 집중하여 당신들의 앞길을 가리킨다.

미지의 영역을 나아가는데 다른 이정표는 없다. 당신들은 의심하지 않고 그녀의 말에 따랐다.

당신은 등 뒤에서 감각을 갈고 닦고 있을 여주교를 본받아서 코를 킁킁거려봤다.

당연하지만, 애당초 기척이다 뭐다 그런 것이 아니다.

엘프나 마술사라면 모를까, 흄인 당신의 눈에 비치는 세상은 평범하기 짝이 없는 것이다.

지금 당신의 시야에 펼쳐진 것은 어둠 속에 끝없이 펼쳐지는 윤곽선의 미궁뿐.

그렇다면, 기운 같은 애매모호한 것을 민감하게 느낄 수 있을 리 없다.

신경 써야 할 것은 소리이며, 바람의 감촉이며, 냄새이며, 벽 뒤쪽이며, 숨소리이리라.

당신은 눈을 번득이며 귀를 기울이고, 방심하지 말라고 자신에게 말하는 것이 고작이었다.

그리고 새삼 미궁의 공기를 신경 쓰자, 웅어리져 있기는 해도 너무나도 정보량이 없다.

무미무취, 라고 해야 할까. ―그렇다, 무(無)다.

싸움을 이제 막 마친 방에 피어오르는 죽음의 냄새도, 한 걸음 거기서 떨어져 버리면 사라져 버린다.

그저 오로지, 암흑 안을 돌진하는 것만 생각하도록 강제하는 것 같았다.

그 가운데에서 여주교가 「오른쪽이요」, 「……아마도, 왼쪽」이라고 감을 발휘하는 것은 훌륭하다.

그녀와 당신은 보이는 세계, 인식할 수 있는 것이 다른 걸지도 모른다.

혹은 이것이 타고난 자질이라는 것일까?

팔자가 사나운 이 소녀에게는 그것이 있다. 미궁 안쪽에 숨은 무언가를 느낄 수 있는, 무언가가.

꿈틀거리는 괴물, 가장 안쪽에서 세계에 재앙을 뿌리는 무언가, 그리고 건달들.

한 번 놈들과 만나면, 승패 어느 쪽이든 간에 한쪽의 《죽음》이 기다린다.

그렇다면, 이 혀 안쪽에 퍼지고 있는 무(無)야말로 《죽음》의 맛이라고 할 것인가—.

그런 생각이 뇌리를 스쳐서, 당신은 쓴웃음과 함께 고개를 흔들어 그것을 떨쳐냈다.

조심했어야 했다. 이것은 마치 《죽음》에 사로잡힌 것 같지 않은가?

어차피 방에 뛰어들면 싸움을 피할 수 없으며, 배회하는 괴물과 언제 만날지 알 수 없다.

피해갈 수 없는 이상, 지금부터 걱정할 필요는 없다.

그렇게 생각하면 문득 마음이 편해지는 것 같아서 굳어진 몸 안쪽까지 숨결이 퍼진다.

당신이 신경 써야 할 것은 보이지 않는 위협보다, 말수 적은 여전사 쪽이다.

"…………."

그 건달 놈들과 대결하기로 정한 뒤부터, 그녀는 울적하게 표정을 흐리고 있는 일이 많다.

그 가슴 속을 거침없이 파헤칠 생각은 없지만, 그래도 창끝이 둔해지면 곤란하다.

그럼, 어찌해야 할까—?

"아, 그러고보니."

그런 당신의 불안과 전혀 다른 밝은 목소리.

말할 것도 없이 종누이였지만, 그녀는 주섬주섬 어깨에 거는 가방을 뒤지며 말했다.

"거리에서 맛있는 사탕을 발견했어요. 말없이 걷기도 뭐하니까, 모두 함께 먹지 않을래요?"

육촌 녀석. 그런 건 아까 휴식 중에 했어야 할 말이 아닌가.

당신의 쓴 소리에도 끄떡없이, 종누이는 생글생글 웃으며 사탕이 든 주머니를 내밀었다.

어쩔 수 없다며 주머니에서 집어 그것을 입으로 넣고, 당신은 떫은 표정을 지었다.

―박하로군.

"뭐고 대장, 운이 없네."

입 안에서 사탕을 굴리며 웃는 하프 엘프 척후는, 눈썰미가 좋다. 뭔가 단 맛을 고른 모양이다.

이 녀석, 당신이 입술을 삐죽거리자 척후가 웃음을 지우지 않고 옆으로 힐끔 눈길을 주었다.

그것을 좇는 것처럼, 주머니에 뻗던 손을 멈추고 흠칫하여 표정을 굳히는 미르미돈 승려.

"……박하라."

그래. 박하다. 당신이 그렇게 긍정하자, 그는 천천히 여유를 꾸미는 태도로 고개를 옆으로 저었다.

"나는 됐다. ……입이 둔해지면, 지금은 곤란하니까."

그런가. 그러면, 뭐 그런 것이리라.

당신이 그렇게 말하자 그는 「그렇고말고」 하고, 역시나 진지한 표정으로 수긍했다.

"그러면, 저도…….."

여주교는 그런 미르미돈 승려의 태도를 진지하게 받아들이고, 짧게 말하며 사탕을 고사.

"그래요? 맛있는데…….."

"그러면, 끝난 다음에 받겠습니다."

한순간 흐려진 종누이의 표정이, 이어지는 여주교의 말에 확 밝아졌다.

그리고 기뻐하며 타박타박 걸음을 옮긴 그녀가 여전사에게 주머니를 내밀었다.

"자, 당신도 어때요?"

"어…….."

기습을 받은 것도 아닐 텐데, 여전사는 당황스런 기색으로 눈동자를 방황시켰다.

동요한 기색으로 이쪽을 보는 여전사에게 당신이 고개를 끄덕였다. 종누이는 생글생글 웃는 표정을 무너뜨리지 않는다.

이윽고 그녀는 포기한 것처럼 — 혹은 망설이면서 — 조심조심 주머니에 손을 뻗었다.

"……딸기맛, 있을까아?"

"있어요! 저기, 이거요, 아마도!"

아마도 라니. 당신이 야유하는 것처럼 말하자, 종누이는 「그치만 어두워서 잘 안 보이는 걸요」 하고 반론했다.

하긴 육촌의 말이야 그렇다 치고, 하얀 것을 피하면 박하는 아니리라.

당신이 말하자, 미르미돈 승려가「그 방법이 있었군⋯⋯」하며 낮게 중얼대고, 하프 엘프 척후가 웃었다.

"박하도 맛있는걸요?"

여주교가 말을 보태 당신을 도와주자, 당신은 무심코 볼을 풀었다.

그런 주위의 반응에 등을 떠밀렸는지, 여전사가 살며시 주머니에서 사탕을 집어 입에 넣었다.

"⋯⋯응, 달아라."

사탕을 입에 넣고서 기쁘게 눈웃음을 짓는 여전사의 모습을 곁눈질로 보고 당신은 그것 참, 하며 숨을 내뱉었다.

—정말이지, 이래서 당신은 저 종누이를 당해낼 수가 없는 것이다.

그렇게 데굴데굴 입 안에서 사탕을 굴리며 걸어가기를 잠시.

혀 위에 박하의 잔향이 남을 무렵, 당신들은 거무죽죽한 방의 문 앞에 도달했다.

§

"⋯⋯자물쇠는 안 걸린 모양이다. 함정도 없을 기다."

하프 엘프 척후가 허리띠에 매단 도구류를 사용해 한 차례 조사를 마친 다음 결론을 내렸다.

그는 어조와 태도에 비해서 신중한 성미다. 틀림없으리라.

당신은 그런가, 하고 고개를 끄덕이고는 장갑을 낀 손으로 살며시 그 문을 더듬었다.

금속제 문은 다른 방과 아무것도 다를 바 없으며, 당신이 보기에는 너무나도 획일적이었다.

여주교를 의심하는 것은 아니지만, 과연 이 안에 건달 놈들이 있을 것인가?

—이 미궁은 이상하다.

바로 방금 전까지 싸움이 있었다고 해도, 내부에 가득 찬 독기가 그 흔적을 뒤덮어 감추어 버린다.

설령 여기가 오늘 아침 그 금강석의 기사 일행이 싸운 장소라고 해도, 확인할 방법은 없으리라.

"……네. 피 냄새가, 그게…….."

여주교는 잘라 말하지 못하고 말을 흐렸다.

"뭐, 열어보면 되겠지."

미르미돈 승려가 어깨를 으쓱거린다. 그는 이미 곡도를 역수로 뽑아 준비를 마치고 있었다.

"괴물이든, 도적놈들이든, 상관없다. 나는 어느 쪽이든 상관없다."

"하모하모."

마음 편한 기색으로 말을 맞추는 하프 엘프 척후는 그렇다 치고, 여전사가 신경 쓰인다.

당신이 괜찮냐고 물어보자, 그녀는 「으음, 그게」 하고 애매하게 중얼거린 다음, 빙글 창을 돌렸다.

"……응, 괜찮아. 해볼까?"

그렇게 말하고, 여전사가 으득 소리를 내면서 입에 남은 사탕을 깨물어 부쉈다.

좋다.

당신은 짧게 고개를 끄덕이고, 허리의 칼집에서 애용하는 만도를 뽑았다.

미궁의 어슴푸레함 속에서마저 서늘하게 빛나는, 무명이지만 양품이다.

자루에 침을 뱉어 손바닥에 길들이고, 당신은 그것을 늘어뜨리며 문을 마주보았다.

"……드디어네요."

당신이 이제부터 무엇을 할 것인지 아는 건지 모르는 건지, 종누이가 작은 목소리로 중얼거렸다.

긴장감은 있지만, 어쩐지 맥 빠지는 기색은 평소와 같았다.

"그래서, 작전은 뭔가 있어?"

당신은 입술 끝을 씨익 끌어올리고, 연극 같은 태도의 어조로 선언했다.

─이제 됐다. 시작하지.

다음 순간 당신은 혼신의 힘을 담아 문을 걷어차 열고, 커다란 소리로 이름을 외치며 뛰어들었다.

곧장 파티의 동료들이 눈사태처럼, 단숨에 뒤를 따라 방으로 돌입했다.

"뭐냐아?!"

"또 온 거냐, 모험가 놈들……!"

안에서 쉬고 있을─ 볼품없는 남자들이 질겁한다!

뛰어들어 보자 과연. 어슴푸레한 방은 숨이 막힐 정도의 피 냄새로 가득 차 있었다.

망해가는 뒷골목 주점이라도 이 정도에 비할 바는 아닐 거다.

발치에는 정체 모를 얼룩과 잔반이 흩어져 있고, 냄비에는 뼈와 재보가 한꺼번에 담겨 있다.

적의 수는— 몇이지? 당신은 재빨리 좌우로 시선을 돌리며 상황을 파악했다.

"뭐, 냐아, 네놈들……!!"

그러나 그런 당신에게 당황한 한 명이 소리치고, 섣부르게도 조심성 없는 움직임으로 단검을 들어 올렸다.

—잡았다.

당신은 바닥의 검붉은 얼룩을 짓밟고, 한 걸음, 두 걸음 간격을 좁히고 상단에서 칼을 내리쳤다.

"키악?!"

은색 선을 그리며 달린 칼날이, 스르륵 도적의 목으로 들어가 혈관을 끊고서 비말을 뿜었다.

찢어진 목에서 피이이이 피리 소리처럼 숨결과 피를 흩뿌리면서 풀썩 무너지는 도적.

어떠한 달인이라도, 갑옷째로 양단 따위는 할 수 있는 것이 아니다. 틈을 노려야 한다.

당신은 휘두른 기세 그대로 칼날의 피를 떨쳐내고 방 가운데쯤에 이르렀다.

방의 문은 하나. 다시 말해서 출구는 등 뒤. 이곳에 진을 치고 한 명도 놓쳐선 안 된다!

"맡겨만 둬어……!"

여전사가 스르륵 당신 옆으로 뛰어 들더니, 손발의 연장인 것처럼 장창을 내뻗었다.

"게, 윽?!"

날카로운 창끝이 뱀처럼 아래쪽에서 위로 튀어 올라, 건달의 목을 꿰뚫어 숨통을 끊었다.

휘릭 옆으로 쓸어내는 것처럼 창날을 뽑아내 견제하고, 그녀는 양손으로 장창을 단단히 쥐었다.

이걸로 처치한 것은 둘. 남은 적은 여섯…… 아니.

"이거야, 원. 아까 그 녀석도 그렇고, 오늘은 손님이 많구만."

불쑥. 방 안쪽의 어둠 속에서 거체가 하나 일어선다.

반짝반짝 안 어울리게 빛나는 사슬 갑옷을 입고, 손에는 대검을 든 야만인이다.

—수괴로군.

당신은 스윽 발을 미끄러뜨려 간격을 재면서, 스륵 만도를 하단으로 내렸다.

숙련자이리라. 아무렇게나 서 있는 것 같지만, 그렇지 않고서야 도적들을 지휘할 수 없으리라.

상대는 총 7명. 숫자는 이쪽이 불리하다. 덧붙여서, 상대의 역량을 비추어 보면…….

"……등 뒤를 맡지."

그런 당신의 등을 지탱하는 것처럼, 태연한 기색으로 미르미돈 승려가 턱을 울렸다.

역수로 겨눈 곡도로 도적의 일격을 받아 흘리고, 그는 전위의 임

무를 다한다.

당신은 희미하게 고개를 끄덕이며, 살며시 등 뒤로 눈길을 주었다.

그곳에는 단검을 겨눈 하프 엘프 척후가 방심하지 않고 도적놈들을 노려보며 술자들을 지키고 있었다.

긴장한 기색으로 천칭검을 겨누는 여주교 옆, 짧은 지팡이를 손에 들고 눈을 감은 종누이는 조용한 목소리를 냈다.

"조금 시간을 주세요……!"

말할 것도 없다.

당신은 심호흡을 한 번 하고서 호흡을 가다듬어, 발치의 바닥돌을 세어 간격을 재고 리더를 노려보았다.

"하~아, 남자는 셋. 여자애가 셋. 좋구만. 싸운 다음에는 배가 고프니까."

리더로 보이는 사슬 갑옷의 남자는 대검을 어깨에 지더니 위압하는 것처럼 이를 드러냈다.

그리고 욕망이 가득한 저열한 목소리로 방이 떨리도록 짖었다.

"좋다, 얘들아! 모가지를 꺾어서 장난감 삼아줘라!!"

와, 환성이 오르고, 당신 주위는 단숨에 무구가 부딪히는 소리로 가득해졌다.

그렇게 넓은 방이 아니다. 한 번에 공격해온다고 해도, 일곱 명 모두는 아니리라.

여전사와 미르미돈 승려가 버텨주는 한, 후위까지 공격이 닿는 일은 없으리라.

만에 하나 닿는다고 해도, 한 칼로 받아 흘려서 하프 엘프 척후가 전선을 유지해줄 것이다.

왜냐하면 그것이 그녀들, 그들의 사명이며, 그렇기에 당신의 사명은—.

"그러면, 해보자고……!"

—이 수괴를…… 한시 한초 한수라도 오래 맡는 것이었다.

§

정면으로 공격해오는 그 일격은 들어 올린 순간부터 묵직해 보였다.

날이 나가는 것쯤 어떻단 말인가 싶지만, 부러지면 못 견딘다. 당신은 커다란 도끼칼을 칼등으로 쳐내 비껴냈다.

손이 저린다. 받아내면 안 된다는 것은 일목요연하다. 칼등이나 코등이가 이마에 파묻혀 죽고 싶다면 또 모를까.

촥. 피와 오물의 검은 얼룩이 짙게 남은 바닥돌 위를 짚신으로 쓸고, 그는 숨을 가다듬었다.

—숙련자다.

"휘유, 제법인데!"

과연. 건달이라지만 파티를 지휘하는 리더라면 그럴 수 있다.

녹슨 쇠 같은 냄새와 지저분한 차림새. 번득이는 사슬갑옷. 커다란 도끼칼. 모두 전투를 거쳐온 것이리라.

물론, 허세일 가능성도 있다. 그러나 사슬 갑옷 남자의 당당한 체구는 그것을 부정한다.

당신은 이래저래 어려운 싸움이 될 것 같다고, 방심하지 않고 상대를 살피며 눈을 좌우로 움직였다.

"영차!"

자리에 안 어울리는 밝은 목소리와 함께 당신 옆에서 여전사의 창
이 으르렁거렸다.

좁은 곳에서 창이 벽에 걸리는 것은 초심자 얘기고, 숙련자라면
그럴 리도 없다.

여전사의 작은 손바닥 안에서 창은 생물인 것처럼 앞뒤로, 위아래
로, 허공을 휩쓸었다.

"크엑?!"

"둘러싸라 둘러싸! 창이라면 잘게 움직일 수 없어……!"

"어머, 그렇지도 않은걸?"

당신이 보기에 창날로 꿰뚫는 것보다는, 긴 자루로 쳐내는 것처럼
보이는데—.

"한눈팔아도 되는 거냐? 뭐, 나도 눈길이 가기는 하지만 말이다."

술리에 대해서 당신이 자세히 보고 있을 틈은 없다. 건달 놈들이
다가가지 못한다면 그거면 된다.

한편으로, 종누이가 희미하게 숨을 삼키는 소리가 당신에게도 들
린다. 여주교는 입을 다물고 있었다.

두 사람이 주문에 집중해야 하는 이상, 괜한 동요를 주기는 싫었다.

당신은 등 뒤에 대기하는 여주교와 종누이를 감싸는 것처럼 반신
을 틀고서, 상대의 움직임을 살폈다.

대검을 장난감 칼처럼 어깨에 짊어진 남자의 짐승 같은 눈이 번득
였다.

누런 이를 드러내면서 니글니글 웃는 모습은 미궁을 배회하는 괴물과 다를 바 없었다.

"잡아먹어 주마, 이거지. 아아, 착각하면 곤란해. 나는 신사거든."

당신은 들어 올린 **대검**에서 눈을 떼지 않는다.

저 정도로 커다란 물건이다. 움직임의 거동은 읽기 쉽다— 그럴 것이다.

물론 거한의 힘보다 지혜가 낫다는, 그런 건 편의적인 착각이다.

거한의 용력은 힘이며, 근육이란 그야말로 힘이다. 얕봐도 되는 것이 아니다.

"말 그대로야."

아, 생각한 순간에 어마어마한 일격이 온다. 번쩍 **대검**이 빛난 것 같았다.

당신은 반사적으로 칼을 머리 위로 올리고 — 기사가 부상을 입은 모습이 번뜩인다 — 칼등에 손을 대며 얼굴 옆에 수직으로 세웠다.

맑은 금속음!

자루를 통해서 전격이 흐르는 것처럼 손이 저리고, 당신의 귀가 키이잉 새된 소리로 울린다.

당신은 망치로 얻어맞은 것처럼 비틀거렸지만, 다리에 힘을 주어 버텼다.

상단이 아니다. 옆으로 쓸어버리는 강렬한 — 목을 노리는 — 치

크리티컬 히트

명적 일격!

"——!"

등 뒤에서 종누이가 당신의 이름을 부르지만, 잘 들리지 않는다.

그러나 당신은 고개를 끄덕였다. 끄덕일 수 있다. 살아 있다. 문제없다.

목이 찢어진 금강석의 기사. 그 모습을 한 번 봤다는 사실이 당신의 생사를 갈랐다.

"어이쿠, 또 해치우지 못했군. 나도 나이를 먹었나."

사슬 갑옷의 남자는 태평한 기색으로 빙글빙글 팔을 휘둘렀다.

당신은 힐끔 자기 만도를 보았다. 부러지지 않고, 휘어지지 않고, 날도 안 나가고. 좋다.

—이제 그 일격은 오지 않으리라.

상단에서 내리치는 것처럼 보이면서 옆으로 쓸기. 훌륭하지만, 처음 접하는 상대를 죽이는 속임수다.

타점을 계속 비껴내면 된다.

그렇지만, 그저 한 칼만 파고들어도 사람은 죽는다. 그것은 적도 마찬가지이지만—.

"으, 랏차아!!"

부웅, 으르렁거리며 다가오는 **대검**의 간격에서 당신은 발을 미끄러뜨리며 몸을 물렸다.

제대로 맞받아치면 언제 칼이 튕겨나갈지 알 수 없다. 손의 저림은 아직도 남아 있었다.

그러나 이래서는 안 된다. 공격을 해야 한다. 공격하지 않으면 이길 수 없고, 이기려면 죽여야 한다.

당신은 뒤로 물러나면서도 양손으로 겨눈 칼을 하단으로 스윽 늘어뜨리고 오른쪽 아래로 끌었다.

보란 듯이 몸에 입은 사슬 갑옷은 못 벤다. 다리, 팔, 겨드랑이, 목을 노린다.

남자가 **대검**을 완전히 휘두른 순간, 미끄러지듯 몸을 앞으로 보냈다.

쓰러질 것 같던 상체를 일으키면서 대각선으로 칼을 휘둘러, 뻗는다.

"어이쿠……!"

출렁 소리가 나면서 칼끝이 사슬을 스치는 걸 알 수 있다. 손맛이 없다.

사슬 갑옷의 남자는 **대검**을 휘두른 반동을 죽이지 않고 살려서 몸을 움직인 것이다.

무기의 장점과 단점, 자신의 싸움법을 잘 안다는 증거였다. 그러나 상관없다. 당신도 마찬가지다.

당신도 대각선 위로 튕겨 올린 칼을 다시 겨누지 않고, 오른손의 힘을 풀고 왼손으로 자루 끝을 비틀어 칼날을 돌렸다.

그대로 이으며 파고들어, 목을 노리고 내리 벤다.

그러나 참격은 남자가 대각선으로 겨눈 **대검**에 미끄러진다. 공격선을 바깥으로 흘리는 것은 흔한 기술이다.

곧장 당신이 칼을 끌어당기자, 남자의 일격이 하단에서 쓸어 올리는 것처럼 들어온다.

당신은 망설임 없이 뛰었다.

대검 위를 다리를 굽혀 뛰어넘은 것이다.

그것은 남자의 무기가 연속공격에는 적합하지 않은 탓에, 몸이 떠 있고 착지할 시간동안 당신이 공격 받을 일이 없기 때문이다.

그렇지만 적도 대단하다. 돌바닥에 다리가 닿은 당신의 시야에 한 가득, 남자의 주먹이 다가온다.

방금 전 일격은 한 손만 쓴 것인가! 당신은 착지의 반동을 죽이기 위해서 재빨리 몸을 굽히고 권격을 버틴다.

좋지 않다. 권압으로 흐르는 바람을 머리 위로 느끼면서, 당신은 굴러가며 뒤로 물러났다.

다음 순간, 직전까지 당신이 있던 위치에 **대검**이 처박힌다. 돌바닥이 갈라지고 부서졌다.

당신은 일어서서 칼을 정면 정안으로 겨누면서, 얕은 호흡을 반복하여 어깨를 위아래로 움직였다.

굳어진 몸을 풀고, 고인 열을 식히고, 머리에 올라간 피를 흘러가도록 하고자 숨결을 들이켠다.

땀이 번지지만, 눈을 깜빡일 수도 없다. 자루에 감은 상어 가죽 덕분에 손이 미끄러지는 일은 없지만.

주위에서는 격렬한 검격음이 울려 퍼지고 있을 텐데, 이미 당신의 귀에는 닿지 않는다.

쑤욱. 시야가 좁아지고, 세계가 사슬 갑옷의 남자를 향해서 모여드는 것 같았다.

"하아~하아~하아~앗!"

남자가 웃었다.

"상당히 여유가 없어진 모양이구만!"

그러나 그거면 된다. 당신은 생각했다. 왜냐하면―.

"무시카!"
음색

"콘킬리오!"
접속

"테르프시코레!"

—이 남자도 그리 다르지 않으니까!

"으, 무슨?!"

소리 높여 낭랑하게, 두 아가씨가 노래하는 것처럼 읊은 《댄스》의 영창.

그것을 깨달았을 때는 이미 늦었다.

사슬 갑옷 남자의 발이 마치 춤이라도 추는 것처럼 경련하며 꼬인다.

그것은 아주 미약한 한순간 발이 꼬인 것뿐이리라. 그렇지만 당신에게는 충분한 한순간이다.

당신은 자루에서 뽑아낸 투척용 침을 세 진언과 함께 던졌다.

사지타, 케르타, 라디우스. 다시 말해서 《매직 미사일》!

"—크악?!"

탁월한 궁술처럼 절대 명중의 힘을 띤 침이 남자의 눈구멍에 깊숙하게 파고들었다.

안면을 누르면서 뒤집어지는 사슬 갑옷 남자. **대검**도 이미 두려울 것 없다.

—살(殺)!

당신은 입에서 열화 같은 기합을 내면서, 단번에 간격을 좁혀 대상단으로 칼을 내리쳤다.

칼날이 남자의 어깨부터 목덜미까지 미끄러지며 들어갔다.

"구, 엑?!"

손맛이 있다. 파악, 피어 흩어지는 피보라는 치명상을 준 증거다.

자신이 흘린 피에 빠진 것처럼 부글부글 소리치는 남자의 거체가,

잠시 지나 비틀 흔들리며 무너져 내렸다.

쿠웅. 쓰러진 손에서 쿠당탕 소리를 내면서 **대검**이 떨어졌다.

"해냈다……! 해냈어요!"

"앗, 네."

정말이지, 역시 진정으로 무시무시한 것은 종누이다.

여주교와 손을 마주잡고서 천진하게 기뻐하는 그녀의 술법이 어느 정도 위협적인지, 자각이 없는 것이다.

당신은 잘 버려준 애도의 피를 떨쳐내면서 주위를 둘러보았다.

"다리가 꼬였으니, 나도 처리할 수 있다."

옆에서는 이미 미르미돈 승려가 한 명을 해치우고 목덜미를 곡도로 베어내는 참이었다.

사슬 갑옷 남자와 싸움에 참견이 없었던 것은, 그가 건달들을 막아주었기 때문이리라.

당신은 재빨리 덕분에 살았다고 인사를 하고, 칼을 다시 겨누었다. 남은 적은 넷인가?

"……. 인사는 나중에 해라."

미르미돈 승려는 턱을 울렸다.

"아직 끝난 게 아니다."

"그러네에. 그리고 나한테도 인사를 안 해주면 곤란하지이."

그렇게 말하며 피로 분칠을 한 얼굴로 웃는 여전사는 창날을 건달의 늑골 틈으로 찔러 넣은 참이었다.

갑옷의 틈새로 미끄러져 들어간 창날이 순식간에 건달의 목숨을 빼앗는다. 이걸로 앞으로 셋.

"내가 할 일은 역시 싸운 다음이 될 건가보네."

하프 엘프 척후가 긴장에 굳어진 목소리로, 억지로 농담을 하는 게 들렸다.

당신은 어깨를 으쓱거리며, 리더를 잃고 허둥대는 도적놈들의 한가운데로 파고들었다.

§

"사, 살려줘! 항복한다! 항복할게……!!"

그렇게 말하며 마지막 한 명이 녹투성이 검을 내던진 것은 조금 지나서였다.

기름이 묻은 바닥 위에 카랑카랑 소리를 내면서 칼날이 튕긴다. 당신은 그 검을 걷어차 날려버렸다.

"부탁해! 목숨만……! 이제 미궁도 나가고, 도시에서도 떠날 테니까……!"

—도적 같은 것을 사람으로 다룰 의리는 없다. 하물며 미궁에 숨은 괴물이라면.

당신은 이 범죄자의 목숨을 구해줘도 되고, 죽여도 된다.

그러면 어떻게 할까? 방심하지 않고 만도를 한 손에 든 채 동료들을 보았다.

"글쎄에……."

"나는 어느 쪽이든 상관없다."

이미 전투가 끝났다고 보았는지, 여전사나 미르미돈 승려에게 어쩐지 이완된 기척이 떠돌았다.

하프 엘프 척후는 묵묵히 어깨를 으쓱거리고 고개를 옆으로 저을 뿐이다. 종누이는— 뭐 짐작이 된다.

그렇, 다면…….

"구해 드리는 게 좋을 거예요."

마지막으로 남은 여주교가 지독하게 평탄한— 감정이 느껴지지 않는 목소리로 확실하게 말했다.

오? 눈을 홉뜬 당신의 앞에 조용히 걸어 나온 그녀가 천칭검을 찰랑 한 번 휘둘렀다.

도적 또한 자신의 눈앞에 선 아가씨의 모습을 어쩐지 믿을 수 없다는 기색으로 보았다.

"이 분이 정말로 개심을 한다면, 목숨을 구하면 되는 겁니다. 아무것도 아니에요."

흠. 당신은 소리를 흘렸다. 뭐 딱히 상관없다. 승패는 이미 정해진 것이다.

당신은 만도를 칼집에 넣고 철컥, 소리를 내며 칼집을 울렸다.

여주교가 희미하게 미소를 지으며 고개를 끄덕이고, 빙글 몸을 돌려 당신을 마주보았다.

곧장, 도적은 이를 드러내며 웃음을 짓고 품에서 뽑은 단검을 들어 뛰어들었다.

"걸렸구나, 바보 자식—?!"

—그리고 다음 순간, 그 머리는 토마토가 터지는 것처럼 둔탁한 소리를 내며 부서져 흩어졌다.

"회개하지 않는다면, 죽는 수밖에 없으니까요."

연무처럼 우아하게 몸을 돌린 여주교가 그 손의 천칭검을 생각대로 휘두른 것이다.

추를 겸하는 천칭 그릇은 죽음에 이를만한 피해를 도적에게 주어 두개골을 박살냈다.

벽에 피와 뇌수가 그림처럼 흩어지고, 종누이가 「힉」 하는 소리를 흘리는 것이 들렸다.

"……유감이지만, 어쩔 수 없답니다."

움찔움찔 경련하는 시체를 한 번 보지도 않고, 여주교는 역시 평탄한 목소리로 당신에게 말을 걸었다.

싸늘한 미소를 지은 그 볼에, 검붉은 피가 튀어 점점이 흩어져 있었다.

흠, 당신은 소리를 흘렸다. 뭐 딱히 상관할 일이 아니다. 어느 쪽이든 좋았다.

당신은 조금 생각한 다음 말을 골라, 이 정도면 전위도 맡길 수 있겠다, 라고 했다.

"어머나, 그런……. 무서운 말씀은 하지 말아 주세요."

응답하는 여주교의 목소리는 또래의 아가씨다운 목소리고, 그녀는 진정으로 겁먹은 것처럼 고개를 떨구었다.

당신은 그런 아가씨의 어깨를 가볍게 격려하듯 두드리고, 손짓하여 종누이에게 신호를 보냈다.

"아, 저기…… 네! 맡겨 주세요……!"

긴장과, 당혹. 그렇지만 그것을 웃도는 발랄함. 종누이는 망설임

© lack

없이 여주교에게 달려갔다.

수고했어요 말을 걸고, 물주머니를 내밀어 방의 구석으로 유도하는 것은 빈틈이 없다.

당신은 그녀의 이런 점을 진정으로 존경하고 있는 것이다.

"……있지, 괜찮을까?"

그런 두 사람을 지켜보고 있는데, 여전사가 쿡쿡 당신의 소매를 당겼다.

당신은 알 수 없다고 고개를 옆으로 흔들었다. 적어도 무리라고 단언할 정도는 아니다.

사람에게는 크든 작든 심금을 울리는 것이 있으며, 때로는 감정이 고양되는 것이다.

여주교에게 도적의 행동— 목숨 구걸이 그랬다는 것이리라.

그녀의 마음을 깊게 상처 입힌 과거를 생각하면, 상상하기 어렵지 않았다.

그러나— 당사자가 토로하지 않는 한, 이쪽에서 파고들 일은 아니리라.

"너는 말야……."

말을 걸었던 여전사가 고개를 옆으로 저었다.

"……그런 부분이, 있단 말이지."

당신은 어깨를 으쓱거리고, 도적 놈들이 고철을 쌓아둔 한 구석으로 걸어갔다.

경계를 맡긴다고 여전사에게 말하자, 「네에」하고 건성으로 대답한다.

그러나, 뭐 괜찮으리라. 당신은 그녀를 신용하고 있다.

당신에 이어서 하프 엘프 척후와 미르미돈 승려 또한, 놈들이 쌓아둔 재보를 확인하러 갔다.

정말이지, 이것이 있으니까 습격과 약탈은 그만둘 수 없다.^{핵 앤 슬레시}

"수입으로 직결되는기라. 관두고 싶어도 그래 몬한다."

모험가는 그런 것이다. 당신은 척후에게 동의하고, 장갑을 낀 손을 고철로 뻗었다.

"귀찮군."

미르미돈 승려는 턱을 터걱터걱 울리며 짧게 말했지만— 당신은 두 사람에게 감사했다.

하프 엘프 척후도, 미르미돈 승려도, 방금 여주교의 행동에는 아무 말을 하지 않았으니까.

그녀에 대한 배려는 순수하게 고마운 것이라, 리더인 당신이 감사하는 것은 당연했다.

그들 두 사람은 슬쩍 얼굴을 마주보고「무슨 말인지」하며 이구동성으로 응답해주었다.

당신은 웃고서, 그 이상 화제를 잇지 않고 수색을 계속하는 것에 전념했다.

역시나, 나오는 것은 모험가의 장비들뿐이다.

새로운 갑옷, 무기, 안을 뒤진 텅 빈 가방, 그리고 인식표.

당신은 그것을 하나씩, 시체 주머니로 가져온 자루에 넣었다.

지하 1층 안쪽 깊숙한 곳까지 섣불리 들어온 자들을, 놈들이 남김없이 먹어치운 것이리라.

그것은 아마도, 말 그대로의 의미다.

이 미궁 안에서 제대로 된 음식이 있을 리 없다.

놈들이 무엇을 먹고 있었는지는 냄비에 쏟아둔 기묘한 고기를 보면 명백했다.

그렇다면— 역시 아까 여주교의 대응은 옳았다. 그럴지도 모른다.

미르미돈 승려 말처럼, 이 자리에 있던 것은 사람이 아니라 괴물이었던 것이다.

"……대장."

문득 하프 엘프 척후가 당신을 불렀다.

살펴보니 침울한 기색으로 그가 손에 든 것은 지저분한 천 조각과 가죽 갑옷이다.

천 조각은 머리끈이었는지, 금색 머리칼이 몇 가닥 들러붙어 있었다.

가죽 갑옷도 피와 오물에 더럽혀져 알아보기 어렵지만, 본래는 하얀 것이었던 모양이다.

둘 다 당신이 본 적이 있는 것이었다.

당신은 힐끔 등 뒤— 경계를 계속하는 여전사와 그 너머에 있는 여주교와 종누이를 보았다.

두 사람이 무슨 이야기를 하는지는 안 들린다.

그러나 종누이가 키득키득 웃고, 여주교가 굳어진 표정이 풀어져서 웃음을 지은 것이 보였다.

—딱히 뭔가 말할 필요는 없을 거다.

당신은 그렇게 결론을 내리고 머리끈과 가죽 갑옷, 회수품을 자루에 넣었다.

단순히 본 적이 있는 것뿐이다. 금발의 모험가도, 하얀 가죽 갑옷의 모험가도 잔뜩 있다.

당신이 그렇게 중얼거리자, 미르미돈 승려가 슬며시 더듬이를 흔들었다.

"……나는 아무것도 못 봤다."

미르미돈 승려는 턱을 터걱 울리고, 그리고 가슴에 매단 신의 인장을 손으로 만졌다.

"이 자리에서 죽어간 자들에게, 다음에는 좋은 바람이 있기를."

당신은 동의하고 일어섰다. 할 일은 했고, 더 이상 이곳에 용건은 없다.

—가자.

"……자, 갈까요? 지쳤으니까 오늘은 느긋하게 쉬어야죠."

"네. ……네."

당신이 말을 걸자, 종누이가 여주교를 재촉하여 함께 일어섰다.

여전사에게 눈길을 주자, 역시 그녀는 애매한 기색으로 키득 웃음을 지었다.

동료들의 대열을 정돈하고, 장비를 점검한다. 이상은 없다. 심한 부상도.

좋아. 고개를 끄덕이고, 당신은 지상까지 가는 길을 돌아가고자 방을 등졌다.

여주교를 재촉하자, 그녀는 「아, 죄송합니다」 하고 허둥지둥 짐을 뒤져서 지도를 꺼냈다.

그녀의 안내는 명료하고, 불안한 곳이 없고, 분명히 괜찮을 거라는 생각이 드는 것이었다.

다행히도 통로에서 방, 방에서 통로로 나아가는 동안 배회하는 괴물의 기척은 없었다.

탐색이 안쪽 깊은 곳에 이르게 되면, 이런 귀로에 대해서도 생각해야 하리라.

아무리 숙달된 모험가라지만, 체력과 집중력이 무한하지는 않다.

연전은 착실하게 목숨을 깎아낸다. 그렇지 않아도, 이 죽음의 미궁에 어느 정도 삶의 가능성이 있을까?

"힘들었지만……."

문득 종누이가 조용히 중얼거린 것은 지하 2층에서 지하 1층으로 밧줄을 올라온 직후였다.

호흡을 가다듬고 물을 마시는 아주 짤막한 시간의 휴식.

털푸덕 통로 돌바닥에 앉은 그녀는 어쩐지 안또한 기색으로 웃고서 말했다.

"이걸로 그 애들도, 안심하고 탐색을 할 수 있겠네요."

당신은 그렇겠군 하고 짧게 응답했다.

지상은, 이제 눈앞이었다.

§

미궁의 입구— 출구를 빠져 나오자, 그 어둠과는 전혀 다른 온화한 빛이 쏟아져 내렸다.

하늘을 올려다보니 쌍둥이 달과 별이 빛나고 있었다. 이제 완전히

밤이 된 모양이다.

망을 보는 근위 여기사는 당신들의 모습과 기색에서 뭔가를 짐작하고 말없이 인사했다.

피에 물든 자루를 짊어지고 있고, 격전의 흔적도 보이는 것이리라.

당신은 그에 대해 가볍게 어깨를 으쓱거리기만 하고 지나치고, 도시로 가는 길을 천천히 걸었다.

"이야아…… 지쳤대이……."

"계속 걸어서 발이 아파아……. 땀 때문에 끈적거리고, 몸 닦고 싶어라……."

하프 엘프 척후에 이어서 여전사가 한심스런 표정으로 불평을 흘렸다.

처음 가본 지하 2층, 그리고 격전이다. 무리도 아니라고 당신은 수긍했다.

딱히 판단 미스를 한 것 같지는 않지만, 그래도 모두 용케 따라와 주었다.

당신은 그들에게 진심으로 감사해도 되고, 모두의 무사를 《숙명》과 《우연》에 감사해도 된다.

"……그렇지!"

털레털레 당신 뒤를 따라 걷고 있던 종누이가 얼굴을 확 밝히며 손뼉을 쳤다.

"힘든 모험들만 했으니까, 내일은 조금 쉬지 않을래요?"

"에, 하지만……."

—또 이 **육촌**은 갑작스런 말을 한다.

여주교가 당혹하여 표정을 흐리고, 반응을 살피는 것처럼 주위를 둘러보았다.

볼에 튄 피도 종누이가 꼼꼼하게 닦아주었으리라. 얼굴은 깨끗했다.

그래도 초췌한 기색이 짙고, 또한 긴장한 기색도 강하게 남아 있었다.

"……괜찮을까요?"

"그래도 열심히 싸웠잖아요. 그렇죠?"

종누이가 당신을 본다. 당신은 조금 생각하고서, 괜찮을 거라고 고개를 끄덕였다.

일단 첫째로 당신들의 페이스는, 이야기를 들어보면 다른 모험가들보다는 상당히 빠른 것 같다.

그렇다기보다는—.

"이놈이고 저놈이고, 돈벌이 말고는 흥미가 없으니까. 딱히 상관할 것은 아니다만."

—미르미돈 승려가 내뱉은 말이 맞았다.

미궁의 가장 깊은 곳, 《죽음》의 근원을 확인하려는 모험가가 얼마나 적은지.

도시로 다가감에 따라, 얼굴을 붉히고 무구를 자랑스레 보이며 싱글싱글 웃고 있는 자들이 늘어난다.

말하자면 그 건달 놈들도 그저 미궁의 재화에 매료된 무리에 지나지 않는다.

《죽음》에…… 마궁(魔宮)에 매료된 자, 배회하는 괴물과 다름없는 존재, 기도하지 않는 자 놈들.

그렇기에 당신들이 지하 2층, 그리고 언젠가 지하 3층에 도전해야 하는 것이다.

　앞으로 나아가기 위해서라도, 기력을 보충해둬서 나쁠 것은 없다.

　"그렇지. 피로한 상태로 미궁의 미답 영역에 들어가는 건, 목숨이 몇 개 있어도 부족하다."

　찬성해줘서 다행이다. 그렇다면, 오늘은 이만 여관으로 철수해서 쉬도록 하자.

　회수한 장비를 팔고 — 죽은 자는 검을 휘두르지 않는다 — 인식표를 사원에 전달하는 것은 내일이다.

　그러는 당신 자신도 주문을 쓴 영향도 있어서 피로했으니까.

　"역시 쉬는 건 중요한 걸요."

　뭐, 물론, 생글생글 웃고 있는 당신의 종누이에게 어느 정도 이유가 있었는지는 의문이다.

　그렇지만 당신은 지친 얼굴에 지은 쓴웃음에 신기할 정도로 마음이 편해지는 것을 느꼈다.

　얻기 어려운 동료들과 만난 것은 더할 나위 없는 행운이리라.

　당신은 뭔가 이룩한 감개에 젖으면서, 여관의 마구간 지푸라기에 쓰러졌다.

　분명히 오늘 밤은, 진흙처럼 잠들 것이 틀림없다—.

§

　……그러나 때때로, 피로에 찌들었을 때 잠이 얕은 법이다.

　싸움의 잔영이 마음을 고양시킨 탓인지, 사소한 소리가 괜히 귀에 거슬린다.

당신은 의외로 편안한 짚 더미에서 몸을 일으키고는, 의복에 꽂힌 지푸라기를 두드려 떨궜다.

바로 옆에서 자고 있는 하프 엘프 척후가 입을 움직이면서 잠꼬대를 흘렸다.

미르미돈 승려는 잠들기 불편한지, 마구간 구석에서 몇 번이나 뒤척거리고 있었다.

두 사람을 깨우지 않도록 조심하면서, 당신은 애도를 붙잡아 천천히 마구간 밖으로 나왔다.

그러자 기분 좋은 냉기를 품은 밤바람이 살랑, 달콤한 냄새를 뿜었다.

비누 같은 것일까? 그런 것까지 깨닫는다니, 당신의 기량이 오른 덕분일까?

생각해 보면, 이 도시에 온 뒤 며칠이 지났을까?

얻기 어려운 동료에 둘러싸여, 미궁에서 모험을 헤쳐 나와, 사투에서 살아남았다.

그것은 사소한 경험을 쌓은 것이었지만, 착실하게 당신을 성장시켰다.

"……그래서? 말을 안 걸어주는 거야?"

그리고, 그 바꿀 수 없는 동료 중 한 명이 마구간 앞에 서 있었다.

당신은 미소 짓는 여전사에게, 언젠가 그녀가 그랬던 것과 마찬가지로 짚 더미 하나에 앉도록 권했다.

"네에. ……응, 여전히 부드럽네에."

폴싹 의외로 가벼운 소리를 내며 짚 더미에 앉은 그녀는 무릎을 끌어안고 뭔가 유쾌한 기색이었다.

"있지."

그녀는 어린애처럼 고개를 갸웃거렸다.

"오늘은, 뭔가 기대했어?"

아니. 당신은 웃으며 고개를 좌우로 저었다. 여전사는 「그렇구나」하고 흥미 없는 기색으로 중얼거렸다.

그러나 어쩐 일일까? 피로가 심한 것은 그녀도 마찬가지일 텐데.

"응? 지쳐있을 때 어째선지 눈이 떠질 때 있잖아."

방에 돌아가서 금방 몸을 닦아낸 것이리라. 여전사의 머리칼은 촉촉하게 젖어 있었다.

"그래서 심심풀이— 같은 느낌?"

과연, 당신은 수긍했다.

전날 밤과 비슷한 대화인 것은 서로 알고 있을 것이다.

그렇기에 분명, 그 뒤에 이어지는 말도 마찬가지다. 당신은 예상은 했지만 입 다물고 그것을 기다렸다.

"······그건, 겉치레고······."

여전사는 힐끔 곁눈질로 당신을 보고, 희미하게 웃었다.

"말할 수 있을 때 감사를, 해둘까 해서. 그런 느낌, 이야."

당신 또한 그날 밤과 마찬가지로 밤하늘의 달을 올려다보며 웃었다.

—실제로, 딱히 감사를 받을만한 일은 하지 않았다.

당신은 당신 자신에게 부과한 책무로서, 파티를 이끌고 행동하여 무사히 생환시켰다.

굳이 말하자면 그저 그뿐이고, 오히려 감사를 하는 건 당신 쪽이었다.

그런 것을, 당신은 느긋한 어조로 말했다.

"……그래."

당신을 본받아, 여전사도 다시 달을 올려다보고 밤바람에 눈을 가늘게 떴다.

당신도 그녀도, 잠시 그대로 입을 다물고 있었다.

당신은 그녀에게 말을 걸어도 되고, 그대로 침묵을 유지해도 된다.

조금 생각한 다음, 당신은 그저 담담하게 얘기하고 싶은 게 있다면 얘기하면 된다고 그녀에게 말했다.

"그게 뭐야. 어떤 스님 말이라도 옳았어?"

그녀는 키득키득 웃지만, 그대로서는 딱히 농담을 한 것이 아니다. 아주 진지한 것이다.

이야기하고 싶은 것이 있으면 이야기하면 되고, 아니라면 무리하게 물어볼 생각도 없다.

입 다물고 있어 달라면 입을 다물 거고, 말하는 편이 좋다면 그렇게 하지.

하나부터 열까지 설명을 듣고, 대화를 해야 동료가 될 수 있다는 일 따위야 없으리라.

다만— 굳이 말하자면, 당신은 그녀가 이야기하고 싶어 하는 것처럼 보였다.

실제로 「말할 수 있을 때 말하러 왔다」고 했으니까, 말을 꺼내는 것도 당연하리라.

"흐으……응."

여전사는 신기한 기색으로 중얼거리고, 놀리는 것처럼 입술 끝을 끌어올려 호를 그렸다.

"이런 거, 상냥함……이라고 하는 걸까? 누나의 교육이 낸 성과야?"

육촌이다, 당신이 말했다.

그리고 딱히, 이것은 종누이하고는 상관없으리라. 다시 말해서, 당신 자신의 기질 문제였다.

"그러면, 얘기하기 싫어, 라고 하며언?"

그러면, 그때는 그때다.

묵묵히 달을 보고 있어도 되고, 지난번처럼 방으로 돌아가 잠들어도 된다.

당신은 아무것도 아니란 것처럼 대꾸했다.

여전사는 잠시 당신의 그 모습을 바라보고, 이윽고 기가 막힌 것처럼 후, 숨을 흘렸다.

"……정말이지, 차암. 너랑 이야기를 하면, 막 흐트러진다니까아……."

당신은 아무 말 없이 어깨를 으쓱거렸다. 그것을 본 여전사가 삐친 것처럼 코웃음을 쳤다.

"나는, 말야."

그녀가 조용히 말을 꺼냈다.

"두 번 있는 일은 세 번 있다, 고 생각했었어."

두 번? 당신이 묻자, 그녀는 「응」 하며 작게 고개를 위아래로 움직였다.

"처음 만났을 때, 사원에 매장 부탁했었지? —그거, **두 번째**였어."

당신은, 그녀의 말에 묵묵히 고개를 끄덕였다.

분명히, 첫 대면 때 모습은 동료가 전멸했음에도 대단히 차분했었다.

몇 번이나 미궁에 도전한 모험가이기 때문이리라 생각도 했지만, 그렇다고 해도, 그렇다.

"처음에는 언니도 있어서, 같은 고아원 애들이었어. 모험가가 된다면 모두 함께 하자고 했거든."

그런 일은 흔히 있다고, 당신도 들었다. 그 아가씨들도 그랬다. 드문 일도 아니다.

물론 어린애든 노인이든 모두 조건은 마찬가지다.

주어진 패로 승부를 하는 수밖에 없다. 불평을 해봐야 어떻게 되지 않는다.

《숙명》과 《우연》의 주사위는 누구에게나 평등하다. 설령 신들이라도.

"뭐, 나는 운이 좋았는데 말이지?"

—강도^{부시워커}에게 습격을 받아서, 언니들은 죽어버렸어.

부시워커

그렇게 말하고 키득키득 웃는 그녀의 마음을 당신은 생각할 수도 없다.

그녀 자신밖에 모를 것이다. 그것을 멋대로 추측하는 것을, 당신은 고르지 않았다.

"미궁 안에 《죽음》이 있다면 《삶》도 있을지 모른다 싶어서."

—하지만, 잘 안 됐어······.

작게 중얼거리는 말에, 어느 정도 마음이 담겨 있는 건지 당신은 몰랐다.

죽은 자는 살아나지 않는다.

그것은 이 사방세계에서 불문율 중 하나다.

사원의 승려들이 일으키는 《리저렉션》의 기적도, 죽음의 문턱에서 생명을 되돌리는 것뿐이다.

주사위 눈과 마찬가지로, 생사가 뒤집히는 일은 결코 없는 것이다.

가능하다면, 그것이야말로 신화시대의 유물이 일으키는 일이거나 신들의— 진정한 의미의 기적일까?

그렇지만, 미궁 가장 안쪽에 숨은 것이 《죽음》이라면.

그런 인지를 초월한 무언가…… 미약한 가능성에 그녀는 희망을 건 것이리라.

"그러니까 모두가 전멸해버린다면, 얼른 도망쳐버려야지 생각했어."

동료를 되살리기 전에 자기가 죽을 수는 없으니까.

그것을 듣고서 당신은 입술 끝에 쓴웃음을 짓고, 너무한 말이라고 답했다.

물론 신입 모험가가 과연 어느 정도 시련장에서 살아남을 수 있을까?

자신보다도 그녀가 잘 알고 있을 거라고 생각하자, 무리도 아닌 일이었지만.

여전사는 「미안해」 하고, 마치 고양이처럼 목을 울리며 웃었다.

"그럴 수도 있다는 거지. 거짓말, 거짓말이야. 전부 거~짓말. 좀 놀려보고 싶어진 거뿐이야."

그렇게 말하고 그녀는 훌쩍 일어섰다. 늘씬한 다리를 흔들며, 놀러 가는 어린아이처럼.

당신은 그 모습을 앉은 채 바라보고, 이제 됐냐고 물었다.

"……응, 괜찮아. 고마워? 침대가 그리운 느낌이니까…… 이제 돌아갈게."

말하면서, 그녀는 「후아」 하고 귀여운 소리를 내며 하품을 했다.

내일은 쉬는 날이라지만, 모험을 다녀온 다음이다. 이제 쉬는 편이 좋으리라.

당신이 말하고, 훌쩍 손을 흔드는 그녀의 뒷모습을 배웅—.

"아, 그리고 말야?"

달 아래, 돌아본 그녀는 영롱한 빛이 비추는 하얀 얼굴을 당신에게 향하고, 입술을 속삭이는 것처럼 움직였다.

"……이건, 정말이야."

키득 소리를 흘리고 짓는 표정은, 꽃이 피는 것 같은 웃음이었다.

그렇게 말하고, 당신이 뭐라 대답하는 것보다 빠르게, 여전사는 마구간을 떠났다.

당신은 그녀의 번호가 아닌 **이름**을 마음에 새겼다. 잊어서는 안 되는 것이다.

생각해 보면— 너무나도 많은 일이 있었던 하루, 모험이었다.

그렇게 혼자가 되어 버리자, 또 조용한 밤.

때때로 여관의 부지 밖에서 울리는 소리는 개문과 사람들의 발소리 정도였다.

이런 밤늦게 문이 열리고, 수많은 사람이 도시로 들어오는 이유는 명백했다.

또 어딘가 마을이나 도시가 《죽음》의 무리에게 잡아 먹혔으리라.

그렇게 갈 곳을 잃은 사람들은 방황한 끝에 이 성채도시로 온다.

© lack

—기묘한 일이야.

　세상을 멸하는 《죽음》의 근원이 있는 곳인데, 누구나 이 도시를 찾아온다.

　미궁에서 으르렁거리며 솟아오르는 재화. 모험에 나서든 장사를 하든 이거라면 살아갈 수 있다.

　무기력하게 거리를 나아가면서, 그래도 미약한 희망을 품고서 미궁에 들어간다.

　그리고 《죽음》에 잡아먹혀, 두 번 다시 돌아오지 않는다.

　당신은 지독히 으스스한 생각에 사로잡혀, 손에 든 애도를 단단히 쥐었다.

　《죽음》이란 무엇일까? 미궁이란 무엇일까?

　—확인하기 위해서는 도전하는 수밖에 없겠지.

　올려다보는 밤하늘에, 멀리 용이 사는 산에서 흔들리는 연기가 바람을 타고서 어디까지고 흘러가고 있었다.

■작가 후기

안녕하세요, 카규 쿠모입니다!

『악명의 태도』^{다이 카타나} 상권은 재미있으셨을까요?

모험가들이 미궁에 도전하여, 괴물과 살육을 벌이며 최하층을 노리는 이야기였군요.

있는 힘껏 쓴 이야기이니, 재미있으셨다면 다행이겠습니다.

본작은『고블린 슬레이어』보다 훨씬 이전의 이야기입니다.

이 세상에서 가장 깊은 미궁에 도전한, 어느 위대한 모험가들의 이야기입니다.

오래된 세계입니다. 오래된 모험입니다. 윤곽선이 이어지는 미궁, 무한히 솟아오르는 괴물에, 재보.

그리고 주점에 모이는 모험가들. 미궁 안에 도사린 죽음. 그것을 쌓아 올린 끝에 기다리고 있는 승리.

오래된 오래된, 전승이나 노래로 전해지는, 그런 모험 이야기입니다.

『고블린 슬레이어』라는 이야기가 그런 것처럼, 세상에는 수많은 모험가가 있습니다.

사방세계에는 방대한 수의 모험이 존재합니다.

불을 뿜는 산, 사악한 마술사의 요새, 지옥의 저택, 죽음의 함정이 도사린 지하미궁, 지옥의 저택……

당연히, 고블린만 퇴치하면 되는 것이 아닙니다.

미궁에서 솟아오르는 죽음, 괴물, 마신, 위협, 부, 재보, 명예.

세상의 위기는, 고블린을 해치워도 막아낼 수 없는 겁니다.

마을이 멸망하기 전에 세상이 멸망하면 아무 의미도 없습니다.

물론 『고블린 슬레이어』에서 묘사한 그대로, 세상은 분명히 구원을 받을 겁니다.

그것을 여러분께선 알고 계실 겁니다.

그리고 그걸 위해 지하미궁에 도전한 모험가들이 있다는 것도 알고 있을 겁니다.

그러면, 어떻게 모험가들이 미궁을 답파하고, 어떻게 세상을 구했는가?

그것을 이제부터 여러분이 알아주면 좋겠다고 생각합니다.

왜냐하면 이것은 당신의 이야기니까요.

다음 권은 모험가들이 미궁에 도전하여, 괴물과 살육을 벌이며 최하층을 노리는 이야기가 될 거라 생각합니다.

부디 마지막까지 읽어주시기를 바랄 수 있으면 좋겠습니다.

불초 역자 살아있습니다.

독자 여러분도 신형 코로나 바이러스에 걸리지 않도록 조심하시고, 걸리지 않으시길 바랍니다.

역자는 애당초 거의 자가격리 수준으로 밖에 안 나가는 인물인지라 크게 걱정해주지 않으셔도 됩니다. 건강해요!

그런데 여러분, 패링도 중요하지만 역시 공격을 해야 합니다.

그리고 공격이 더 어려워요. 맨날 공격하려다가 오히려 맞고서 죽더라고요. 하도 패링을 잘해야 된다 패링이 어렵다 소리만 들어서 패링만 잘하면 되는 게임인줄 알았더니 웬걸요! 패링도 어렵지만 공격도 어렵더만요!

검창총장님은 망설이면 패한다고 했지만, 안 망설여도 패합니다. 공격하려다가 칼 맞고 표창 맞고 총 맞고 활 맞고 창 맞고 번개 맞고 죽은 게 한두 번이 아니라니까요. 하아.

원래 이번 후기까지 이 게임 얘기를 우려먹을 생각은 아니었습니다만, 본문의 내용을 보니까 생각이 안 날 수가 없더군요! 그러고 보니 만도에, 창에, 총도 있고, 조심스럽게 추측을 해보자면 작가분도 미소년 주군을 모시는 외팔이 늑대 닌자가 된 경험이 있는 것 아닌가 의심이 듭니다. 심지어 《라이트닝》도 있잖아요? 확률 상당히 높다고 생각합니다.

오랜만에 본문 내용도 한 번 언급을 해볼까요? 두 번째 외전, 본편에서도 잠깐 등장했던 검의 처녀와 동료들 이야기입니다. 10년 전이라서 그런지 역시 검의 처녀도 풋풋한 소녀입니다. 풋풋해요. 반론은 받지 않습니다.

그렇게 풋풋한 검의 처녀입니다만, 읽어보신 분들은 눈치를 채셨을 겁니다. 본편과 이 외전에서 그녀에게 분명한 차이점이 있다는 사실을.

그에 관해서 역자는 한 가지 가설이 있어요.

본작 『고블린 슬레이어』 시리즈는 TRPG를 기반으로 세계관이 설정되어 있습니다. 그리고 다들 아시다시피 검의 처녀 파티는 결국 마신왕을 토벌하고 《죽음의 미궁》을 답파하게 되지요. 이런 위업을 TRPG 용어 중에 하나로 에픽 퀘스트라고 합니다.

그리고 아마 기억하시는 분들이 있을까 모르겠습니다만, 사실 지고신의 사제들은 TRPG식으로 말하자면 매력 보정이 있지 않은가 하는 의혹이 있습니다. 어디까지나 작중 누군가의 추측을 통해서 추론할 수 있는 내용이긴 하지만요. 하지만 제법 가능성이 있다고 생각합니다.

또한 에픽 퀘스트에는 응당 보상이 있게 마련입니다. 물질적인 것이나 명예 같은 것도 있지만, 개중에는 신의 축복 같은 것도 있어요.

결론은, 마신왕 토벌이라는 캠페인 에픽 퀘스트를 클리어한 사제에게 지고신이 특별한 축복을 내려서 매력 보정을 대폭 올려준 것이 아닐까 의심이 듭니다. 그렇다면 전혀 그럴 기미가 안 보이던 검의 처녀가 10여 년 뒤, 고블린 슬레이어 일행을 만났을 때와 같은 거유…… 어흠. 아무튼 변화가 있었던 것도 설명이 되니까요.

그러니까 힘내라 여신관! 아직 희망은 있어! 비록 지고신이 아니라 지모신의 사제라지만 그래도 혹시 에픽 퀘스트를 하나 클리어할 수 있다면 어쩌면, 같은 축복을 내려줄지도 몰라!

그럼 여러분! 부디 건강하시고 다음에 또 만나요!

고블린 슬레이어 외전 2 악명의 태도 上

초판 1쇄 발행 2020년 6월 20일

지은이_ Kumo Kagyu
일러스트_ lack
옮긴이_ 박경용

발행인_ 신현호
편집부장_ 윤영천
편집진행_ 김기준 · 김승신 · 원현선 · 권세라 · 유재슬
편집디자인_ 양우연
국제업무_ 정아라 · 전은지
관리 · 영업_ 김민원 · 조은걸 · 조인희

펴낸곳_ (주)디앤씨미디어
등록_ 2002년 4월 25일 제20-260호
주소_ 서울시 구로구 디지털로 26길 111 JnK디지털타워 503호
전화_ 02-333-2513(대표)
팩시밀리_ 02-333-2514
이메일_ lnovelpiya@naver.com
ㄴ노벨 공식 카페_ http://cafe.naver.com/lnovel11

GOBLIN SLAYER GAIDEN 2: DAI KATANA JYO
Copyright ⓒ 2019 Kumo Kagyu
Illustrations copyright ⓒ 2019 lack
All rights reserved.
Original Japanese edition published in 2019 by SB Creative Corp.

This Korean edition is published by arrangement with SB Creative Corp., Tokyo
in care of Tuttle-Mori Agency, Inc., Tokyo.

ISBN 979-11-278-5579-6 04830
ISBN 979-11-278-5578-9 (세트)

값 9,800원

*잘못된 책은 구매처에 문의하십시오.